龍馬行

司馬遼太郎

3

李美惠 譯

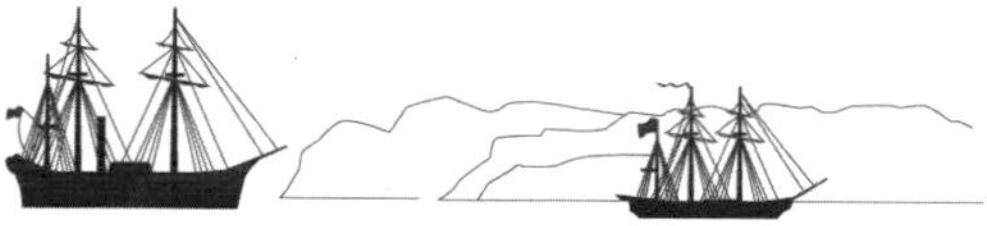

目錄

通緝犯

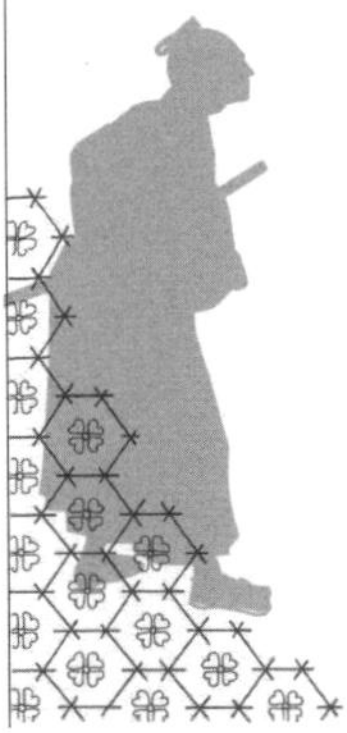

高知城下往南約一里（編註：一里約四公里）餘。

有個名為神田的山村。

要到此山村幾乎沒有條像樣的道路，故城下人皆曰：

——神田人的腳不需要道路，他們就像野鼠般耐走。

真是不留口德。

生於井口村的岩崎彌太郎在這村裡蓋了房子。稱不上是棟正經宅子，而比較像臨時搭的簡陋小屋。

這年二月，已二十九歲的彌太郎娶了個年僅十七歲的年輕老婆。

她名叫喜勢，眼神冷靜而果決，看來十分俐落。

——長得像獸頭瓦的彌太郎竟然也討到老婆了。

同僚背地裡如此嘲笑，其實一方面也因心裡羨慕得緊吧。真是鮮花插在牛糞上。喜勢是改田村在地鄉士高芝玄馬之女，日後將產下三菱公司第三代社長久彌。

這年五月。

東洋暗殺事件已過了五十天。

月底持續陰雨綿綿。一天，太陽下山之後，突然有人不斷拍打彌太郎家的遮雨窗。

「請問是哪位？」

新嫁娘喜勢正要起身應門。

「告訴對方我出門去了。半夜敲人家門肯定不會有什麼好事。」

這房子小，就只一房一廳。

彌太郎躲進廚房，他可不希望被強派無聊任務。連喜勢都十分驚訝，沒想到他是這麼不講情面的人。

來客有兩位。

一位是已故東洋門下的大崎卷藏，這人不久前還是藩的大目付（又稱為大監察），曾風光一時。

另一位身分較低，是與彌太郎同為下橫日的井上佐一郎。

「真怪啊。」

井上就算了，大崎卷藏那種上士身分怎可能專程上彌太郎家拜訪呢？

「哎唷，大崎專程來訪，不知是好差事還是壞差事。」

躲在廚房的彌太郎百思不解。但無論如何，肯定是件重要工作。

「咦？彌太郎不在嗎？」

紙門後傳來大崎卷藏年輕宏亮的聲音，口氣中透著失望。

「既然如此，不好意思，夫人，我們就在這裡等他回來。」

大崎道。

東洋暗殺事件前後，彌太郎雖竭力參與監視勤王黨的動靜，但不久後即託病搬至此神田村，且一直沒上官府當班。

他是個聰明人，已看出新舊兩派的對立勢必愈演愈烈。

若火在此對立中間可能惹來不必要的怨恨，甚至使自己受傷，那就太蠢了。

「夫人，即使今晚得整晚待在這裡，我們也要等你家老爺回來。雖過意不去，但實在是出於無奈呀。」

「啊？還想整晚待在這裡？」

廚房一角的彌太郎進退兩難，這下不能出面了。

彌太郎躺在地板上，他打定主意睡在這裡。事已至此，也顧不得被蚊子叮咬了。

「大崎那臭小子，明明已遭新內閣免除大目付的職位，竟還來這擺上司的架子逞威風。」

彌太郎打算趁這回東洋暗殺事件辭去公職，恢復原來地下浪人的身分。

「我這種身分真悲哀。眼下已當了三年下橫目，就算再當一百年，以地下浪人的出身也不可能提拔至上士階級。實在不值得。」

恩人東洋也死了。

已經不必顧慮任何人了。因此他打算辭去下橫目這種卑職，靠自己的才幹另謀出路。

——哪有人像彌太郎這麼奇怪的。

武市半平太曾在門生面前如此評論。因彌太郎天生具有超人的力氣與膽識，又讀過書，卻不屬勤王黨也不持佐幕立場。凡具意識型態的事他一律不談論，想必不感興趣吧。

若說彌太郎有任何思想主張，那就是他徹頭徹尾是個自我主義者。他信奉的對象既非天皇也不是將軍，而是自己。但他也不至於盲目追求自我之利，只是認為茫茫人海中再無任何人較岩崎彌太郎傑出，內心相信自己值得信奉。

「咦？」

大崎卷藏歪著頭一臉疑惑。

「夫人，那打呼聲是？」

「是、是……」

喜勢驚慌失措道：

「大概是老鼠吧。」

「哇，沒想到神田村的老鼠會打呼呀！」

打呼聲愈來愈大聲，連喜勢都覺得瞞不下去了。

「嗯，我看……」
她說著站起身來。
「說不定是我家老爺從後門回來，直接就在廚房睡了。我去看看吧。」
岩崎彌太郎不得已只好出面見客了。
「嘿，彌太郎。」
「哎呀，原來是大崎爺呀。我剛在外面接受朋友招待，喝到神智不清才回來。」
「原來如此。」
來客只是如此應酬幾句。
「還是直接談正事吧。我有個特別請求，吉田東洋大人的慘案尚未抓到凶手，這你應該知道吧。新藩廳明知凶手為誰卻佯裝不知，更無心追捕，因此……」
大崎卷藏以扇子指著彌太郎道：
「我想拜託你……雖然我已不是大目付……」
他目不轉睛地凝視彌太郎。

……………………………………

「彌太郎，你態度恭敬一點！」
大崎卷藏稍微提醒他之後，鄭重其事地打開一封信。
「哦？」
彌太郎湊上前去。
竟然是隱居於江戶鮫洲藩邸的老藩主容堂親筆信。
根據當時幕府之法規，大名一旦退隱，對藩政即無發言權。正因如此，表面上他也只能對這回領國內發生的暴力政變保持緘默。
但他卻暗中出手。
容堂從江戶遣來密使。
接觸的對象並非藩廳，而是東洋派的上士。
「派人手至天下各方，即使把草地都翻過來，也要搜出暗殺東洋的凶手！」
容堂在信上如此下令，甚至從江戶送來搜查行動所需的費用。
「大崎爺，我想請問一下，您知道凶手是誰嗎？」

彌太郎試探道。

「幕後黑手是武市。」

大崎道。這已是城下公開的祕密。

「此事老藩主也瞭若指掌。但即使是老藩主，若抓不到凶手拿不出證據，也奈何不了武市。」

「那麼嫌犯是誰？」

「當天夜裡及之前脫藩的四人，也就是那須信吾、大石團藏、安岡嘉助以及本町筋一丁目坂本家的小子。」

「哦？您是說龍馬嗎？」

「正是。」

「話雖如此，大崎爺，您認識那個坂本嗎？」

「不認識。」

那表情彷彿是說：「那種鄉士我怎會認識？」

「那就難怪大崎爺會懷疑他了。不過那人並非泛泛之輩，絕不會使出殺人奪取政權的卑劣手段。」

「彌太郎，說話最好謹慎一點！」

一旁的同僚井上佐一郎滿臉忠義斥道。

「此事乃諸位上士多次密會後慎重決定的，我們只要負責逮捕或誅殺他們即可。今晚來的目的正是為此，你就接受吧。」

「哼！你的意思是要我當上士的走狗嗎？」

彌太郎氣得瞪大眼睛。但轉念一想，又覺：

「還挺有意思的嘛。」

若只是單純當上士的走狗，當然恕難從命。但若是已退隱的容堂公直接下令，那麼工作性質就完全不同了。

「就幹吧！」

他想。自己的名字若能傳入容堂公耳裡，前途或許就一片光明了。

「那我就接受吧。何時出發較妥？」

彌太郎問道，臉上氣魄十足。

另一方面，龍馬的情形又是如何呢？

他已乘船抵達長州的三田尻。當大舢舨一靠上棧橋，他就帶著登上天下舞台般的心情踏上陸地。

「喂，澤村。」

他迫不及待地對惣之丞道：

「快點呀！接下來該往何處去？找個好方位吧。」

「別急！」

澤村經驗老到地壓下躁動的龍馬。

「即將帶你登上天下舞台的是吉村寅太郎，不先找到這人就無法進入狀況，因此非先找他不可。」

說著便邁開腳步。

真教人放不下心。費盡千辛萬苦才脫藩投入「志士」的行列，卻不知接下來該如何是好。

「我想，到下關應該就可以打聽到吉村的消息了。」

「是喔，是喔。」

龍馬很興奮。比自己先脫藩而躋身天下志士之列的吉村應該會邀自己加入吧。

簡而言之，龍馬與澤村脫藩是為了參加由羽前浪人清河八郎、筑後的真木和泉、筑前的平野國臣（二郎）等人主導的京都起義。此倒幕起義背後是由大策士清河祕密策劃，九州方面的浪人也正逐漸往大坂集中。

他們正等著薩摩藩大軍到來。

據說薩摩藩的實際藩主島津久光將親率千餘軍兵上京，擁立京都的天皇並匡正幕府之政。

而倒幕派的浪人團就在大坂及伏見等著加入久光的陣容，準備一舉在京都起兵。

然而久光卻不上這個當。當時幕府勢力仍強，久光並無倒幕之意。這回上京也只是希望仗著自己的武力背景，向江戶幕府爭取有利的發言權。

薩摩千餘兵於三月十六日自鹿兒島出發前往小倉，再從小倉搭乘藩船天佑丸朝東橫越瀨戶內海。

龍馬二人抵達長州三田尻港時，天佑丸也已駛入播磨（兵庫縣）的室津港。

如前文所述，清河、真木、平野等人所率之浪人團已等在大坂的薩摩屋敷。這對薩摩藩而言委實麻煩，但為了不刺激這些不速之客，還是開放藩邸內的二十八間宿舍供他們居住。這是薩摩智者堀次郎想出來的辦法，說穿了就是待遇好一點的軟禁。

龍馬和澤村惣之丞對此卻一無所知，反而與京都、大坂背道而馳，直往下關趕去。

下關有個獲藩主特許稱姓並佩刀的怪富商，名叫白石正一郎。

為什麼說他怪呢？因他身為此時代的商人，卻偏成為尊王攘夷的志士。不僅包庇長州藩的激進志士，還收留來自諸藩的脫藩浪人或提供金援，一直暗中協助。

吉村曾在白石邸逗留，故若到該處應可打聽到他的下落。

終於抵達下關。

白石正一郎是山陽道上首屈一指的船運業大批發商，果然不愧有「長州金庫」之稱，宅邸規模也媲美諸侯之城。

「好大的房子啊！」

龍馬由衷讚嘆。不過這麼大的房子他一點也不想進去，總覺得很麻煩而意興闌珊。

「惣之丞呀……」

他喚道：

「你以前在這房子住過，一定認識房子主人吧。還是麻煩你進去問一下土佐的吉村上哪兒去就好，我在這裡等你。」

「坂本君……」

澤村十分為難。

這時龍馬已一屁股坐在路旁，偏巧有隻壯如小牛的黃狗緩緩打龍馬身側經過，大概是把龍馬當成自己朋友了，竟回頭看了龍馬一眼。

「喂，小黃。」

龍馬叫牠，沒想到黃狗竟乖乖靠了過來。龍馬把牠拉近身邊後，說道：
「惣之丞，我就在這裡跟牠玩。」
澤村無奈之下只得自己進屋。
「我是土佐的澤村，請代為通報。」
他對女侍說完後，又叫人拿來一盆水。正當他洗腳時，屋主白石正一郎竟親自到玄關迎接。
「請進，請進。」
說著殷勤地領他至客間。白石正一郎膚色白皙頗具學者風範，結成商人髮髻，卻規規矩矩地穿著豪華的仙台平裙褲。
「下關有俠商。」
他在當時乃是如此的天下名人，各藩志士經過下關時一定前去拜會白石。白石對這些狀如乞丐的志士十分禮遇，且提供金援。如對方有意向長州藩提出意見，他也會幫他們居中斡旋（白石正一郎在維新之後並未步上官途，只是悠然自適度過餘生。明治十三年〔一八八〇〕以六十九歲之齡壽終正寢。死後獲諡正五位之官職）。
「啊，您是說吉村寅太郎爺嗎？」
白石正一郎道：
「可惜他已於十日前出發前往上國（京坂地區）了。若您有意追趕，可於明日搭我們的便船從下關出發。您要搭嗎？」
「這樣嗎？」
澤村十分失望。但若隨後追趕，或許還趕得上義舉，於是便說：
「那就請安排兩人搭乘。」
「兩位？」
白石正一郎滿臉詫異。澤村惣之丞身旁並無任何人。
澤村告訴他原因。
「這位大爺也太客氣了。」
白石說著走出大門。
眼前光景實在令人吃驚。黃狗、白狗、花狗、黑狗，共有二、三十隻聚集在此，此外還有個身材魁梧的武士也像隻狗崽子般滿地爬。

「這人是瘋子嗎？」

據說白石正一郎第一眼見到龍馬時，心裡就是這麼想的。

這天晚上，龍馬與澤村就住在這位俠商的宅邸。

「真是個怪人。」

白石正一郎退回自己房間後，把方才路上那一幕告訴妻子。

「竟然跟小黃玩在一起。」

「哦？跟小黃？」

妻子也不敢置信。

這隻小黃在下關可是以凶惡出名的野狗呢。

「小黃就像小狗般仰躺在地上，玩得好開心哪。不止小黃，那位仁兄身旁還聚集了一大群野狗，看來很受歡迎。真是怪呀。」

「他喜歡狗嗎？」

「不。我也覺得奇怪，所以還特別問他。沒想到他卻以濃重的土佐鄉音回答：『我一點也不喜歡狗啊。』後來晚餐時聊起天下情勢，他只是雙眼炯炯有神地聽我說，看來什麼也不知道。這裡住了這麼多為國事奔走的志士，但這般無知的人我還是第一次見到。」

不過——

白石正一郎接著又說：

「倒是個別具吸引力的人物。」

「呵呵，這麼說來，老爺不就和那群狗一樣了嗎？」

「沒錯。狗都能感覺得到的魅力，人不可能感覺不到。那位仁兄將來定會成為大人物。」

「他是叫坂本龍馬吧？」

夫人點點頭，似乎刻意要記住這個獨特的名字。

龍馬和澤村翌日清晨即啟航。

航程中波濤洶湧。

原想暫避風頭，沒想到鹽飽列島一帶卻異常風平浪靜，只得被迫在此停留數日，等風起才重新揚帆出發。抵達攝津西宮時，已是文久二年（一八六二）四月二十一日。

「澤村，咱們恐怕來遲了。」

就連一向優哉游哉的龍馬也憂心忡忡地說。

「不管怎麼說，坂本兄，」

澤村惣之丞的口氣就像龍馬的部下一般，這一路走下來他大概也像下關的黃狗那樣被龍馬收服了。

「還是先找到吉村寅太郎吧。上大坂的長州藩邸問問應該就知道了。」

「嗯，快點！」

進了大坂，便上長州藩邸打聽。

——土佐的吉村寅太郎曾暫時藏匿在大坂藩邸，不過日前已前往京都。現在應該是躲在我藩的京都藩邸。

得到的就是如此消息。

「又晚了一步嗎？」

澤村懊惱得直跺腳，但天色已晚。

兩人不得已，只好投宿在心齋橋畔一家澤村熟識的旅館。

「這裡離西長堀的土佐藩邸很近，要是被藩裡的官差逮到就麻煩了。請坂本兄留心，千萬別外出。」

澤村如此提醒龍馬，但龍馬早被心齋橋的熱鬧光景吸引住了。

龍馬終究還是上街去了。

他本就天生好奇心特強，且雖生在武家，卻偏愛街上的熱鬧氣氛。

「哇！好熱鬧啊！」

龍馬也跟著興奮起來。

白心齋橋到東順慶町筋及新町橋之間的三個街口，一旦入夜兩側店家便燈火通明，攤販隨之就位，各個路口都有雜耍藝人，路上行人絡繹不絕。

龍馬身穿印有家紋的黑棉服，外加皮色的短外褂，下身穿著在三田尻買的馬褲，任腰間的大小佩刀隨意垂落，與街上百姓擦肩而行。

他一一欣賞店內的商品，臉上不自覺地露出笑容。

「真有趣啊！」

特大份炒麵。

烤甜餡餅。

心齋橋名產天目酒。

味噌醬烤豆腐。

蒲燒鰻。

新田屋的菸絲。

扇屋的髮油。

繪草紙屋。

——來喔！來喔！來我們這邊瞄一眼吧！

賣色情書的小販如此朝來往行人叫賣。

「哇！」

最讓龍馬讚嘆的是各路口都有許多街頭藝人，他們就在街頭演出淨琉璃劇、模仿表演及說書等，吸引了許多觀眾。

「果然和江戶大不相同，是個商業之都。」

龍馬如此驚嘆。江戶也有曲藝場，但大坂這種簡便的露天曲藝場更多。

不僅學徒、工匠，就連商家老闆也來欣賞。不知是因吝嗇還是深知生活情趣，總之江戶和其他諸國的城下町都沒這種光景。真是個特別的城市。

龍馬走到新町橋旁，從人牆後方傻傻地望著一個山野修行僧裝束的男人在幫人看手相。

「坂本君。」

背後突然有人壓低聲音叫他。

「什麼事？」

回頭一看，一個粗眉、眼神銳利、嘴巴大得異樣的武士正一笑也不笑地站在自己身後。

「咦？你不是岩崎彌太郎嗎？」

龍馬滿懷熱情地走近他，彌太郎卻一臉冷漠，不住往暗處退去。

「彌太郎，你到大坂來做什麼？」

「做什麼？」

彌太郎沒好氣地說：

「我是以下橫目的身分來逮捕你的！那個路口還有同伴。這是主君的命令，你乖乖跟我到藩邸來！」

「啊，對喔，我已經脫藩了。」

龍馬這才想起。不過，即便彌太郎帶了一百個人來，龍馬也不放在眼裡。

龍馬走出人牆。

彌太郎一直保持警戒，與他維持五、六步距離緊盯著他，絲毫不敢大意。

「彌太郎，你的臉還是一樣奇特。」

龍馬以家鄉話說笑道。

「過來！」

彌太郎一笑也不笑。正確說來是龍馬從未見過這男人笑過，老是擺出這麼一副冷漠表情的男人，世上應該很少見吧。

龍馬信步沿著長堀川往西走。

橋梁很多。

從心齋橋開始算起，有佐野屋橋、炭屋橋、吉野屋橋、宇和島橋、富田屋橋、問屋橋、白髮橋。經過這八座橋頭後，就是第九座的鰹座橋，土佐的大坂藩邸就位在此處。對脫藩者龍馬而言，藩邸就和閻王殿沒什麼兩樣。

龍馬走到第五座橋宇和島橋邊時突然轉身。

彌太郎趕緊往後跳。

「龍馬，你要是敢殺官差，是會連累故鄉的權平的！」

「我不會殺人的。」

龍馬環視周遭。

兩岸商家的燈影映在水面上，路上昏暗毫無人跡。

龍馬右手邊的彌太郎及其同僚井上佐一郎都以手

按刀，呼吸紊亂。他們滿腦子只想到自己的功名，要是能生擒龍馬或直接殺了他，說不定就能升官，脫離下橫目的卑職。

「你姓井上嗎？我第一次見到你，你的臉長得真像老鼠啊。」

「龍馬，你已經被捕了，最好安分點！」

「我是很安分啊。」

「在土佐暗殺參政吉田東洋大人後逃逸的人，就是你吧！」

「哦？東洋已經被殺了嗎？」

龍馬反而大吃一驚。那須信吾精悍的五官頓時浮現眼前，武市憂鬱的表情也同時閃過龍馬腦海。土佐現在想必正大舉進行政變吧。

「那麼，你們是誰派來的？」

若武市取得政權，就不可能派官差逮捕刺客了。

「是江戶的老藩主呀。」

井上佐一郎歪著臉笑道：

「龍馬，你聽好！武市一派擁立少主，擾亂國政，但江戶的老藩主絕不會束手旁觀的。遲早都要將這幫惡人一網打盡，繩之以法！」

「惡人？」

龍馬搔搔頭。

「喂，老鼠，我可要逃走啦！」

「啊，岩崎，你快繞到後面去，千萬不可大意！」

井上佐一郎準備縱身往前跳，並抽出具有土佐特色的特長大刀。他擁有無外流的「免許」資格，對自己的刀術充滿自信。

「但恐怕不是龍馬的對手。」

彌太郎並不拔刀，反將草鞋脫下並塞進腰帶，準備視情況逃走。

「哇，來真的呀！」

龍馬走近宇和島橋南端的橋頭。他只是以指微微推開刀鍔。

岩崎彌太郎等著看好戲。他雖已做好逃走的準備，但想到日後還得應付同僚井上佐一郎的密告，就覺得麻煩。

不得已只得繞到龍馬背後，站在橋上拔刀做做樣子。拔出刀後，平時狀如舞獅面具的臉上還刻意擠出即將噴火似的凶惡表情。

「彌太郎，你拔刀了？勇氣可佳呀！」

龍馬由衷佩服。

「但實在可惜。當個污穢的小官差，任上士頤指氣使，你絕不是這種人。天下情勢正處於變動之中，同為一死，與其死在龍馬刀下，不如為日本而死。土佐對你而言，格局實在太小了。」

彌太郎擺出「你這個脫藩者在胡扯些什麼」的表情。彌太郎本就無意為國事奔走，老實說，他最討厭武市半平太那些老是頂著志士面孔的人，但也不奢望在土佐藩中能有什麼出息。因此不知如何排解自己倍於常人的精力，正苦於尋找適當的處所。就是彌太郎目前的心境。

「喂，彌太郎，你從前被關在安藝郡衙門的地牢時曾告訴我，你要拋棄武士資格，聚攏全天下之財富，對吧？」

「我是這麼說過。」

「我呀，要推翻幕府。」

——這、這個叛徒竟……

井上佐一郎嚇得說不出話來，龍馬卻毫不以為意。

「而你就去從商吧。往後經商將成為國家大事，目前的商人之輩是做不來的。一定要具備武士的眼光，洞察天下情勢才能成功。如此時代即將到來。」

「沒錯，說得真好。」

彌太郎心裡如此佩服，卻更使勁握緊刀柄，絲毫不敢掉以輕心。

「這是我從河田小龍那裡聽來的。聽說在美國、英國、荷蘭，商人都很囂張，且無武士、町人之分，更別提土佐那種階級分明的上士、鄉士制度。美國等地的將軍則是選出來的，即便是商人身分，只要得票夠多也能當上將軍哪。如此看來，土佐的上士、鄉士之爭，簡直就如鼻屎般毫無意義呀！」

「你、你這傢伙！」

井上佐一郎揮刀砍了過去。岩崎彌太郎彷彿受到牽引似地不自覺也隨後砍落。這大概就是所謂的公事公辦吧。

龍馬一閃，同時打掉井上的大刀。井上右肩遭龍馬以刀背重重一擊，痛得蹲下身子。

「彌太郎呢？」

井上環視一圈都沒見到他身影，看來早就腳底抹油了。

岩崎彌太郎一口氣逃回九郎右衛門町的民宿，正擦著脖子上的汗水時，井上佐一郎也一臉蒼白地跑回來了。

「岩崎君，你太懦弱了吧！」

他一進土間就如此喊道。這家民宿是賣木炭的小店，土間堆著整捆整捆的炭。井上穿過這些成綑的炭，又朝庭院小屋中的岩崎再度喊道：

「真懦弱！危險關頭棄朋友不顧獨自逃走，這算什麼！」

「井上兄，你應該和我一起逃才對，那根本是不可能的任務。以我們這陣仗，絕對無法取他性命。」

「那還是得出手啊，難道你不是武士嗎？」

「做不到還要壯烈成仁？我呀，從不信這套所謂的武士道。那傢伙可是刀術高手哪，門外漢哪打得過他呀。」

「我也是無外流的『皆傳』資格呀。」

「功夫差太多啦。」

彌太郎嗤之以鼻道。

「你真沒禮貌！」

「沒禮貌？這詞用錯地方了吧。這完全與規矩或禮貌無關，功夫才是重點所在啊。井上兄，請你冷靜想想。」

「岩崎君，原來我看錯人了。虧我還聽說你在井口村有個渾名叫幹架彌太郎，是附近幾個村中脾氣最硬的。」

「所以以前大家都討厭我。」

「你居然……」

「等等！我岩崎彌太郎若真被逼急了，即使對手有千萬人，我也會出手。前提是這場架會贏。但反過來說，如果是注定要輸的架，即使對手僅有一人，我也會毫不猶豫逃走。」

「懦、懦弱！我要告訴所有人！」

「哎呀！再說……」

岩崎吞了吞口水又說：

「我實在不知如何對付那傢伙。」

似乎真覺得龍馬很難對付。

最重要的是，他並不認為龍馬是暗殺吉田東洋的凶手。

「那傢伙哪會做那種暗殺人的卑鄙勾當。他和那須、大石、安岡那幫人的格局實有天壤之別。」

他如此相信。

彌太郎平常雖有些討厭龍馬，但撇開這點不談，他相信再沒有比自己更了解龍馬的人了。

「說來真令人發火，不過他的人格的確在我之上。他勝過我的只有一點，那就是他很會替別人想。將來想必將有萬人因崇拜龍馬這點而擁戴他吧。龍馬一定能成就大事業，我就沒這能耐了。反正我也覺得自己只適合單打獨鬥。」

彌太郎有些討厭龍馬，恐怕就是因為嫉妒龍馬這個特點吧。除此之外，彌太郎與龍馬兩人竟相似得出奇，或許正因相似而覺得討厭吧。

龍馬今晚在宇和島橋也沒對自己下手，甚至放走自己。

彌太郎又欠他一次人情了。

「井上兄，我要回土佐了。」

岩崎彌太郎道。

井上佐一郎聞言大吃一驚。

「岩崎君，你真是懦弱到不可救藥的地步呀。今晚被龍馬擺了一道就怕成那樣了嗎？」

「哼，隨你怎麼解釋。」

彌太郎毫不在意地說。

其實他放棄這次任務的原因不只是因為龍馬。當他和井上在京都大坂打轉時，井上看不見的東西他已看得一清二楚。那就是以薩長為主的尊王攘夷黨力量已大得令人意外。

而同時，幕府之權威也已嚴重衰退。

彌太郎並無特別立場，關於天下國家大事也不像志士般慷慨激昂，但他判斷時勢的眼光卻異常敏銳。幕府要員、在野政論家，甚至諸般自詡為天下志士者之中，恐怕很少人對時事的判斷力像這位土佐藩的無名下級官差（下橫目）岩崎彌太郎般敏銳。

彌太郎判斷時勢眼光之敏銳並非始於今日。

二十一歲時他曾擔任藩士奧宮周二郎的隨從，他幾乎身無分文就敢前往江戶，然後拜安積艮齋為師，研究學問。

這個初出茅廬的鄉下小夥子跟著私塾前輩到處參觀江戶市區，也曾打丸之內經過。

那天正好是陰曆十五，輪駐江戶的諸大名照例必須登城向將軍請安。

「怎麼樣？很壯觀吧。」

私塾的前輩向彌太郎如此炫耀，彷彿自己也與有榮焉。

前輩又把彌太郎拉往辰之口，因為從這裡可清楚看見大名的儀仗隊。

站在路旁，果然就見大名的儀仗隊陸續打眼前經過。

的確十分壯觀。「迴避！迴避！」的開道聲一過，依序就是長槍、飾有金紋的大木箱、金漆彩繪且裝飾華麗的轎子及馬匹，還有成列武士以怪異的步伐護在前後。

「怎麼樣?很稀奇吧。回家鄉就可以炫耀給眾人聽了。」

帶他來看熱鬧的前輩相當興奮。

彌太郎卻只是冷眼旁觀。

「真愚蠢。幕府、大名主導的世界恐怕不久就要毀滅了。」

他如此暗想，幾乎打起哆嗦。

大名華麗的儀仗隊是江戶文化登峰造極的傑作，除當時來日的外國人，沒有任何日本人覺得可笑。有的話，就只有這個來自土佐深山的彌太郎了。

「只知以如此蠢事自豪的幕府及諸侯，遲早必自滅。若未自滅，也將被外國消滅。」

「我要回土佐。」

與時勢背道而馳實為下策。彌太郎當夜即離開下榻的民宿，改住進天保山的船宿。當時彌太郎若繼續以下橫目的身分活躍於世，明治政府就不會命他振興三菱公司了吧。

井上繼續留在京都。

只剩井上佐一郎了。

他身型矮小，有點小聰明，橫豎只配當個下橫目，對時勢毫無任何理想。

不過倒像一般俗吏一樣，一心就想升官。

「要是能逮著凶手或殺了他，就升官有望了。」

家鄉有妻兒。

當初要和岩崎到京坂來時，也是對妻子這麼說的。

話說，大坂的土佐藩邸有兩處。

一處位於西長堀川畔，自江戶初期以來，就是土佐藩領的白米、海產、紙張、木材等物產集散中心。此藩邸佔地甚廣，少說有一萬坪，不過是處理商務的公務所。

另一處是最近才成立的，是軍事重地。

位於住吉村的中在家。

那是蒙幕府封地興建，佔地一萬零七十九坪七合五勺（編註：一合約〇・三三平方公尺，十勺為一合）。面海而建，結構幾乎等同城郭，在土佐藩通稱為：

「住吉營區」。

這是幕府為防外國陸戰隊從堺港上陸而特別建造的。已故的東洋為討好幕府，在建造時投下超乎所需的經費。武裝方面也相當重視，不僅在沿岸構築砲台，還向荷蘭買進五百支步槍，置於營中備用。營區的指揮官都屬家老級重臣，共駐紮了五百名藩士。

井上佐一郎幾乎每天都從位在九郎右衛門町的民宿到營區來玩。

井上在家鄉的頂頭上司小監察福富健次，此時正好在營區執勤。福富是上士，曾在江戶修習鏡心明智流且已獲免許，功夫自不在話下。他輪駐在江戶藩邸時曾與龍馬比試，可惜慘敗。

福富受已故的東洋賞識而獲提拔，換句話說，他也是前文提及有新虎魚組之戲稱的秀才官僚成員之一。

因此他對武市那幫勤王黨的橫暴之行格外憎惡。

「佐一郎，你聽著，在江戶老藩主的領導之下，勤王黨的天下遲早要垮台。只要逮到暗殺東洋老師的凶手，就能出頭天啦！」

他對井上如此吹噓。

福富既為東洋系之殘黨，即使得翻遍河床上的石頭，也要抓到凶手。

抓住凶手，逼他寫出幕後實際狀況。他們雖清楚知道武市半平太為幕後黑手，還是需要證據。

只要有證據，武市及與他立場相同的內閣要員便成為罪犯，東洋派的官僚即可恢復官職。

「小的知道。」

井上佐一郎點頭道，眼裡滿是執念。

然而井上並未發現他們該小心提防的敵人就在此

營區之中。那就是殺手以藏。

殺手以藏。

當然這時人們尚未封岡田以藏為「殺手」。他開始連續在京都一帶暗殺佐幕派人物是在較此稍晚之時期。

但其為人已變得十分剽悍。他昔日曾在大坂高麗橋誤找上龍馬，想趁黑偷襲卻反被制服，但如今刀術已有長足進步，並已獲師傅武市半平太頒發「目錄」資格。

「喏，諸君……」

以藏用當時志士慣用語彙與同伴商議。以藏雖是最下級的足輕身分，卻因身為武市門人之末而得以加入武市所倡之勤王黨，現已完全一副國家志士的架勢。

以藏既沒學問也無智慧。

只知對師傅武市盲從。可謂武市半平太所創之勤王攘夷教的狂熱信徒。

不止虔誠信仰。

武市勤王黨說穿了就是土佐藩身分較低武士集結而成的組織。只要此黨掌握藩政，說不定就能脫離以往被人鄙視的足輕身分。

而這得靠功名。

以藏追求功名之心原本就特別強烈。商議場所位於住吉營區的下士宿舍。

住吉營區本部佔地甚廣，營區內另有兩棟宿舍，分別提供給上士與下士（鄉士及足輕）居住。

下士住的那棟稱為「御殿」，位於本部右側，是棟長七十二間（編註：一間約一・八公尺）的大型兩層樓建築。

就在其中一個房間。

以藏正與三名同伴談笑。這三人是久松喜代馬、田內喜多治、村田忠三郎，個個都穿著骯髒的薄棉服。

「你們注意到了嗎？家鄉來的兩個下橫目，井上佐一郎和岩崎彌太郎，為何不住在長堀的藩邸，也不住這住吉營區，而偏投宿市區的民宿，只偶爾才上這營區玩？那眼神絕不容掉以輕心。你們從那眼神看得出他上大坂來的目的嗎？」

「嗯，這麼說來……」

眾人突然想通了。

「是來搜查的吧。」

「你們猜對了。」

一定是來搜查暗殺東洋的凶手，亦即那須信吾等三名同志吧。

「不如先下手為強吧。」

以藏面無表情地說，雙手微微顫抖。不是害怕，而是興奮。

「殺了他吧，為了尊王攘夷的大業。」

為慎重起見，甚至還向駐派在住吉營區的藩內要角平井收二郎報告。平井雖為上士，卻是其中極少數的勤王派人士。他與武市頗有交情，不僅同為這回暗殺吉田東洋行動的幕後推手，更與武市搭檔主演事件後的政變大戲。

「好！收拾他吧。」

平井道。好不容易才讓藩內染上一點勤王色彩，萬一那須信吾等人被捕，一切努力就白費了。

有了勤王派要角的默許，岡田以藏便一頭栽進殺人計畫中。

「我會好好幹的。」

他雀躍不已。

「要是能除掉他，平井爺和武市師傅一定相當欣慰。」

這就是以藏「士為知己者死」之心。

但暗殺對象下橫目井上佐一郎也正打著他的如意算盤：只要逮到暗殺東洋的凶手，就能升官發財了。

雙方皆無特別明確的理念與抱負。再過不久，勤王派和舊吉田東洋派的下級成員定將因各自強烈的功名心而發生衝突。
土佐已分裂為二。依看法不同，或許有人認為已分為三派，甚至四派。但目前彼此張牙舞爪對立的，則是勤王派和東洋以往提拔的新官僚派。
勤王派足輕以藏早知派駐在住吉營區的下橫目中也有勤王派份子，他們的名字是吉永亮吉、小川保馬。
「兩位，我有要事必須密商，請隨我來。」
以藏把計畫一五一十告訴兩人並請求協助。
「兩位，井上與岩崎雖是同僚，但畢竟還是得以天下為要啊。」
如此無知的瘋狂信徒一旦想到這是為了天下國家就亢奮不已，這時絕不可能做出什麼好事。
「好，就幫你吧。不過，岡田，岩崎彌太郎已抗命擅自返回土佐了。」
「什麼？彌太郎……算他走運！不過井上佐一郎還在吧？昨天也看到他有事待辦似地在營區晃來晃去。」
「沒錯，他一直晃來晃去。」
「對了，兩位，至於下手方式……」
岡田以藏問道。他日後將成為暗殺行家，因此這方面腦筋轉得特別快。
「兩位和井上為同僚，都是下橫目，井上對你們應較不提防。」
「沒錯。」
「他對我岡田以藏則有所提防。」
「嗯，應該會吧。」
兩人望著岡田以藏細長而炯炯有神的雙眼，點頭道。
「因此我想請二位幫忙把井上佐一郎約出來。這是必要的費用。」
說著遞上金子。金子是藩邸要員平井收二郎拿出來的公款。
「那就這麼辦。」

充分商議之後，兩名勤王派下橫目即到井上佐一郎住的民宿找他。

「喂，井上，去喝一杯吧。」

兩人如此邀請。

倒楣的是，井上一向貪杯。人往往因自己的弱點而喪命。

「你們二位要請我嗎？那真感激呀。」

一行人前往心齋橋一帶。

這裡有家名為「大與」的小酒館，當時生意很好。

三人正開懷暢飲時，岡田以藏、村田忠三郎、久松喜代馬、田內喜多治四人面帶微笑走了進來。明明是有計畫的殺人，卻安排得像是偶然相遇。

「哎呀，你們幾位都在啊！真好。」

岡田以藏在屏風後方道。

心齋橋一帶的商店，即便稱為高級料亭，也不像新町那邊的茶館那樣一個房間只接待一組客人，只是簡單以屏風將大房間隔成幾桌。

「啊，是岡田君呀。」

和井上佐一郎同桌飲酒的同僚吉永亮吉放下筷子道：

「我來幫你們介紹，這位是最近才從土佐上來的同僚井上佐一郎君。」

「我叫井上。」

井上佐一郎道，同時輕輕點了一下頭，態度似乎有點傲慢。身分雖與眾人相同，皆為下級武士，只因身負下橫目之職，就有些自大了。

「我是岡田以藏。」

「在下是村田忠三郎。」

「田內喜多治。」

眾人逐一報上姓名。大家在家鄉都見過井上，對他有點印象，只是不曾交談。

「好久不見。」

岡田以藏解下佩刀坐了下來。

「井上爺，你儘管喝吧。不好意思，今天的酒錢就由我來結吧。」

店家又不斷送來更多酒。

在座眾人都是宛如大酒甕的土佐人，因此喝得十分痛快。井上號稱酒量高達三升（編註：一升約一．八公升），眾人於是聯手輪流灌他酒。

「哎呀，我醉啦。」

井上眼神發直，簡直就像變了個人。他酒品本就不佳，喝醉了就喜歡指責或攻擊他人的不是。這大概就是所謂的下橫目個性吧。

「諸君認識岩崎彌太郎這人嗎？」

「哦？就是那個太神樂嘛。」

某人附和道。所謂的太神樂就是指舞獅，彌太郎的臉長得就像舞獅面具。

「那傢伙真是武士中的敗類！」

說著便嚴厲一一批評岩崎平日的惡行惡狀，不過倒完全沒提起兩人這回的任務。

⋯⋯⋯⋯⋯⋯⋯⋯⋯⋯⋯⋯⋯⋯⋯⋯⋯⋯⋯⋯⋯⋯⋯⋯⋯⋯⋯⋯

一群人爛醉走出心齋橋筋的「大與」時已過晚上八時。

「井上爺，我們送你回九郎右衛門町的民宿吧。」

「嗯。」

井上傲慢地點點頭。

六人前後左右護著他，故作蹣跚地往南走。走過橫跨道頓堀川的戎橋，再沿川邊往西漫步，快到九郎右衛門町時，周遭已無人跡。

「大家都準備好了吧。」

岡田以藏使使眼色後，道：

「啊，醉啦。醉啦。」

說著踉蹌地貼近井上，並以手臂環住他的脖子，然後順勢勒緊。

井上不一會兒就癱在地上了。

同夥的久松喜代馬拔出井上的短刀往他側腹刺落。屍體直接丟進道頓堀川。

寺田屋騷動

龍馬和澤村惣之丞仍在京坂一帶流浪。

「喏，澤村，吉村寅太郎究竟上哪兒去啦？」

這天也一派悠哉地在京都街上閒晃，但其實也似走失的孩子般有些可憐。

兩人都是剛從鄉下來的，沒有吉村寅太郎這種脫藩前輩的介紹，是無法打入志士團體的。

身上的錢愈來愈少。

住的是不提供膳食的小旅館。在東本願寺附近很多這種便宜旅館，專為前來朝拜總本山的諸國信徒所設。

想當然耳，房客淨是些老人，每個房間早晚都會傳出死氣沉沉唸佛誦經的聲音。原本就已精神不佳的澤村惣之丞在唸佛誦經聲的圍攻之下竟然急遽消瘦。

「坂本兄。」

兩人走在寺町一帶時，澤村低聲道：

「本聽說天下浪人集結於京都，準備高揭勤王義軍的旗幟起事，但街上卻完全看不出任何蛛絲馬跡，甚至是一片死寂。真抱歉把你拉出土佐，咱們該不會是被騙了吧。」

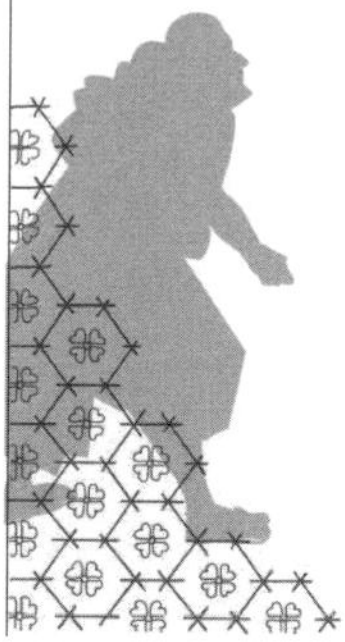

「放心吧。」

龍馬反倒一派從容。

「要是那些人不起義，那我們兩個就率先揭竿而起吧。」

「言之有理啊。」

「我是覺得有點懊惱。其實都怪我們那種愛跟著別人起鬨的個性。」

「是啊……」

寺院的蓋瓦土牆一路連綿，夕陽餘暉映在晦澀的白牆上。有隻貓從龍馬眼前迅速竄了過去。

毫無人跡。

「這麼說來，坂本兄，你的意思是，單憑你我兩人就要在京都起兵嗎？」

「不行嗎？」

「當然不成啊。」

澤村不高興地說。

「不過，澤村，男子漢就要有這種精神。好比你揹著天皇衝上比叡山，而我就在京都抵抗幕府軍隊。」

「就憑我們兩人喔。」

下起雨了。

龍馬那副不當回事的模樣讓澤村愈來愈不高興。

「話雖這麼說，澤村，換成我的話，才不會像這回義軍，計畫在京都起兵。京都這地方的地形很難防禦，自古以來的戰爭史上並無守京都致勝的記錄。我若要在天下舉兵，也要選瀨戶內海。」

「哦，這樣嗎？」

澤村根本懶得理他。

「坂本兄，乾脆上河原町去吧。」

土佐藩的京都藩邸就位在那邊。那町區的街上一定也有同藩的人，所以之前一直刻意避開該處。

「澤村是因此到京城來了的呀。那就找個美女作陪，喝個痛快吧。」

「沒那麼多錢啦。」

他恨恨地說。

龍馬和澤村爬上東山的產寧坂，離山腳下的高級料亭「明保野亭」愈來愈近。

那是龍馬修習刀術時代曾與田鶴小姐約會之地。

大晴天的，卻突然下起傾盆大雨。

「田鶴小姐不知情況如何。」

產寧坂的土壤偏紅，宛如紅泥壺般的顏色。

龍馬緩步往上爬。

眼前的東山正值初夏，深淺不一的綠色映著太陽雨更顯青翠。

「那是安政五年（一八五八）秋天的事了。」

當時京都的公卿、志士皆因所謂的安政大獄事件而人人自危。

在三條家工作的田鶴小姐也遭密探跟蹤。

「現在想想，當時田鶴小姐實在頗有膽識。」

被人跟蹤還敢和龍馬在此明保野亭密會。當時的跟蹤者是捕吏文吉及其手下。

龍馬以手背揩去自眉毛淌至臉頰的雨水。

「自那以後都快四年了。」

時勢一天天變化，就連原本一直沉睡在風雲之中的龍馬現在也已脫藩，並縱身躍入遼闊的天下。

——只是跳了進去，也不知該往何處去，光是在這產寧坂的紅土上漫無目的閒晃。

「四年前我走在這條路上，一心只想著田鶴小姐。」

如今又走在這條路上。

「田鶴小姐……」

他試著低聲呼喚。內心深處竟奇妙地顫抖了起來。龍馬感到一股伴隨著痛楚的感傷。

「我喜歡她。」

但這怪人卻不打算去找田鶴小姐。大概是怕麻煩吧，龍馬如此窺探自己的內心。

「不，這種事哪會麻煩。一定是因我天生就是個薄情郎。」

龍馬臉上露出恍然大悟的表情。

雨細得像霧。

不一會兒髮髻和臉就濡濕了，水珠順著臉頰滴落。

「田鶴——」

龍馬突然回過神來。

「你剛說了什麼嗎？」

走在一旁個子較矮的澤村惣之丞抬起頭望著龍馬。

「什麼也沒說啊。」

終於走到明保野亭門口。

「澤村，進去。」

「沒問題嗎？沒錢啊。」

「沒關係。」

田鶴小姐應該會幫自己付吧，龍馬心想。

明保野亭的人還記得龍馬。

「請進。」

說著領他們到裡面一間房間。

這就是京都的優點。未經介紹的生客二話不說就婉拒，可一旦接待過，不管幾年後仍然記得，必定給予適切的待遇。尤其對明保野亭而言，當初龍馬還是三條家的侍女長帶來的客人呢。

這點等於是信用擔保。

「好棒的房子啊。」

澤村惣之丞興奮地東張西望，環視庭院。

這也難怪。一個出身土佐深山的窮鄉士卻有幸坐在華麗的京都高級料亭。

「好香的味道。」

說著用力聞著房內的空氣。

因為房裡有焚香。

不久老闆娘特來招呼。她絮絮叨叨地作了季節性問候，然後抬起臉來：

「坂本大爺，真是好久不見呀。」

她笑著道。

「千萬別提起田鶴。」

被澤村聽見了不好。澤村是土佐人，正因藩內家老福岡家的千金田鶴是土佐第一美女，因此一聽名字必然立刻知道是誰。

不愧是京都高級料亭的老闆娘，似乎很懂得注意這些細微處，完全沒提起。

「坂本兄，你真了不起。」

老闆娘退下後，澤村誇張地晃著頭道：

「你果然是咱們的幫主。」

「是嗎？」

龍馬暗覺好笑。

一會兒，女侍開始忙進忙出準備酒菜。

龍馬退到另一房間，要來信紙給田鶴寫了封信。

把信封起來，再借條小綢巾包起，然後喚來男僕，把身上所剩的錢全賞給他，要他把信送到三條家給田鶴小姐。

接著又從祇園召來藝妓陪酒。

澤村樂得差點抓狂。

這也難怪。

脫藩後歷盡千辛萬苦，其間曾多次露宿野外，因阮囊羞澀也無法開懷暢飲。

「總算完全緩過氣來了。坂本兄，我真服了你。」

他個性十分單純。

醉得差不多時，聽到鄰室有動靜，似乎來了幾個人。

他們也開始喝起酒來。

且開始激動地辯論不休。

「應該是武士吧。」

龍馬對澤村低聲道。

「好像是長州人。」

龍馬如此判斷。

從口音就能分辨得出來。

這時澤村惣之丞突然大叫：

「啊！」

同時放下酒杯望著龍馬。

「怎麼啦？」

龍馬問道。
「哎唷，坂本兄，隔壁的聲音……你仔細聽聽看。長州口音當中，好像還夾雜著咱們藩那個吉村寅太郎的聲音呀！」
「真的耶！」
果真聽得見吉村寅太郎特有的破鑼嗓。
龍馬擊掌喚來女侍，要她到鄰室去幫自己問問，是不是有位土佐的吉村寅太郎爺。
「是，這就去。」
女侍爽快地答應了。
鄰室隨即一片鴉雀無聲。
唰地一聲，兩室之間的紙門突然拉開，眼前站著左手抓著大刀叉開雙腳活像仁王的吉村。
「什麼啊！原來是龍馬你呀！」
吉村見到龍馬頓時放下心來。
「怎麼了？突然這樣。」
龍馬覺得好笑。

「我還以為這肯定是幕府官差，本想大開殺戒的。因為可以在我們說的悄悄話中辨出腔調，絕非易事。」
「你們那也算悄悄話喔？」
這些人竟然這麼不小心，龍馬十分驚訝。這樣怎可能在京都舉兵起義，或是放火燒掉幕府的所司代呢？
吉村身旁竄出一個人。
「嘿，坂本君，好久不見。」
是長州藩激進份子久坂玄瑞，他身後的長州藩夥伴一一跟進房來。
「咦，大夥都在一起嗎？」
龍馬高興極了。
澤村就像迷途的孩童找到母親似地開心。
「哇，太好了！我們找……」
話才說到一半，龍馬就連忙改變說法：
「對了，你們一定找我們找得很苦吧！」

還端架子。被看成迷途孩童到底有失體面。

吉村也是土佐人，有意在長州志士的面前給龍馬面子，於是說：

「是啊，找得好苦啊。龍馬，少了你，土佐同伴的士氣都沒法提升啊。」

「哪裡，哪裡。」

這下該龍馬不好意思了。

「吉村，你這一向可好？」

「喔，你是指從那時開始嗎？一旦脫藩，這世上便無容身之處。多虧久坂兄關照，讓我躲在京都的長州藩邸。我打算與長州藩的同志一同舉兵起義。對了，那須、安岡、大石等人也在長州藩邸。」

「原來如此。」

「龍馬、澤村，你們也是脫藩之人，就接受長州藩的關照吧。」

龍馬和眾人一同走出產寧坂的明保野亭。

臨出玄關前，到帳房向老闆娘道：

——三條家遲早會派下人來，請轉告「龍已上長州藩邸去了」。

他可不希望讓田鶴小姐以為自己只是要她付錢就消失不見人了。

長州藩邸位在河原町。

地點就是現在的京都市役所。既為三十七萬石的大藩藩邸，自然頗具規模。可惜後於元治元年（一八六四）的蛤御門之變燒燬。

此藩邸即將成為日後維新運動的司令部之一，龍馬來到門口站定。

「對了，對了。」

他忽然想到，便問久坂玄瑞：

「桂小五郎君目前也住在藩邸嗎？」

「不，小五郎目前在江戶藩邸輪值，在藩邸中的文武道場當班頭。來吧，請進！」

「不好意思。」

龍馬依言進門。

藩邸內戒備森嚴。

遠處正面的大殿及宿舍房間都點著燈。不僅如此，庭院中也點了三、四處篝火，還有手持短矛、身穿鐵鎖衣者四處巡邏。

龍馬被分配到宿舍中的一間房間。

「久坂兄，貴藩藩邸真是鬧哄哄啊。」

他裝傻道。

方才明保野亭到河原町藩邸的路上，機靈的龍馬已從久坂的描述猜到大致狀況了。

「長州藩志士為了不讓薩摩藩專美於前，定也有了出擊的打算。」

龍馬如此估算：

「這下京都情況就嚴重了。」

他說，以薩摩藩士有馬新七為首的該藩激進派，聯合以真木和泉為盟主的浪人團，如今已集結在伏見的寺田屋，準備襲擊京都。寺田屋容量有限，故人數不多，但個個都是抱定必死決心的剽悍志士，準備殺進幕府在京都的最高機關所司代。除血祭所司代之外，另一方面也計畫擁護中川宮朝彥親王，高舉官軍旗幟，進一步說服目前在京的薩摩藩主之父島津久光，拉攏薩摩軍加入自己陣營。佔領京都之後，再呼籲天下勤王派的諸侯及志士共襄盛舉，顛覆江戶幕府，一舉將朝政奉還給朝廷。這就是他們偉大的計畫。

此舉嚴重刺激了在京的長州藩激進份子。

「豈可被薩摩藩搶先！」

久坂玄瑞成了主謀，命令輪駐於藩邸的兩百餘人暗中武裝待命。

這些龍馬全看在眼裡。

此時期幕府氣焰仍高，時為明治維新前六年。

龍馬總覺得他們這計畫簡直就是作夢。

這時正值文久二年的初夏。

局勢已即將沸騰，但距離水分完全收乾還久得很。目前情勢還不適合高揭「討幕」這種尖銳的字眼。

天下有三百諸侯。

其中九成九都還躲在太平的金色屏風後沉睡不醒。真正下定決心討幕的大名可說一個也沒有。

薩摩侯如此。

長州侯也如此。

土州侯的佐幕色彩更是濃厚。

天下大藩，除薩長土之外尚有幾個藩，但不可思議的是，這時期卻唯此三藩不斷出現才子、奇士、豪傑、戰略家、策士、論客，可謂人才輩出。

總之，此三藩之藩主都還算抱持常識之流思想，其手下卻多異想天開的躁進之輩。

不管怎麼說仍有其他大藩在。加賀藩就是眾所周知的百萬石之領，而奧州仙台藩也有六十二萬餘石，可惜因沒什麼傑出人才，到明治維新時才像個午睡乍醒的老人似的，茫然不知所措地揉揉眼睛，發現德川時代竟已正式告終。

但薩長兩藩並非全藩上下皆支持討幕。兩藩的首腦份子及九成的上士都屬保守主義，與上述的加賀藩、仙台藩並無二致。

即使都已進入明治時代，薩摩藩主之父同時也是實際藩主的島津久光（後獲封公爵）都還堅持己見。

——討幕？那是癡人說夢！我沒這打算。那是西鄉他們擅自做的決定。

他曾如此道。

土佐藩的老藩主容堂直到最後都是略帶勤王色彩的強硬佐幕派，故龍馬和武市半平太等人的工作備加辛苦。不過到頭來土佐志士終於將主君拋諸腦後，擅自發動藩兵倒幕。

長州的毛利侯就更不敢輕舉妄動了。敬親（慶親）這位長州藩主並非特別愚蠢，但也稱不上英明。據說進入明治時期後，他曾問維新運動的功臣：

——喂，我何時能當上將軍？

這故事簡直教人不敢置信。不過長州藩的情況顯然與薩摩、土佐不同，藩主因本身資質平庸，只是被手下簇擁著左奔右跑，然後不知不覺就滑進明治維新了。

幕末風雲至此還只算進行到序曲階段。

——言歸正傳，回到寺田屋騷動吧。

薩摩藩基於上述內情，也有少數二、三十人加入此「暴動計畫」。島津久光目前暫居於京都錦小路的薩摩藩邸，他得知此消息後十分震怒。

薩摩藩本就與長州藩不同，是個凡事絕對以藩主為中心的諸侯國。他認為那些人根本是任意妄為。

不幸事件就此發生了。

伏見船宿寺田屋發生慘案的緊急通報，就在翌日凌晨天未亮之際傳入三里外的京都河原町長州藩邸。

有人倉皇跑在藩邸走廊上，同時高聲喊道：

「諸君！快起來啊！大事不好啦！伏見的薩摩藩勤王志士已全數遇難啦！」

「全數遇難？」

龍馬也彈跳起身。

他跳進漆黑的藩邸庭院，正好久坂玄瑞也衝了過來，然後又邊嚷嚷邊衝進黑暗之中。

「笨蛋！」

龍馬抬頭望著破曉前的幽暗天空。

滿天星星。

「還太早呀！這時機——」

這無以言喻的怒火是針對那些白白犧牲的同志所發的。

天一亮便接獲詳細報告。是薩摩藩士團殺了薩摩藩士團。

「好，我去看看。」

龍馬離開藩邸前往伏見。幸好船宿寺田屋的老闆娘登勢與龍馬是舊識。

一方面是探視。

另一方面也抱著弔唁勇士在天之靈的心意。

稍晚龍馬將更清楚了解寺田屋騷動事件的真相，那真可謂悽慘壯烈。

京都錦小路薩摩藩邸主殿內的島津久光召來八名藩士。

「去告訴聚集在寺田屋企圖暴動的我藩（薩摩）武士，不必理會那些同夥的他藩浪人，只要告訴我藩藩士，懂嗎？要他們即刻到京都藩邸來，一切聽我命令行事，我將親自慰留他們。」

「萬一他們不肯聽命，那該怎麼處理呢？」

堀次郎如此提醒主君。他是藩的公用人（譯註：執行幕府相關事務之職），也是久光的軍師。他極力反對勤王思想。

「隨機——」

久光只說了這兩個字。言下之意是得以抗命之由先斬後奏，換句話說就是當場處死。

久光又補充道：

「傳令的使者就選幾個和他們志氣相投的人吧。」

久光擔心若不如此，寺田屋組那些人絕不會接受慰留。

但他也深知寺田屋組已鐵下心，決定暴動。慰留只是表面上的說詞，不難想像事情一定會演變成同藩藩士且又是同志之間的互相殘殺。

共選出八名討伐人選，後來又追加一名共九人。以奈良原喜八郎（後改名繁、獲封男爵）為領頭，個個都是薩摩藩刀術示現流（亦作自源流）的高手，同時也都是與寺田屋組抱持同樣思想的志士。

薩摩人和長州人、土佐人不同，重視君命遠超過思想。

日落後他們便趕抵伏見。

這時伏見寺田屋的志士個個都忙於整備武器、換上全副武裝，已經在為出發做最後準備了。

此寺田屋組中包括當時尚屬年少的大山彌助（後改名巖，日俄戰爭時擔任滿洲派遣軍的總司令官，獲封元帥、公爵）及西鄉信吾（西鄉隆盛之弟，後改名從道，獲封元帥、侯爵）。

當時的伏見街上十分繁榮，因它是連接京都、大坂之間的客貨船港。

起點是伏見的京橋。

終點是大坂天滿的八軒家。

兩地之間的旅客就靠此上下淀川。

伏見京橋現在是國鐵兼私鐵起站，由此不難想像當年那一帶的熱鬧盛況。

所謂的船宿，相當於車站的候車室。

伏見京橋沿川邊一帶共有六家大型船宿。

寺田屋即為其一。

龍馬昔日曾與竊賊寢待藤兵衛共宿於此，只是當時世間仍是一片太平，如今已不可同日而語。

京街道。

竹田街道。

這兩條街道是京都至伏見的最主要幹道。奈良原喜八郎等九名薩摩藩士正以討伐組的身分，兵分二路朝此疾奔。

他們約於晚間十時過後抵達寺田屋。

懸在屋簷的燈籠還亮著。

——寺田屋旅館。

黑暗之中，這幾個字仍隱約可見。

寺田屋是棟兩層樓建築。

京都風格的牆壁以紅殼刷成紅褐色，但二樓只有欄杆並未裝設一般京都旅館常見的格子窗。此旅館目前仍大致維持舊觀，且繼續營業中，有興趣的讀者可以住住看。

暴動組的薩摩藩士和浪人團已全副武裝，全員聚集在二樓準備出發。

討伐組的領頭奈良原喜八郎讓一半人手留在戶外，抱著必死決心衝進土間。

「有人在嗎？」

旅館夥計趕緊出來應對。

「請問是何方大爺？」

「薩摩的有馬新七在二樓吧。幫我傳個話，就說同藩的奈良原賭上性命來找他談判。」

「是。」

夥計趕緊上樓傳話。

二樓——

「什麼？奈良原爺來找我？」

眾人情緒立刻激動起來。

「叫他不必慰留啦，把他趕走！」

但有馬新七畢竟是首領角色，更何況還是奈良原的摯友。

有馬只得下樓。

奈良原凝視有馬，左手支在地板上，泣訴般地規勸他，希望盡量不必動手。

「有馬，求你，我求你，別違抗君命，暫且取消暴動計畫吧。」

「喜八爺（奈良原）。」

有馬道：

「我是武士，事到如今，即便是君命也無法取消了。」

「有馬，即使被以抗命之由先斬後奏，你也不後悔嗎？」

「不後悔。」

雙方之間瞬時充滿殺氣。

現場的確殺氣騰騰，但雙方心中並無恨意，在藩裡甚至是勤王派同志，更是至交。

不過，這就是薩摩人的奇妙之處，無論何種情況也堅持要維持自己男子漢的名譽。此藩位於日本列島西南端，而這就是七百年來不斷鍛鍊的獨特精神。雙方殺氣彷彿乾柴烈火般一觸即發。

討伐組奈良原旁邊的道島五郎兵衛立起右膝，戰鬥就此揭開序幕。

「有馬，你說什麼都要違抗君命嗎？」

「沒錯！」

回答的是暴動組的田中謙助。

「這是主君之意——」

道島五郎兵衛冷不防地拔刀一揮往田中謙助眉間砍去。

喀！

發出如此聲音的是田中的骨頭。骨頭很硬。

田中謙助的眼球跳了出來，整個人仰頭往後便倒，當場昏了過去。謙助並未就此死去，他隨後醒轉過來，翌日被移送伏見的薩摩屋敷並奉藩命切腹自盡，得年三十五歲。他生性淡泊又有學問，生前極受同儕愛戴。

戰鬥正式展開。

但暴動組之主力還在二樓，他們對樓下的混戰情形渾然未覺。不知幸抑不幸，目前樓下只有四名暴動組的代表，而這四人都無意仰賴樓上盟友的協助。這或許就是當時薩摩武士的豪邁之氣吧。

更豪邁的是暴動組代表之一的柴山愛次郎。愛次郎自幼就以勇氣超群聞名。

柴山愛次郎閉上雙眼。

堂堂男子漢無法放棄暴動計畫，但君命卻也不得不從。在這裡受死是再好不過了，他如此覺悟。

「愛次郎爺，你覺悟吧！」

討伐組的山口金之進起身大喊。

「喂，動手吧！」

愛次郎如此道，卻仍維持正坐的姿勢。山口的大刀從愛次郎左肩直砍至胸膛。

愛次郎依然正襟危坐。

山口金之進又從右肩朝心窩奮力砍落。

當場死亡。

首領有馬新七更豪邁，決心奮戰至精疲力竭，以維護男子漢的名譽。

他拔出大刀砍向討伐組的道島五郎兵衛。五郎兵衛接下幾招後沉下腰，以上段之姿朝有馬頭頂砍落。

有馬豎起大刀，以刀鍔接下這招。

火星四散。

有馬的刀斷了。

大刀還剩兩寸（編註：一寸約三公分）長。

有馬新七的手上只剩刀柄。

「真遺憾——」

不知有馬新七是否有此想法。不，他恐怕連遺憾的時間都沒有。這時三十七歲的有馬新七突然採取異於常軌的行動。除非我們設身處地假想自己生在當時，又是受過七百年特殊武士道教育的薩摩武士，否則便無法理解此異常之舉。

有馬新七雖是薩摩人，卻有著異於薩摩人的一面。薩摩人的政治觀與英國人十分相似，較之理念，他們顯然更重視現實，往往視個別情況當場決定方針。

但有馬新七這點卻與水戶人相近。他不但是學者，還是個極端的理想主義者，完全不懂得與現實妥協。尊王攘夷主義這個思想就是有馬的一切。然而，不僅如此……

有馬。

他是位天下奇男子。

——只要天皇之治世到來，一切都將好轉。

他如此堅信。當時的尊王武士都如此相信，對友馬而言，不論成敗他都願意為此主義犧牲，這等於是他的信仰。這份激情使他被稱為：

「薩摩的高山彥九郎（譯註：寬政年間慷慨激昂的勤王者）。」

薩摩武士的澎湃熱血與他獨特的信仰使他採取了異常的行動。

有馬扔掉佩刀，迅速衝至對手道島五郎兵衛身邊，使盡渾身力氣把道島壓在牆上。

同時放聲大喊：

「橋口！橋口！橋口！」

橋口吉之丞是暴動組的同志。

「快朝我們刺過來！快刺過來！」

被有馬以蠻力壓在牆上的道島現在雖與有馬站在敵對立場，但兩人既是摯友更是同志。然而有馬卻毫不容情。他相信武士死前要盡量殺敵，即便多殺一個敵人也好。這就是薩摩武士的「教養」。

「我知道了！」

橋口吉之丞年方二十，骨子裡也流著薩摩人的血液。只見他刀光一閃。

「有馬兄！道島兄！失禮了！」

便刺進有馬的背，接著像串丸子似地繼續刺穿道島五郎兵衛胸膛，最後把刀牢牢地釘在牆上。

暴動組的首領有馬已死。混戰之際從二樓下來的組員包括柴山愛次郎、橋口壯助、橋口傳藏、弟子丸龍助、西田直次郎等人也都相繼當場被殺。

其中二十二歲的橋口壯助在身負重傷掙扎垂死之際還喊著：

「水……水……」

討伐組的領袖奈良原喜八郎見他可憐便依言給他水。沒想到橋口一點都不恨率眾討伐自己的奈良原，還說：

「即使我們死了也還有你們在。好好活著，今後天下事就交給你們了。」

說著便闔眼與世長辭。此時雖是深夜，維新的太陽不久將從這群志士的累累屍體那邊冉冉上升。

樓上的志士。

「樓下好像很吵。」

眾人如此懷疑，同時繼續閒聊。完全沒注意到樓下已發生如此大騷動。

「我去看看。」

薩摩的柴山龍五郎說著從二樓樓梯口往下張望，一看大驚。

「糟了！奉行所的捕快來了！」

眾人不約而同操起大刀、長槍，並站起身來。這時樓下的奈良原喜八郎從樓梯口望著樓上道：

「是我，奈良原，我來傳話給薩摩藩士。大家聽好，你們的心情久光公十分了解，但他要大家稍安勿躁。請大家依君命行事。」

討伐組的領袖奈良原真是個男子漢。他丟開大小佩刀，扯開和服及襯衣，伸出雙臂讓上半身赤裸，一邊走上樓梯一邊大喊：

「不要衝動！不要衝動！」

他高舉雙手走上二樓大廳。

眾人已手持大刀擺好架勢，但看見奈良原喜八郎的狂態也不禁目瞪口呆。

奈良原一屁股坐下。

並雙手合十道：

「拜託！拜託！」

接著簡單敘述方才樓下發生的情況，然後苦口婆心地闡明事理並請求眾人打消念頭。

「你們若不聽勸就請殺了我吧。我出發來制止大家之際，就已有犧牲性命的覺悟。」

他流著淚勸說。暴動組的薩摩藩士及諸浪人全都鴉雀無聲。

——他那樣實在教人無法抗拒。

據說日後大山巖回顧往昔時曾如此慨歎。姑且不論是否合理，奈良原的氣勢與其冒死的苦勸已鎮住眾人。

龍馬是在翌日才到事故現場寺田屋。

「應該可以進去吧。」

他有些擔心，他以為幕府伏見奉行所應會派人在旅館佈下監視網。

沒想到情況並未如他所擔心那樣。

幕府怕薩摩藩，除非必要，盡量不增加額外的刺激，故似乎將此事件當成藩內的私鬥而不予置喙。

龍馬站在門口的燈籠下。

榻榻米工匠及泥水匠進進出出忙著翻修隔間及內部裝潢。濺到牆上的血跡及滲進榻榻米再流至地板的大量鮮血，迫使旅館歇業改裝。

「啊，武士爺，今天沒營業喔。」

掌櫃的臉色大變地跑過來。

「看得出來啊。」

龍馬笑笑同時走進土間，接著又跨進木門框，大搖大擺往屋裡走去。

寺田屋的廚房是間三十張榻榻米大鋪有地板的房間。因經年勤拭而散發著黑檀般的光澤。

穿著白足袋的老闆娘登勢在裡面走來走去正忙著。她突然撩開布簾。

「哎呀，坂本大爺！」

她望著正往裡面房間走去的龍馬背影驚訝地喊道：

「這不是坂本大爺嗎？」

龍馬轉過身來。

「您這一向都好吧？聽說您脫藩啦。」

「沒錯，我脫藩了。」

龍馬笑道：

「名字也改了，我現在叫才谷梅太郎。」

「臉倒是一點也沒變呀。」

登勢果然是個見過世面的女人，只是抿嘴笑笑。

「哦，臉沒法改變啊。」

龍馬抹了抹臉。

「我今天是來慰問妳的。」

「其實是來看熱鬧的吧。」

「啊，被妳說中了。說到看熱鬧，我是第一個來的嗎？」

「是啊，不過這也沒什麼好誇獎的。」

「說得也是。」

龍馬天真地笑笑。

「說正經的，登勢夫人，妳的店也遭殃了吧？」

「起初還以為是有三、四組赤穗浪人殺進來了呢。」

「真的呀。」

「就這樣又殺又砍的，一團亂。」

「男人就是這樣。」
龍馬往房間正中央一坐。
登勢一時退出房間，不一會兒又端著茶進來。
「除有馬大爺外，還有幾人被殺。真令人惋惜。」
「屍體怎麼處理？」
「後來來了好多薩摩武士，把屍體全埋進前面的大黑寺了。其中橋口壯助大爺的屍體特別沉。」
「登勢夫人也幫了忙呀？」
「是啊。」
登勢若無其事地笑笑，卻已熱淚盈眶。
「妳真是個俠女。」
登勢當之無愧。
進入明治時期後，其次女殿井力子曾如此追憶：
「她呀，太愛照顧人，別說遊山玩水了，就連戲曲也不去看，唯一的嗜好就是照顧人。光是棄嬰就收養了五個。還有人聽說這情形，竟特地將孩子丟到寺田屋大門屋簷下，造成家人不少困擾。對勤王志士更是盡心關照，完全不顧自身安危。」
龍馬抬頭看見飛濺到天花板上的血跡，立刻移開視線。
此時正值所謂的「春燈」時節。這天晚上，伏見家家戶戶都點了燈，在川上氤氳夜霧的籠罩之下，發出朦朧火光。
龍馬倚在樓上的欄杆，抱著向登勢借來的三味線。
「獻給薩摩壯士在天之靈。」
龍馬有意吟誦追悼之詞。
照理說是該點炷香、誦部經的，但龍馬不熟經文。何況那種奇妙的古中國式誦經聲，光聽都覺得陰鬱，他實在受不了。
龍馬也不愛吟詩。當時志士之間吟詩風氣頗盛，但龍馬看到那些人吟詩總覺噁心。既無膽識又無天份，分明本如螽斯般渺小，卻自以為成了大老虎而恣意咆嘯。龍馬覺得那些人就是這樣。

「還是唱唱琵琶歌吧。」

為薩摩人彈唱薩摩琵琶歌或許就是最好的追悼方式了，他們從年少時期開始就常聽琵琶歌而練就一身鐵膽。

「可惜我不會唱琵琶歌。」

何況手邊也沒琵琶。

手上有的只是一把三味線。

龍馬會彈三味線。

是跟乙女學來的祕技。

「作首曲子吧。」

坐著的龍馬身旁放有一只喝抹茶的茶碗，是個大型天目碗，裡面裝的是酒。

他一口飲盡，調了調音，然後唱起弔唁在寺田屋殉難志士的即興小曲。

他有副渾厚的好嗓音。

為何將良駒
繫於盛開之櫻？
良駒若騰躍，
櫻花即飄散。

這首曲子充滿對薩摩老太爺島津久光（偏又是藩主之父）的怨恨及諷刺。

盛開之櫻指的是有馬新七等暴動組員。他們集結於此寺田屋正準備讓自己所抱之志開花，這時久光卻派來奈良原喜八郎等慰留團（其實是討伐組）。這些人個個都是薩摩勇士，故龍馬將他們喻為良駒。島津久光將良駒繫在櫻花樹。一旦良駒騰躍，櫻花勢必因此飄散，這是無庸置疑的。言下之意是「不可，不可呀！」

龍馬又唱了一首。

有何值得憂愁呀？川邊柳
日日望著川水悠悠。

人生輪迴。

生死本為同一件事，不過是形式上的改變罷了。

龍馬以此做為弔唁之詞。

龍馬在寺田屋所作的這兩首歌，到現在都還常在酒宴上為人傳唱，多數人卻不知這是龍馬為歌頌在寺田屋犧牲之烈士所唱的曲子。

流轉

京都的陽光一天比一天熾熱。

寺田屋事件後，龍馬在河原町的長州藩邸鎮日無所事事地過了一個月。

一天，久坂玄瑞道：

「坂本君，你最好小心提防。」

他提醒龍馬：

「土佐藩的捕快似乎仍緊盯你們不放，還是乖乖待在長州藩邸避鋒頭吧。」

除龍馬和澤村惣之丞外，長州藩邸內還窩藏了幾個土佐藩的在逃通緝犯。其中包括暗殺參政吉田東洋的凶手那須信吾、大石團藏及安岡嘉助等人。

前文出現的吉村寅太郎已不在京都。事件發生前後，吉村為居中連絡曾一度忙於往返河原町的長州藩邸及錦小路的薩摩藩邸之間，但後來薩摩的久光說「那人看了真不順眼」，竟將他提交給土佐藩。

「那傢伙沒問題的啦。」

龍馬對吉村的為人十分肯定。

「就算被遣送回土佐，遲早也會再度脫藩，做出讓世人刮目相看的事來吧。」

一天傍晚，龍馬無聊之餘就想溜出長州藩邸。

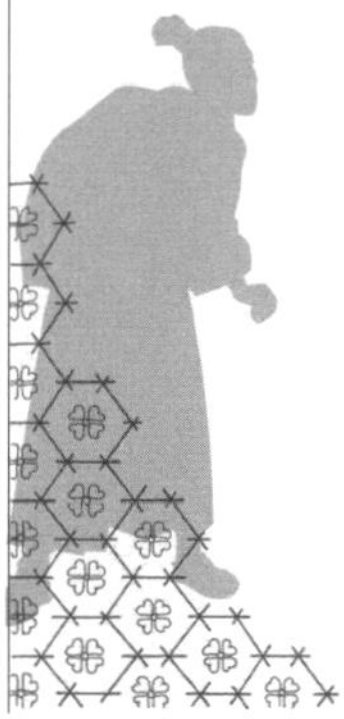

「坂本君，你要上哪兒去？」
在大門口，長州藩士品川彌二郎皺著眉這樣問他。
「嗯……隨處晃晃。」
到街上逛逛，龍馬道。
「那太危險了呀。」
「沒辦法，以我的個性實在不適合躲躲藏藏的。」
「可萬一像吉村君那樣就太不值得了。」
「喔，那也與我個性不合。」
他說完後倏地轉身走出大門。日後品川彌二郎榮升為松方內閣的內務大臣，他曾提及當時龍馬給他的印象。他說從未見過龍馬如此寂寥的身影。
事實上龍馬真的很鬱悶。
他雖已脫藩，但之前的「京都義舉」卻如雨後彩虹般轉眼煙消雲散，無疾而終。
「我該如何自處呢？」
他就像公演前夕劇團倒閉的演員，堂堂五尺之軀卻無容身之處。

「幕府的捕快又不好對付，乾脆上江戶去吧。」
從木屋町往南拐。
「還是先到江戶的千葉道場，避避脫藩的鋒頭吧。」
身上卻無前往江戶的盤纏。
龍馬正煩惱時，突然聽見背後有人叫他。
「喂！」
龍馬停下腳步。
「……？」
龍馬轉過身去，映入眼簾的是高瀨川畔風姿綽約的垂柳嫩枝新葉。
柳樹後方站著一名雄赳赳氣昂昂的武士。
「是我呀。」
那武士操的是帶有出羽口音的江戶方言。
他身上穿的是夏季的薄短褂，八星拱日的九曜家紋隱約透了出來，依稀可辨。裙褲是高級的仙台平質料，腳上穿的是白色繫繩的草鞋。大小佩刀的繫繩是紫色，刀鍔還鑲了金。這身裝扮很適合他。
膚色白皙。
十分俊俏。
雙眼卻炯炯有神，即便孩童也一眼即知此人絕非泛泛之輩。
「不記得我了嗎？」
他臉上稍現不悅神色，但隨即豪爽地揚聲大笑。
「我是清河八郎呀。」
那名武士道。
「啊——」
龍馬故作恍然大悟狀。其實他方才就發現了，只是他不太喜歡這人。
「你想起來了嗎？」
清河移動綁著白繫繩的草鞋走上前來。
他與龍馬是江戶千葉道場的同門師兄弟，也和龍馬一樣獲得北辰一刀流的「免許皆傳」資格。
「好久不見啊。」

清河道。清河是早龍馬數年的前輩，不過他是在玉池的總道場習劍，而龍馬是在桶町千葉，因此兩人未曾以竹刀交過手。
「到那邊去喝一杯吧。」
「好是好，不過……」
龍馬甩了甩衣袖，表示自己沒錢。
「所以還是改天吧。」
「錢的話不必放在心上，我身上有。」
「不，算了。即使你有，但只要我身上沒錢，酒喝起來就不好喝了。我喝酒就是這樣。」
「你這酒癖還真怪啊。」
清河苦笑道。
「不過，清河兄，要是你把荷包交給我，那就另當別論了。」
「這人——」
清河生性高傲，自然頓感不悅，但一看到龍馬那足以融化人心的微笑就改變心意了。

「這樣也別有樂趣啊。」
這還真怪。這個舉凡雞毛蒜皮之事也要吹毛求疵的男人，竟依言將皮製漆花錢袋遞給吊兒郎當的龍馬。
「那我就收下囉。」
錢袋沉甸甸的。
龍馬將錢袋拽入懷中並對清河道：
「清河兄，咱們去喝一杯吧。」
說著以下巴示意先斗町的方向。龍馬帶頭邁開大步，大策士清河竟疾步跟在龍馬身後。
先斗町有家名為「余志屋」的料亭。
此料亭以名酒「劍菱」遠近馳名。
龍馬第一次上這家酒館，其實他早就想來嚐嚐這名酒。
京都的酒館不歡迎來歷不明的生客。
因此龍馬一進余志屋，就把老闆娘叫來，把錢包交給她。
反正是清河的錢包。
「到時要是有剩餘的錢，就當成小費分給大家。我無法吐露自己的藩名，但我名叫才谷梅太郎。」
「才谷大爺。」
老闆娘嚇壞了。雖不知荷包裡裝了多少，但她掂掂重量，應該有十二、三枚當時通行的小判金幣。
「喂，喂，坂本……」
清河面有難色，但身為武士，如此場合也不能公然鬧彆扭。
清河只得默默坐進二樓內側包廂，表情就像喝了醋似地難看。
「今晚正是所謂的良宵啊。」
龍馬笑嘻嘻道：
「清河兄，藝妓呢，咱們就晚點再召吧？」
「啊，好啊。」
隨便你啦！他表情氣鼓鼓的。

「咱們先好好聊聊。」

龍馬興高采烈地道，心裡卻暗自高興能有機會好好整整這個討厭的傢伙。

酒來了。

清河的酒量相當不錯。

「請。」

女侍拿起酒壺勸酒。

清河緩緩移動他渾厚的肩膀，然後拿起酒杯。

他生性傲慢，這氣派的動作讓人聯想起大藩的家老。

羽前國（山形縣）有個名為田川郡清川村的山村（現已劃入東田郡立川町）。

在當地只要提起——

齋藤爺。

就知道是位了不起的大地主。當地人都尊稱他為大老爺。

這位仁兄就是齋藤家的繼承人。小時候被稱為公子，出了社會，老家當然仍會寄來大筆生活費。

龍馬雖生在土佐首屈一指的有錢鄉士家，但與東北鄉士相較之下，規模自然不可相提並論。坂本家並未大到堪稱「大老爺」的程度。

生在此東北高原的清河，簡直是個全方位的天才。

不管讀書還是習武，樣樣精通。

文章寫得好。

口才也不在話下。

此外精氣也倍於常人。不僅如此，對時勢、人物都能一眼即洞悉其本質。不但精於策畫，更是個巧思泉湧的天才型大策士。從這點看來，他可真是位百年難得一見的優秀人才。

但他卻有個重大缺點。

清河八郎十八歲就離開故鄉羽前國遠赴江戶。

當時神田玉池有位名為東條一堂的人，是頗負盛名的學者，在當地開了家學堂。幕府直屬的旗本子弟很少在此就讀，但東北諸藩、水戶藩及西國系的鄉下武士子弟多就讀此塾。這點與明治後的早稻田大學頗為類似。

此東條塾隔壁有家有名的「玄武館」。

此即北辰一刀流千葉周作的道場。事實上刀客周作和學者一堂兩人交情匪淺。

——咱倆攜手一起努力吧。

兩人協議好暗中合作。很自然地，鄉下來的年輕武士只要進了東條塾，就到千葉道場習劍，而到千葉道場習劍的也會上東條塾讀書。

兩邊生意都十分興隆。

清河在雙方師門都贏得天才的美稱，他卻一點也不因此自滿。

其好奇心之旺盛異於常人，或許更該說他對人的關心過於強烈。

「人外有人，天外有天。」

才二十出頭就已有三次長途旅行的經歷。他曾遍遊京都附近、中國（本州西部）方面、九州，最後到本州北端後，甚至搭船到北海道（當時稱為蝦夷）。

這些旅行使清河成了虔誠的尊王攘夷論者，甚至進一步成為倒幕論者。當時仍屬幕府政權穩固的嘉永、安政年間，故放眼天下，倒幕論者除清河之外恐怕無他。

途中他曾返鄉撰寫著作。諸如《芻蕘論》、《兵鑑》、《四書贅言》等。

後又上江戶，先在駿河台，後改至玉池租屋，打出「文武教授」的招牌開了間私塾。

這期間他廣結世間名士及志士。

——江戶有個清河八郎。

各方皆知這號人物。此名並非他本名，本名齋藤元司，但取故鄉村名「清川」為姓，名八郎。

這名字很容易記。

就像藝名一樣。

清河就是這樣的人。他是個極端的尊王主義者，同時也亟欲在世間嶄露頭角。獨力精心策畫，希望以自己的謀略操控整個世間。且不像一般策士般安於垂簾聽政，他企圖獨佔一切功勞，永遠穩居策略主角的地位。

如此恐將淪於無德吧。

此不世出之才子，就因為這個缺點而注定一輩子不幸。

「這人好厲害呀。」

龍馬邊喝酒邊觀察對方。

「可惜是個藏不住鋒芒的策士。」

龍馬已用自己的獨特方式衡量出清河有幾兩重。

清河被幕府通緝在案。

他在江戶時曾與同志在柳橋的萬八樓暢飲，回家途中卻出了事。

一方面是因在酒樓談論過多天下大事。

另一方面也因為他醉了。二者皆令他情緒高亢。

迎面來了個百姓。

看來是個混混。

這個混混十分輕視武士，也知道在路上即使口出不遜，武士也不敢輕易拔刀。若拔刀傷人，那就正中藩的下懷，即可沒收其俸祿並勒令退職。此因各藩目前都因養不起藩士而財政窘迫。

那混混看得出迎面而來的清河八郎是大藩的藩士且身分不低。

因他身邊還有幾個跟班的。安積五郎、伊牟田尚平、村上俊五郎等奉清河為幫主的浪人。

這名百姓腳下突然一陣踉蹌。

看來並非出自惡意，而是自然發生的事故。可這路實在很窄。

他撞上清河的肩膀。

「小心點！」

那混混口氣很差。

「大膽狂徒！」

清河立即手握刀柄。

拔刀。眾人都還搞不清他想採取什麼動作時，清河已還刀入鞘。

不愧是北辰一刀流的高手。

那混混的頭顱被切離身體並飛了出去，張開的嘴還維持方才喊著「小心點」的嘴型。頭顱飛出五、六間距離後，咕咚一聲掉落在一家店門前。

清河的身影隨即自江戶消失。

幕府認為這是逮捕清河的絕佳時機，便在諸國廣貼人相書嚴密搜捕。

人相書上描述的清河是如此長相：

「年約三十。中等身高。住在江戶玉池。體型偏壯。方臉，蓄總髮。膚色白皙，鼻梁挺而眼神銳利。」

是典型的庄內（山形縣）美男子。

他四處逃竄後潛入京都，曾與一位仕於公卿中山家的志士田中河內介痛批時勢，後透過河內介向天皇提出建言書。從前幕威正盛之時，即便是大名，幕府都不許他們直接與京都朝廷接觸，如今卻演變為即使一介浪人亦能如此行動。

後來清河遍遊九州。

他拜訪了各地志士。就在此時期結識志氣相投的夥伴，如：筑前的平野國臣、筑後的真木和泉等。

——當上京發動義軍！

清河甚至提出如此激烈主張。九州人本不諳京都及江戶局勢且又特別意氣用事。

不久便陸續集結至京都、大坂一帶，後演變為寺田屋之變。此情形無疑為血腥的京城幕末風雲劇揭開序幕。清河可謂是以一己之力鼓動了幕末風雲。

「清河兄。」

龍馬聽清河八郎侃侃而談，並不時誇張地搖頭晃腦。

因為龍馬實在太佩服他了。

他流利的口才、豐富的語彙、卓越的理論，無不讓龍馬由衷佩服。面對清河滔滔不絕的辯舌就忍不住激動起來，簡直無法保持靜默，恨不得即刻採取行動。

清河靠著三寸不爛之舌，讓九州一騎當千的眾志士彷彿著了催眠術似地一一上京。

「有這麼一句成語『咳唾成珠』，說的就是清河兄這樣的才吧。」

龍馬心裡頗覺輕蔑卻不形於色。

「我呀，坂本君。」

清河含著酒杯道：

「其實在江戶時就對你寄予厚望。」

他刻意緩緩說出這句話。

「好開心哪。」

龍馬低頭啜了一口酒。

「哈！」

清河笑了出來。

「坂本君，別耍我啦。你的表情看來毫無感激之情。」

「不，真的很感謝。我生性容易取悅，家姊經常說，稍微捧捧龍馬他就樂翻天了，應該多捧捧他。」

「少來！」

清河拉下臉來。

不過，還有一事商量。他想和龍馬聯手演一齣戲。

「關於上回的寺田屋事件……」

清河道：

「那也是我安排的劇本。」

「哦？」

龍馬故作驚訝，其實他早已知情。清河的風評不知為何以負面居多。

清河一向以英雄豪傑自居。年紀輕輕即進入日本最高學府昌平黌，卻中途打了退堂鼓。

——老是看這些老掉牙的典籍，棲息在我心中難能可貴的英雄豪傑會被害死。

於是連忙離開。
遍遊九州時曾拜會各地享有「志士」之名的人士，但清河總在拜會的日記中嚴厲批評對方。
熊本城下有位永島三平的知名志士，家住清正廟前。清河於是順道拜訪，與他交換意見。
那天晚上的日記中有如下的記載：
「兩人討論了天下情勢，原來他只是虛有其表，根本不值得信任。略作交談後，發現他並非值得深交的英雄豪傑，故隨便敷衍了事。」
總之清河不斷走訪各處，只要對方是號人物他必前往拜訪。
而幾乎所有人都被清河說動了。
「京都義舉一事，其實是我一手策劃的。」
清河道。這不是吹牛，清河八郎不是得靠吹牛來自我膨脹的下三濫。
「原來是你啊。」

這世間真奇妙。龍馬覺得自己真可笑。清河自某處吹響笛聲，這笛聲四處飄揚後傳到了土佐鄉下，龍馬因此被迫隨之起舞而走到脫藩這步田地。
「就是這傢伙改變了我的一生呀。」
龍馬摸摸下巴望著紙門外，已經完全入夜了。
「不過，清河兄，重要的寺田屋事件當時，你似乎並不在現場喔。」
「——」
清河答不出話來。
龍馬忍不住輕笑。
給寺田屋帶來慘劇的京都義舉，的確是清河召來演員、撰寫劇本並一手導演的。但就在演出前夕，清河卻被全體演員趕出去。此內情龍馬早有所耳聞。
當時龍馬還搞不清楚組成「義軍」的浪人、志士究竟在哪裡，與澤村惣之丞在大坂四處閒逛。原來一千人全聚集在薩摩藩的大坂藩邸。
薩摩藩嫌他們麻煩，特別把藩邸宿舍中一棟名為

「二十八番長屋」的宿舍騰出來供他們居住。此舉並非基於熱誠款待之心，集中監視才是真正的用意。但包括清河在內的浪人都以為：

「薩摩藩已被我們擺平了。」

以為自己已取得天下，每日只管高談闊論、任意妄為。

清河在日記中沉痛寫道：

「他們全是些無才且舉止輕浮之輩！」

然而其他浪人眼中的清河也是如此。但另有一位清河視為心腹且帶他來此的越後浪人本間精一郎（日後被暗殺）在眾人眼裡甚至比清河更不堪。本間極好打扮又鋒芒畢露，不僅辯才無礙又自命不凡。與人辯論時，不把對方駁倒絕不甘休，嘴邊不時掛著輕蔑的微笑，總之就是「少了膽子的清河八郎」類型的男人。

浪人個個討厭本間，他們排擠他，甚至連相當於其兄長的清河都遭疏遠。

兩人最後只得搬離薩摩藩邸。

其實應該說是被同志掃地出門的。

「可惜了這樣的人才啊。」

龍馬望著清河有些氣憤的秀麗臉龐，內心如此感慨。

有人說幕末的歷史大劇是由清河八郎揭幕，由坂本龍馬閉幕。但龍馬一點也不喜歡這位關鍵人物清河。

原因無他，只因他對人少有同理心。

枉費他是個萬能的天才。

龍馬如此認為。他看出清河終究無法成就大事。

「坂本君，我對你期望很高。」

清河道：

「我即將前往江戶，打算在幕府所在地做一番驚天動地的大事。請與我同行吧。」

「去江戶？」

龍馬楞楞地說。

「清河這傢伙究竟想竄至江戶搞什麼把戲啊？」

一方面又覺得有趣。

「我本就有意上江戶去，乾脆一起走，路上也有個照應。只是你打算到江戶去做什麼呢？」

「去誆騙幕府。」

果然是清河的作風。

「誆騙他們，要他們僱用天下浪人。江戶若也發生浪人暴動，幕府一定很棘手。因此我打算說服幕府，把浪人集中到一處，以幕府經費供養，有朝一日即可派這些浪人充當攘夷先鋒。對幕府而言這是一石二鳥的好方法，他們一定會上鉤的。」

「然後呢？」

龍馬一時抓不到重點。

「要做什麼？」

「反過來將他們當成討幕軍呀。」

「哦……」

這場騙局的架構的確讓龍馬大吃一驚，但他依舊說：

「別這樣做啦，清河兄。」

龍馬隨即又說：

「一生進行一次騙局或許無可厚非，但事物若無實則不足以服眾。要伎倆騙對方說『這是塊餅』，或許騙得了一時，可一旦被發現其實只是一張紙，全天下都將棄你而去。」

「坂本君。」

清河已有醉意。

「我毫無背景，你有。你有土佐藩的夥伴。光是把立志勤王的土佐藩士集結起來，少說也有兩、三百人吧，這就是你的背景。自己不必花費唇舌口沫橫飛，只要登高一呼，光用你們自代代祖先以來共通的田間招呼語，大夥兒就會情義相挺。薩摩、長州、會津也是一樣情形。但出身出羽山村的我就不同了。我沒有這種伙伴，天下唯我清河八郎一人獨行。既然如此，只好騙騙這邊，再煽動一下那邊，居中挑起雙方戰火。換句話說，就是效法蘇秦、張儀的行為。」

清河舉出兩位古代中國知名策士來抬舉自己。

就是這樣龍馬才不喜歡清河。策士畢竟只是策士，終究成不了大事。

「一定要有真才實料。」

龍馬目前雖仍八字沒見一撇，但已有崇高的夢想。

這就是清河與我之間的差異。龍馬暗想。

當田鶴小姐聽到寺田屋壯烈事件的消息時，真的差點無法呼吸。

「龍馬大爺會不會……」

但主家三條家隨即獲得詳細報告。田鶴小姐又因此感到不解。

「為什麼呢？」

龍馬並不在其中。

她放心了，但也同時感到不悅。

「真沒出息。」

又暗想：

「難道那人真的只會空口說白話嗎？」

感覺自己遭到背叛。

不僅如此，那人顯然也是個薄情郎。

只知他脫藩上京為止的情況。產寧坂的明保野亭也曾派人來詢問結帳問題，但他本人卻未來見田鶴小姐。

既無愛情也不思參與壯舉。

「究竟在做什麼呀？」

真搞不懂。

後來——

指的就是今天下午。

寢待藤兵衛突然悄悄來訪，害田鶴小姐大吃一驚。

他依舊一身老實行旅商人的打扮。

「嘿嘿，小的到京都來了。」

他露出微笑。

藤兵衛也知道龍馬脫藩的消息，大概是在江戶的土佐藩邸聽說的吧。但也不知龍馬目前下落。

「要是您知道的話……」

言下之意是請告訴我。

「我也不知道呀。聽說好像躲在長州屋敷。」

田鶴小姐似乎不太想提，大概很氣龍馬吧。

藤兵衛看得出來。

（正吃著醋呢。）

「哎呀，小的也是在江戶聽說寺田屋發生事變，想說我家大爺一定是同夥，這才趕過來的。」

「喔。」

田鶴小姐依然一臉不悅。

「可他並不是那些人的同夥，真不知他脫藩到底是為了什麼。」

「誰知道啊。」

「既然如此……」

藤兵衛琢磨了一會兒又說：

「那小的就上長州屋敷問問，確認他是否還住在那邊，然後安排讓你們見個面吧？」

「不必你多事。」

田鶴小姐斷然拒絕。

「公卿宅邸四處都有幕府眼線，要是有浪人接近，會給主家帶來麻煩。」

「是。」

無論如何，藤兵衛還是上長州屋敷不露痕跡地打聽。

這才知道龍馬似乎已前往江戶。

這時龍馬與清河正在東海道上趕路。

第一夜抵達草津。

接著是土山。

幸好一連數日都是晴天。

第三天經過鈴鹿。

「真怪。」

龍馬邊走邊納悶。

東海道上旅人如織。這已是他第三次行經東海道，但從未見路上如此熱鬧。

且人們並不是和他們同樣要前往江戶，而是陸續迎面而來。

且多為女性。豪華的女性座轎由女侍或武士挑著，逐步往西行進。有時接連來了幾組。

「坂本君，這你看得出來吧？」

「看不出來。」

「幕府瓦解的徵兆呀。」

清河道。

女性座轎裡依規定坐的是諸大名之正室。

大名之妻住在江戶屋敷是幕府兩百年來的規定。

換句話說，就是在江戶當幕府的人質。這是為了防止大名在領國叛變。

此外為削減大名財力，還特別訂定輪駐江戶的參覲交代制。此輪駐制度原則上是一年駐在江戶，一年返回領國。諸大名必須帶著眾多手下往返於江戶及領國之間，故得耗費大量經費，勢必疲於奔命並喪失對抗幕府的財力及武力。

德川幕府因此得以延續二百一十年。

德川家的確得以平安延續，但日本整體之武力卻也因此大幅滑落。

此時偏逢外患。外國不知何時會進攻日本，但居於關鍵地位的諸大名顯然無力防衛。即使有心改善軍備也苦無經費。

文久二年（一八六二）初秋。

幕府終於睜隻眼閉隻眼任參覲交代制形同廢除，諸大名妻子必須留在江戶的鐵則也隨之鬆懈。

兩百多年來，諸大名一直被幕府穿鼻環綁在江戶，如今既然任此制度名存實亡，豈不等於縱虎歸山。

「幕府瓦解的徵兆。」

這就是清河洞察之結果。

沿東海道一路往西而行的不止大名夫人。

在江戶屋敷工作的足輕、女侍及僕役長等職員也都奉命停職，準備各自返鄉。

因此一路上苦力的工資、馬匹的價錢及渡口附近的房錢都大幅上揚。

「清河兄，照這樣子看來，才到尾張附近你的荷包就要空了。」

與「幕府瓦解的徵兆」相較之下，龍馬還比較擔心這個問題。龍馬也是靠清河的荷包旅行的。

另一方面，土佐的情形是——

武市半平太暗中操控的革新內閣終於勉強成立。

「龍馬，你太沉不住氣啦。」

鮮少抱怨的武市半平太一提到龍馬，就忍不住為他的脫藩之舉感到惋惜。

但遠在一海之隔的京坂，龍馬聽到武市成功的消息卻反覺不安。

——恐怕只如架在沙地上的樓閣呀。

武市是個理想主義者而龍馬是個現實主義者。除非武市有足夠兵力，能以武力鎮壓土佐全國，否則其革新內閣終究也只如沙上樓閣般岌岌可危。

——武市著手進行之事也虛而不實，一如清河。

龍馬一心想在瀨戶內海創立私設艦隊並以此武力重整天下秩序。只進行謀略的方式對他而言太不夠實用。

參政吉田東洋遭暗殺以來，土佐藩的人事安排全依武市的計畫進行。閣員的八成由守舊派老臣就任以便安定政局，但他們個個昏庸無能，故日後將被另兩成勤王派要員牽著鼻子走。這就是武市的如意算盤，而一切也全如其算計。

遺憾的是，武市本身為鄉士出身而無法就任要職，只能勉強當個白札的組長；換句話說，不過是相當於準士官的卑職。然而他卻是幕後黑手，操縱著整個內閣。

——千別輸給薩、長！

這是武市等人的共同口號。

競爭對手長州藩已取得攘夷的密旨。久坂玄瑞等長州勤王黨彷彿已贏在起跑點似地雀躍不已。京都朝廷以往從未直接下旨給大名，以當時的政治體制來看，此舉已嚴重違法。但在位的孝明天皇及身側諸公卿的恐夷心態日漸嚴重，神經早已失去平衡。

——幕府究竟在做什麼！被外國人嚇得將海港一個接一個對外開放，還被迫簽訂條約。再這樣下去，一定會被外國併吞的！

公卿無知。

公卿怯懦。

公卿也貪婪。

長州的策士就是利用公卿這些缺點。據說當時公卿見錢眼開，要他們居中斡旋促使天皇降下密旨，只要賄賂兩、三個有力公卿便易如反掌。

天皇終於降下密旨。

長州藩的活力因而瞬間提升，全體藩士都覺得己藩已與幕府地位相當。

「土佐也——」

武市立即與勤王派上士平井善之丞聯手運作，終於獲得天皇密旨。

如此一來，武市等人也得以擁立十七歲的藩主率軍上京。此時龍馬剛離開京都不久。

龍馬正趕往江戶。

武市半平太正好上京。兩人錯身而過。

因河原町藩邸過小，藩主豐範及土佐藩兵於是紮營在京都西側妙心寺境內的大通院。

武市半平太忙得不可開交。

三條家為山內家之姻親，武市必須拜託年輕之當主實美居中斡旋，代為遊說公卿並大把灑出禮品及金銀討公卿的歡心。

「長州固然有錢，但土佐不愧是二十四萬石的大國，也相當富裕。天皇那邊我們會盡量說好話。」

公卿大悅道。自古以來，公卿在歷史上從未做過什麼正經事，奇怪的是，他們卻擁有相當的權威。

天皇是天神下凡的現人神，而他們就是圍在身旁的神官。不過就是神官，但因大名不得直接覲見天皇，故正如神諭必須透過神官轉達，天皇的諭旨也必須透過公卿轉達。神官就有如此權威。當然轉達過程中，公卿可能因顧及本身利益而加以改變，天皇對此卻無從得知。

武市的工作進行得十分順利。土佐藩家老桐間將監終於獲朝廷召見。

雖獲朝廷召見，但只是被傳至皇宮內的官廳。這間稱為學習院的官廳，一時擠滿勤王派的年輕公卿。

桐間將監就在此學習院恭聽武家傳奏中山大納言轉述聖旨。

「土佐藩主及薩長兩藩藩主應竭心齊力周旋於公武（指朝廷與幕府）之間。」

就只有如此短短一句。但自此瞬間開始，土佐藩的重要性在幕末政局中就足以壓倒其他眾藩。

薩長土。

此三藩之並稱於焉誕生。綽號為天皇迷的武市半平太自然十分欣慰。

「半平太差點樂死。」

甚至有人這麼說。

——這時候要是龍馬在就好了。

武市愈來愈為龍馬脫藩之舉感到惋惜。

但世事豈能盡如武市所料。

住在江戶鮫洲藩邸的前藩主容堂已退位，照理說對國政無置喙之餘地，但他對武市一派頻耍陰謀十分不悅。

「咱們大名可是將軍的手下，豈可僭越直接與朝廷聯繫？實在不成體統！」

故已暗中下令，要前參政吉田東洋提拔之官僚密切監視武市一派的行動。

這自然是不懷好意的監視。只等對方露出破綻，就讓他通盤失勢。

龍馬還在東海道上。

複雜的藩內情形與他毫無關係，他只管獨自衝往天下之舞台。

重返江戶的清河在行經大木戶、走到芝橋前時，突然皺著眉道：

「坂本君，我覺得後面好像有人跟蹤。」

龍馬方才就注意到了。

從田町的某路口開始就一直有個可疑之人尾隨身後。

「是下級捕吏吧。」

龍馬道：

「因為到處都貼著你的人相書啊。」

「嗯……」

清河仍氣定神閒地走著。

來江戶的路上，不少驛站的旅館牆上都貼有清河的人相書。但清河不管要住在哪裡都一副光明正大的態度，因此旅館的人及驛站區的官差都未起疑。

「真不愧是江戶的捕吏，清河八郎前腳才踏進江戶邊界，他們就立刻尾隨在後。」

「坂本君，咱們就在此分道揚鑣吧。」

「你要逃走嗎？」

「嗯。」

清河點點頭。清河說，幸好薩摩藩邸就在前面的三田，他認識薩摩人益滿休之助，可以請他讓自己躲幾天，等了解江戶情勢之後再開始活動。

「可薩摩藩窩藏你的話會惹上麻煩吧。」

「那就讓他惹上麻煩啊！若能加深幕府與薩摩藩之間的嫌隙，世局將變得更有趣啊。」

果真是策士。

「坂本君，接下來該到何處找你？你不可能住在鍛治橋（土佐藩邸）吧？你在江戶的落腳處是哪裡？」

「桶町的千葉。」

「哦，該道場的貞吉老師傅有個已獲一刀流免許皆傳資格的女兒。她對你死心塌地的風聲在玉池千葉也常聽到，是真的嗎？」

他突然露出猥褻的表情問道。

「傳錯啦！」

龍馬笑道。

「怎麼個錯法？」

「是我迷戀她呀！」

不過被狠狠拒絕啦！龍馬哈哈傻笑道。想當然耳是一派胡言。他這麼說只是權宜之計，是因不希望難聽的謠言害佐那子受傷。

不久就走到三田的薩摩藩邸門口了。

「再會。」

戴著斗笠的龍馬迎著風，頭也不回地邁開大步。

陽光耀眼至極。

久違了，江戶！

…………

走過金杉橋。

這是道長達十二間的木板橋。右手邊是波光粼粼的大海，左側則是增上寺的樹林。

過了橋就是濱松町。走到第四個街口時，龍馬猛地轉身。

有人跟蹤。

對方身材矮小，一看便知是個莽撞的小混混。

「過來！」

龍馬很生氣。這人自田町就盯上自己了。

「是，失禮啦。」

他微微彎腰致意，同時大膽走近龍馬，然後突然低頭道：

「冒昧請問一下，大爺是土佐藩士坂本龍馬爺吧？」

「原來這傢伙的目標不是清河呀！」

龍馬一時緊張起來。

「你是什麼人？」

說著清清喉嚨。

「小的叫長太，今後請多關照。」

「為什麼跟蹤我？」

「是藤兵衛老大吩咐的。」

「哦？寢待？」

「是。藤兵衛老大交代若有這號人物進江戶，一定要問清楚住在哪裡。」

「你是藤兵衛手下嗎？」

「不，是同夥的。」

「原來你也是小偷呀！」

「噓！」

長太一陣緊張。龍馬卻不當一回事，又問道：

「藤兵衛還在幹小偷嗎？」

「這小的不知。但表面上看來是個正經商人，生意似乎挺不錯的。」

「現在人在江戶嗎？」

「這小的也不清楚。」

這兩名夥伴似乎有不透露彼此消息的約定。

「那麼你幫我傳個話給藤兵衛。桶町的千葉道場，就說我住在那裡。」

「啊，多謝大爺。」

正要離開時龍馬又叫住他。龍馬拔出金銀打製的小刀遞給長太，隨便也可以賣個五、六兩吧。

長太不禁渾身顫抖。

「給你的走路工，因為我沒零錢啦。」

龍馬一下子已走出五、六步。

傍晚時分走到望得見鍛冶橋御門的那一帶。

對面就是土佐藩邸了。而千葉道場就在咫尺之遙，對龍馬而言，至此地域不需特別小心。

諸藩藩士絡繹不絕。

「管他的，萬一被發現再說吧。」

他不慌不忙地在鍛冶橋御門北轉，行經南鍛冶町、南大工町，然後走進桶町。一進桶町就遇見七、八個面熟的百姓。

「啊，您回來啦！」

還有人衝上來抱住他。千葉道場的前塾頭回來了，他們一定很想念龍馬吧。

龍馬在桶町千葉門前站定。

「一切一如從前。」

他晃晃門板，看看圍牆的傾頹處，內心十分感慨。

龍馬離開此道場是在安政五年（一八五八）二十四歲時，不過是五年前的事罷了。只因後來的轉變太大，讓他感覺已事隔多年。

「都一樣啊。」

他仔細欣賞茂盛得長出牆外的楊梅樹。每片葉子都很肥厚，吸滿傍晚的陽光。

龍馬走進大門。

一片鴉雀無聲。

後來才聽說今天是延聘千葉重太郎的鳥取藩前藩主忌日，道場因而休息一天。

龍馬站在門口報上名字。

「我是龍馬。」

一名師弟出來應門。龍馬沒見過這人。

但對方似乎立即猜出他來。

「啊，是坂本師傅！」

他簡單打過招呼後便衝進屋內。看來龍馬在此道場已成了傳說中的巨人。

龍馬在靜待傳達的同時開始放眼環視四周。

庭院裡有口古井。

古井再過去就是道場的木板牆，腰板部分有塊破損的地方，一如從前。

突然看見苦楝樹後方離牆角不遠處，有個以鵝卵石圍起的圓圈，裡面種滿桔梗。

「以前沒那些草花啊。」

還特地用石頭圈起，可見不是自己長出來的，而是有人刻意栽植照顧的吧。

花已開了兩朵。

花型很像風鈴花，藍紫色的花朵迎風搖曳，惹人憐愛。

桔梗是龍馬的家紋，雖不見得是因為這緣故，但他的確喜歡這種花。

其實是龍馬沒注意到。

這花早在安政五年他因藩批准的留學期限屆滿而返鄉後，佐那子就偷偷種了。

其兄重太郎發現了還道：

——怎麼長這麼多雜草？

就想拔除時，佐那子連忙道：

「那是我特地種的，可以給爹爹治咳呀。」

桔梗的根部的確可以曬乾煎成湯藥，是止咳化痰的草藥。支氣管炎、百日咳、肺結核、氣喘等患者，內科醫師通常都投以此藥。

「啊，是喔？佐那子真孝順。」

重太郎露出略有所思的微笑，此外並未多問。說不定這個當大哥的已然發現佐那子寄情於桔梗的心情了。

「老師傅十分高興，要您即刻至道場一見。」

師弟疾衝回來道。

千葉貞吉老人坐在道場正中央。

就他一人。

龍馬遠遠坐在下座低頭致意。抬頭一看，從格子窗鑽進來的風正好吹起老人的白色鬍鬚。

白了。

但皮膚卻較以前更充滿光澤，似乎已完全病癒了。龍馬還在此道場時，老人原本體弱多病而老態龍鍾。

「您氣色紅潤，幾乎認不出您來呢。真是太好了。」

龍馬只有對這位老師傅才如此鄭重措詞，簡直與平常判若兩人。

「是啊，病不曉得跑哪兒去了。」

貞吉老人開心地笑了。

「吃了什麼仙丹妙藥嗎？」

「沒啊。」

貞吉老人想了想，又道：

「龍馬，說了你可能會笑我，不過我彷彿脫胎換骨，重生了呢。」

「以您這年紀……」

「年齡豈是問題。人只要活著應該都會幾度重生。別人的情形我不清楚，但我的確宛若重生，我真的如此感覺。」

「沒錯，剛見到您，還以為是別人呢。您何時重生的呢？」

「去年。去年的十二月十日，正忙著我大哥的七週年忌，好像就是從那時開始的。」

其兄千葉周作已於安政二年十二月十日過世，享壽六十三歲。龍馬原有意追隨周作習劍，但他到江戶時周作已臥病在床。他過世時龍馬二十歲，剛好結束第一期留學課程返回土佐，因此始終無緣聽見周作揮動竹刀的聲音。

但一般認為「小千葉」貞吉之實力遠其兄之上。傳聞雖如此，但貞吉總是盡量推崇「大千葉」，從未在外人面前與其兄交手。或許周作之死也讓他從如此窘境解放了吧。

龍馬如此暗想。不料貞吉老人似乎立刻從龍馬表情察覺其想法。

「你想錯啦！」

他對龍馬道。

「難道……」

龍馬的微笑中帶有調侃意味。

「是開悟了嗎？」

「沒這回事，只是不知怎地突然脫胎換骨了。」

貞吉說著拿起一旁的「面」戴上，並要龍馬也穿戴起護具。

兩人站起身來。

雙方都將刀擺在中段，並以刀尖瞄準對方眼睛。這是北辰一刀流的正規「青眼」構式。

「龍馬，攻過來！」

師傅果然變了。以往這位師傅一拿起竹刀，總是威風凜凜、氣力十足，讓刀尖如鶺鴒之尾般輕輕抖動，千變萬化一如天地變幻無常般駭人。但如今他的身影卻如煙似幻，輕飄飄的，難以捉摸。

「好像變了個人哪！」

貞吉老人也相當震驚。

「他也變了！」

龍馬不動如山，貞吉老人無從進攻。

但並非毫無破綻。

而是太多破綻了。

他擺的構式是平青眼。只是隨便握住竹刀，就像外行人隨手握著木棒。

龍馬以前不是這樣的。他以前有很多攻擊和防守的花招，整個人蓄勢待發，感覺只要稍一碰觸就會噴火似的。但現在完全不是這麼回事。

不過，卻又為何給人大山一般的壓迫感呢？

「這小子進步了。」

貞吉心想。據他的觀察，龍馬應該不是離開後勤加練習才臻於此境，而是基於其他某種原因，使其精神漸臻成熟的。

成熟的已不只是技術，而是人的內涵。忘卻生死勝敗，一切皆空，自己也融入空的境界。這就是劍道及禪學之極致，而龍馬似乎已臻此境。

但貞吉並未聽龍馬說他修過禪。

不，不僅如此，龍馬想必還不知自己已臻此境界。

「或許這小子天生如此吧。」

萬中才有一人渾然天成，不知不覺便能漸入此境。或許龍馬就是如此罕見之奇才。

「龍馬應該就是如此奇才吧。」

他有這素質。貞吉仔細想想，這年輕人十九歲進師門起即無太多的執著。彷彿天生開朗且一直維持至今。本就生具不可思議的大器量，不管什麼都能容納。

歸根究柢，刀術講求的並不是技術。

而是一種境界。

以技術面來說，貞吉自認並不遜於古今名人。略遜一籌的是境界。

到這把年紀才終於領會，而就從他領會的那一刻起，貞吉的刀也變了。

「可龍馬年紀輕輕似乎就達成了。」

貞吉的竹刀發出強烈聲響，這是在請招。

但龍馬仍如如不動。

「龍馬！」

貞吉故意厲聲大喊：

「你在做什麼！還不奮力進攻嗎？」

「不，不。」

龍馬隔著護面具道：

「沒辦法進攻呀。」

龍馬回答，同時以竹刀襲向貞吉的「面」。貞吉則揮向龍馬的「胴」。

兩處同時發出打擊聲。

平手。龍馬往後跳同時收回竹刀。

「學生輸了。」

說著向師傅一禮。這是當然的。

「真拿他沒辦法。」

貞吉老人也不生氣。龍馬明明和自己打成平手，卻故意大喊「學生輸了」然後迅速收刀。

「喂，再來一局！」

「不行啦！」

龍馬笑道，同時坐到道場一隅並取下護面具。正確說來，方才互擊是龍馬較早出手。若雙方使的是真刀，做師傅的恐怕已死在刀下了。

「師傅也變弱了。」

龍馬頗為驚訝。大概是因四、五年間身體時好時壞的關係吧。

「但心境卻足以躋身名人之列。我還差得遠呢，根本不成氣候。而師傅即使技術退步，人格卻提升了。畢竟刀術講求的並不是勝負呀。」

因此龍馬才說自己輸了。他是真的認為自己輸了。

「龍馬，不准拿下護面具！這是為師的命令。」

貞吉老人制止他，自己卻返回席上，動手解下護面具的繫繩。

這時道場另一邊的杉木門悄悄打開。

有個身著全套護具的人走了進來，迅速轉身並彎身將門關上。

白色的劍道服、白色裙褲、紅色的「胴」，再加上鮮豔的紫色繫繩。

身材嬌小。

「哎呀！這不是佐那子嗎？」

龍馬如此判斷。道場內已隨天色變暗，再加上護面具就更看不見容貌了。

不過佐那子竟戴著「面」直接進道場，還真怪呀。

大概是因久未見面，不好意思直接與龍馬面對面吧。

「龍馬，開始對打練習！」

貞吉師傅道。

龍馬依言走到場中央，心裡直納悶：

「怎還沒嫁人啊？」

他為這姑娘擔心不已，哪有閒功夫在這裡比試。

狀似佐那子的這位刀客一禮。

接著上前朝龍馬行蹲踞之禮。

龍馬也行蹲踞之禮。

雙方讓竹刀前端輕觸。

龍馬咧嘴一笑。

對方卻一笑也不笑。護面具中的雙眼炯炯有神。是佐那子。

貞吉老人上前宣布：

「一局定勝負。」

佐那子起身，同時以迅雷不及掩耳的速度襲向龍馬面部。

龍馬退後一步。
「好強的氣勢！」
佐那子的攻擊實在凌厲。她接著大步上前，朝龍馬面部又是一擊，然後連續朝面部追擊數次。
「這女孩真可怕！」
龍馬以刀尖撥開或接下，又或者退後以拉開雙方距離，為應付對方攻勢而忙得不可開交。
其攻勢之猛烈彷彿充滿恨意。
「有點不對勁。」
龍馬逐漸疲於應付。
龍馬將佐那子的竹刀往下捲並趁機攻擊手部。
「過淺！」
佐那子往退後並自行做出判決。
這姑娘竟不服輸。龍馬暗覺好笑，又以擦擊技朝她面部補上一記。
「太淺！」
佐那子又道。
她雖連續被擊中卻仍舊凶巴巴的。不知是撒嬌還是因久沒見面而害臊，又或者是埋怨龍馬的薄情，這姑娘內心的曲折實在教人難以捉摸。
佐那子朝龍馬的面部襲來。龍馬閃躲後順勢擊中她的「胴」。
「太淺！」
佐那子不甘心地喊道。聲音透過護面具傳了出來，龍馬覺得她似乎早已淚流滿面。
不僅如此，佐那子的雙眼也不再懾懾逼人。
「真可憐。」
然而佐那子卻不放棄攻擊。
「手！」
佐那子大喊，同時大步上前。龍馬輕鬆閃過。她的刀已缺乏力道。
「她到底要打到何時啊？」
龍馬已失去耐心。他讓刀垂至下段，就像狗垂下尾巴似的。
佐那子上勾了。
她假裝要攻擊手部，卻朝面部擊落。
龍馬的動作快如閃電。
砰！
猛然往前刺擊。
佐那子嬌小的身軀飛至四、五間距離之外。
「刺擊得分！」
貞吉老人面無表情地宣判。
佐那子並未爬起來。
昏過去了。
龍馬上前幫她脫掉護面具並解開她的「胴」。佐那子的乳房十分柔軟。
頸部都瘀血了。
「喝！」
龍馬為她灌氣之後，佐那子才張開眼睛。她眼裡早已蓄滿淚水。

龍馬也很難過。他搞不懂佐那子為何淚流滿面，也懶得猜，卻能直接感受到佐那子的悲傷。
「別哭嘛。」
龍馬道。佐那子搖搖頭，虛弱地說了聲「水」。
龍馬到井邊汲了水，卻找不到能帶走的容器，只得就著吊桶喝了滿滿一口，含著走回道場。
「抱歉了。」
龍馬的表情彷彿這麼說，然後突然把自己的唇疊在佐那子唇上，將水灌進她嘴裡。
佐那子的父親貞吉老師傅全看在眼裡。龍馬的舉動毫無一絲雜念，光明正大已極，全無猥褻之意。
「唉！」
他望著龍馬的身影幾乎如此嘆息。這人真教人望塵莫及，貞吉老人心想。
道場的少師傅千葉重太郎因身為鳥取藩的親衛軍身分，目前出仕於該藩的江戶屋敷，前幾天又奉命到品川海岸視察海防。

「什麼時候回來？」

龍馬很想念那個無害卻也派不上用場的濫好人重太郎。

「還真不知道什麼時候哪。」

貞吉老人知道龍馬的心情，做父親的顯然也很高興。

「他是因公出差，所以沒法預料。」

說完後又把龍馬叫進自己房間，天南地北地聊起來。

「都已經秋天了。」

龍馬望著庭院道。

太陽已下山，燈籠都點亮了。

「啊，有蟲鳴聲。」

「蟲當然會叫了。龍馬你還是跟以前一樣悠哉悠哉的真好啊，世上可正因攘夷、敕命、天誅等運動而喧鬧不安哪！」

「是嗎？」

「京都方面聽說也在寺田屋發生嚴重的事件。江戶這邊情況一樣愈來愈亂，攔街試刀殺人的事件層出不窮，被殺的不只是百姓還有武士。聽說是為準備與夷狄交戰所作的刀技測試。」

「真是騷動哪。」

紙門突然被拉開，佐那子捧著茶進來了。

「哇！」

油亮的頭髮已重新梳起，化了妝，身上也換上美麗的扇面花紋衣裳。

「都沒變老！」

龍馬不禁讚嘆。她不是應已超過二十五歲了嗎？佐那子雙眼細長又是單眼皮，五官端正一如少年，因此看起來只有十八、九歲。

佐那子退至房間一角的矮屏風旁，把鐵壺從火盆拿出來，準備泡茶。

「最近連重太郎都開始談論起天皇陛下及攘夷的話

題了。」

「是因為鳥取藩（池田家）支持勤王論吧？」

「千葉一門也是如此。」

沒錯，已過世的千葉周作及幾個兒子都是拜領水戶家的俸祿，因此門人多為水戶藩士。江戶道場早就一面倒地支持尊王攘夷論。

「不過，咱們龍老弟卻還是漠不關心哪。喏，佐那子，妳說是吧？」

「是啊。」

佐那子小聲道。

「對了，龍馬，你這回怎會上江戶來？」

「我脫藩了。」

「咦！」

「想求您讓我躲一陣子。」

「你這傢伙，真教人吃驚啊！」

貞吉老人似乎對龍馬刮目相看了。

「我再也不回土佐，要以天下為家。」

翌日早晨一起床就發現外頭下著雨。

龍馬喀啦地拉開套窗。

「暴風雨恐怕快來了。」

雲飄得飛快，樹梢不住搖晃，顯然是強風的關係。龍馬因在土佐出生而較敏感，能針對暴風雨做出預測。

「應該中午會到吧。」

不久門人就一如平常早晨陸續至道場集合，人人撐傘穿木屐，但裙褲都濕透了。

龍馬走到道場邊的庭院中。

「啊，坂本師傅！」

眾人都集結到龍馬身邊，其中有龍馬認得的，也有不認得的。

「您什麼時候上江戶來的？」

「昨天，不過要請大家別告訴鍛冶橋的土佐屋敷。」

「我也是土佐人唷！」

龍馬暗叫「失策」，同時搔搔頭。這年輕人果然是土佐的郡奉行之子，名叫山本明之助。龍馬跟他很熟。

「不過我當然會守口如瓶。」

年輕人呵呵笑道：

「對了，您這一身是什麼打扮啊？」

站在雨中的龍馬渾身上下只剩一條純白漂布做成的兜襠布。

「大家都脫了吧。把衣服、佩刀和傘放在道場，再到這裡重新集合。從現在開始要演練攘夷之戰。」

門人當中有祿高者之子弟，也有浪人之子。

才一眨眼功夫，龍馬就要他們脫個精光，把他們分成三隊。一隊木匠組，一隊傳訊組，還有一隊旗本組。各組分設領隊，仔細分配好工作後，龍馬又大喊：

「敵人即為暴風雨！預計中午來攻！大家動作快！」

傳訊組率先衝到附近宣傳。

舊門生都知道道場的傳說。龍馬還是塾頭的時候就喜歡暴風雨——應該說是喜歡預測暴風雨，且絕對命中。他不僅負責預測，還要大家脫得精光進行防災工作。

傳訊組在附近邊走邊廣宣消息。四處提醒「請釘妥防雨窗」、「窗戶請預先以木板固定」。

道場附近全是百姓家，他們唯諾是從同時心存感激。

——坂本師傅真了不起。

附近百姓都知道。

當然道場及師傅住家的防災工作更不能輕忽。龍馬的指揮十分出色，他告訴三名隊長詳細的作業方法後便不再囉唆半句。

他把摺椅搬到下著雨的庭院中坐著，全身依舊赤裸。

偶爾揚聲大笑，看看門生工作的模樣並調侃他們。就只是這樣，事情便逐步完成。

果然不出所料，接近中午時便天昏地暗，一場足以吹掀屋瓦的暴風雨就此降臨。

狂吹了大約一個時辰後，突然間連雨都停了。道場及附近人家幾乎毫無災情。

傍晚附近百姓都來登門致謝，但此時龍馬已經出門了。

風一停，佐那子和重太郎之妻八寸便要女僕為門人送上甜酒。

眾人一同在道場暢飲。

「真好喝啊！」

山本明之助等人讚不絕口。

關鍵人物龍馬不在場，就像嘴裡缺了牙似的。

「還以為他什麼都漫不經心，沒想到做起事來也橫衝直撞的。真不知他究竟有什麼人生計畫呀。」

佐那子苦笑道。

「我聽說過道場的傳說，不過坂本師傅發號施令的能力顯然比傳說還出色。」

有人這麼認為。

佐那子笑了。

「不過，關於這號人物，我們老家還有另一種傳說。」

同鄉的山本向眾人公開龍馬年少時期的傳說。

十八歲，換句話說就是龍馬拜入千葉道場的前一年。

在高知城下的小高坂擁有一棟宅子的池田虎之進與龍馬之父八平是莫逆之交。有一天他來找八平。

「八平兄，能不能把你那個鼻涕蟲兒子借我一下。」

他如此央求。池田虎之進是奉命進行四萬十川（流經今中村市）築堤工程的普請奉行。

他急需部下。

「我了解你的脾氣。既是你兒子一定沒問題，所以我才來求你的。」

工程共分為十區。龍馬成了其中一區的區長，手下約有一百個工人。

各區彼此競爭，但情形都差不多，工人一逮到機會不是偷懶就是打架鬧事，工程很難進行。各區負責人有時甚至得拔出刀來才能喝止。

龍馬的轄區是具同村的堤防工程。

只有這區的工程進行得特別快。

負責工程的普請奉行池田虎之進很納悶，特別多次巡視，但每次來都更覺得不解。

因為龍馬老是靠著松樹抱膝打盹。

「龍馬，你這樣工程怎能順利進行啊？」

「對喔。」

龍馬也覺得奇怪。只有自己轄區內的工人精神抖擻地挑土疊石，且人人心情都很開朗。

工程期間竟比其他區縮短了一半。

池田虎之進進一步詢問，這才知道龍馬很精明，他先選出幾個工程負責人讓他們分別掌權，彼此競爭。

「其他就什麼事也不用做了？」

「只要檢查每天的進度，好好誇獎他們即可。」

此堤防命名為「龍馬打盹堤」，當地現在仍流傳著這則故事。

閒話休提。

幕末是個游移在攘夷與開國之間的時代。

本部小說也經常出現攘夷這個詞。當時名為志士的人直到某時期之前都是激烈的攘夷論者。

龍馬自不例外。

所謂攘夷就是要趕走前來脅迫日本開港的外國人，一時鬧得沸沸揚揚的。在外交上首當其衝的就是日本唯一政府——德川幕府，而幕府卻在外國的脅迫下一處接一處地開港。在野志士對此極為反感，於是逐漸形成反幕運動。

攘夷論究竟從何而起？簡單說來有以下幾個起因。

一是源自水戶學而進一步形成當時知識份子之常

識的神州思想。

另一個則是基於對孝明天皇的同情。孝明天皇在政治方面的無知使他產生恐外思想及嫌惡外國人的思想，因而激起志士的同情。

還有一個是因當時日本還是個武士之國，他們獨特的倫理觀及獨特的英雄氣概使他們決定：

「醜夷當殺！」

攘夷論熱烈沸騰，甚至屢次發生志士殺傷外國人的事件，當時世界重要國家的報紙還直接使用日文「浪人」的譯音。

「武士」、「切腹」等字眼現在仍被當成世界通用語彙使用。外國人對日本產生一種敬畏感，有時甚至是恐懼感，就是源自此時的印象。

如此攘夷騷動在日本史上也有其重要意義。

當時，就在同時期，鄰國清國慘遭英國以武力為後盾強行推行殖民地政策，因而被宰割得不成一個國家。此外，俄國也開始露骨展露擴張領土的野心。

若非舉國上下充滿攘夷氣氛，日本下場恐不堪想像。列強開始對日本採取與清國不同政策，一方面是因懼怕與武士發生陸上戰爭。以艦砲射擊另當別論，但他們估計長期的陸戰己方毫無勝算。

不過如此日本觀並不只出現在幕末。早在三百年前的戰國初期，從鹿兒島上岸的首位傳教士沙勿略的觀察也相同。他上陸後隨即給耶穌會寄發報告書，之中寫著：「在非天主教國家中從未見過優於日本人的國民。他們彬彬有禮且溫和善良。但十四歲起即佩帶雙刀，絕不容人侮辱或輕蔑。」他更忠告有意征服日本的西班牙國王：「無論如何強大的艦隊他們也不會屈服，恐怕得殺光西班牙人才肯罷手吧。」

幕末來日的外國勢力，實際上也都有同樣的感想。

生麥事件

之前提到攘夷時有些淪於理論，事實上真的曾發生衝擊天下的「事件」。

龍馬抵達江戶時，此事件的傳聞在整個江戶甚囂塵上。

「薩摩的主君做了偉大的事情啦！」

連庶民都幸災樂禍地這麼說。

「真攘夷啦！」

還有人這麼說。

「不愧是西國的雄藩島津家。」

武士們如此稱道。提到薩摩藩的英勇，自戰國以降即為舉世公認。

——兵敏銳而馬昂揚。

龍馬之主君山內容堂也以如此巧妙的句子稱頌薩摩武士之雄風。

此「事件」令天下攘夷志士熱血沸騰，幕末薩摩藩的聲譽也隨之大漲。

龍馬也多少算是模模糊糊的攘夷主義者，這回他的反應卻與多數人相同。豈止相同，因他本為刀客，故聽到此「事件」的傳聞反應更是激烈。

「應該有知道詳情的人吧？」

他託人四處找。可惜龍馬不認識薩摩藩士。日後他將與西鄉吉之助（隆盛）為首的薩摩藩士形成緊密的連結，目前卻是一點關係也沒有。

就在此時，即上回提到的暴風雨那天，清河八郎派人來傳話。因此暴風雨一停，龍馬便飛也似地衝出道場。

「清河消息靈通，這回的事件他一定知道詳情吧。」

何況清河又是個話術名人，一定會把事件描述得活靈活現。龍馬充滿期待。就是因為這樣他才會答應清河的邀請。

會面場所很近，就在南傳馬町二丁目一家名為「輪違屋惣五郎」的當鋪。後來問了，才聽說老闆是清河的老鄉，只見他少主長少主短地稱呼清河，似乎相當死忠。

清河是幕府通緝犯，所以得一再更換庇護者。

龍馬來找他時，他人在離屋（譯註：離主建築「母屋」不遠處另建的房子）。

「哎呀，不好意思，還把你叫來。」

眼神依舊銳利。

「正好到這附近，所以就想見見你。關於生麥事件你有什麼看法？」

「什麼看法？」

龍馬一屁股坐下。

「能有什麼看法？我根本毫不知情，這才想來聽你說說呢。」

「還是一樣慢半拍呀！」

「是啊，真希望生來就像你這般消息靈通。」

「哪裡，你那樣剛好。我消息太靈通，所以事情往往決定得過於倉促。回頭一看，才發現身後沒人跟來。每次都是這樣。」

「來吧，說給我聽聽。」

龍馬把葫蘆拉過來。

那是清河的葫蘆。

「喂，那是……」

清河指著龍馬抱著的葫蘆，臉色十分不悅。

「我的酒啊。」

「喔。」

龍馬躺下身子把酒往碗裡倒。

「這傢伙！」

清河本想咂舌的，但轉念一想，便道：

「話說……」

說著把扇子立在膝上。

「喲！好像說書人喔。」

龍馬一臉認真道。

「白痴！」

清河開始說了起來。

地點在東海道旁的生麥村。此處距江戶日本橋有六里路程，位於今橫濱市鶴見區。當時附近漁民家的女眷總會滷些蛤蜊、章魚及花枝等海鮮賣給東海道上的旅人，還只是個貧窮的村落，然而卻發生了此「事件」。只要日本歷史繼續綿延下去，這地名便無法自史上抹去。

文久二年八月二十一日。

以島津久光為首的薩摩藩一行人黎明即從江戶出發，抵達生麥時約下午兩點半。

隨行者共七百餘人。

六十匹馱物馬、八十口長衣箱。此外還有上覆草蓆、偽裝成一般行李並載在車上的大型物品，由幾匹馱馬緩緩拖行。那是大砲。大名儀仗隊的行列中竟拖著大砲，換在幕府全盛時期，島津家肯定就得因此抄家滅族了。但這時薩摩藩根本未將區區幕府放在眼裡。

領頭的稱為「供頭」。

有兩位，都是久光中意的血氣方剛剽悍武士。

海江田武次（亦稱有村俊齋，明治後改名信義，獲封子爵）。

奈良原喜左衛門（即上回負責鎮壓寺田屋事件的

喜八郎之兄）。

兩人在薩摩藩也是出名的激進攘夷論者。

大名行列的供頭每天輪替，這天正好輪到奈良原喜左衛門擔任。

奈良原是位刀術高手，腰間掛著由近江大掾藤原忠廣打製長二尺五寸（編註：一尺約三十公分，一寸約三公分）的佩刀，徒步走在久光座轎之旁。

路上天氣晴朗。

且正逢星期日。

但薩摩藩士並不知道什麼星期日。不過有一群風俗習慣獨特的人群居在前面一點的橫濱，他們就是攘夷論者口中的「夷人」。

他們習慣星期日到郊外走走。

這群倒楣的英國人也不例外。

英人馬歇爾在橫濱開了家絲緞批發店，他那位嫁給香港英籍商人的表妹波羅黛爾正好來玩。

「要不要騎馬去參觀川崎大師（譯註：神奈川縣川崎市平間寺的通稱）？」

馬歇爾如此提議。

兩人又邀朋友公司職員克拉克及在香港開店的李察信同行，因此共有四人。

悲劇起因於他的錯覺。

李察信是出國經商的英國商人。在當時英國乃世界第一的大國。他曾在香港與中國人做生意，「只要揚起鞭子大家即鳥獸散」，他認為東方人就是這樣。

他才到橫濱不久。

當然也認為日本人應該沒什麼兩樣，而其他三人也都有同樣的想法。

這時薩摩的大名儀仗隊正好迎面而來。

若事先了解日本這項極其平常的習慣，此事件應該就可避免了。

例如較他們早幾個小時之前，正好有一位美國人也遇到這支儀仗隊。

他叫范瑞德，會說一點日語。他立即下馬，拉住馬銜站在路旁，當島津久光的座轎經過時他還脫帽致敬。

後來他聽說生麥事件，便說：「他們不懂日本風俗習慣，舉止又傲慢，當然會惹禍上身。」

依日本習俗，謂之法律也不為過，橫越儀仗隊先頭是最嚴重的不敬行為，大可當場處死。

事實上薩摩藩方面已以六月二十三日寫就的公文向幕府呈報，意譯如下：

近來外國人經常騎馬且數騎並列，既不讓路又不懂規矩，四處亂竄。

我等會盡量忍讓，但若對方進一步做出無理之舉，恐將忍無可忍。故希望幕府知會各國長官，請他們徹底尊重我國大名行進行列之相關法規。

當然外國居民自己也應該留意吧。

不過即使不了解日本的習俗，外國人也對日本武士懷有強烈的恐懼感。這時期以翻譯官身分剛赴任的英國公使館員薩道義（譯註：原名Ernest Mason Satow，日文名為佐藤愛之助）曾在其手記中如此寫道：「日本刀一如剃刀般銳利，會讓人嚴重受傷。不僅如此，日本人有個習慣，既然殺人就要讓對方斷氣，即使必須將他剁碎。因此西洋人看到腰間插著兩把刀的男人都懷疑是刺客，等他經過了，若發現自己命還在，這才鬆一口氣並感謝神的庇祐。」

那四個因香港印象導致想法有所偏差的倒楣英國人卻未把這一切放在心上。

星期日。

天氣又晴朗。

他們騎在馬上一路談笑往東行進。薩摩的儀仗隊正迎面而來，但他們並無意放慢腳步，當然更不打算下馬。

當時這一帶街道並不寬，兩匹馬並行就已擠滿路面，碰撞在所難免。即使對方不是大名的儀仗隊只是一般團體，下馬讓道也應是超越國情藩籬的必然處置吧。

想當然耳，騎在馬上的一行英國人與薩摩儀仗隊的前鋒撞在一起了。

「下馬！下馬！」

一名中小姓（譯註：下級武士，主君外出時徒步隨侍在側，多負責配膳工作）如此大喊。

但他們依然不下馬，雖被擠到隊伍左側仍繼續策馬前進。終於導致路上人馬雜沓，李察信等人竟被擠入隊伍中。

「下馬！下馬！」

薩摩藩士又如此大喊。英國人若再繼續前進，他們的馬恐怕就會撞到隊伍中央的島津久光座轎。

「在吵什麼？」

護在轎旁的供頭奈良原喜左衛門問左右。

「先頭那邊有夷人騎馬闖進隊伍了。」

某人答道。

這時奈良原迅速撩起肩衣拔出一把刀，隨即衝了出去。他撞開主君的貼身侍者群，穿過中小姓群，又繼續往前衝。

另有一說是島津久光拉開轎門下令：

「殺掉！殺掉！」

說完後又縮回轎中。

總之奈良原繼續往前衝。

一抵達現場，立刻握著他那把二尺五寸的藤原忠廣刀柄騰空躍起並大喊：

「呀——」

這是薩摩示現流獨特的驚悚吶喊聲，被其他流派稱為「猿叫」。

白刃在空中閃了閃，便瞄準馬上的李察信身軀，自其左側往下砍向腹部。

據說鮮血飛濺的情形從隊伍正中間都看得見。

李察信改以右手握住韁繩，左手壓住傷口，趕緊策馬奔逃。

其餘兩名男士也被其他藩士砍傷，只有波羅黛爾夫人毫髮無損。但這時人人都猛踢馬腹落荒而逃。

被奈良原砍中的李察信是最倒楣的。

他任血沿路滴了約一丁（編註：丁同町，一丁約一．一公尺），沒命地奔逃，但隨後追來的步槍組久木村利休又跳起來朝他補砍一刀，竟和奈良原砍中同一個地方。李察信壓在傷口上的左手當場被切斷，傷口也更深了。

即使如此李察信仍繼續逃了約十丁，直到成排松樹之下才落馬。

他一息尚存。

尾隨而至的海江田武次道：

「這是武士的慈悲。」

說著朝他咽喉一刺。

以現代眼光看來，此為極野蠻的事件，但在當時日本人卻認為如此處置才是至高正義。

此乃國情使然，不得不如此。

英國人才是真正的災難吧。

此事件是日後薩英戰爭的導火線，但當時龍馬在南傳馬町當鋪的離屋聽清河說起時，也沒料到事情會演變到那地步。

幹得好！他只是傻傻地如此佩服。

過了數日。

奉命上品川海岸視察的千葉重太郎仍未返家。

「到底怎麼回事？雖是奉藩命出公差，但也實在去太久了。」

龍馬對佐那子道。

「是啊。」

這天早上佐那子十分安靜，此時正為龍馬泡茶。

「藩命只是要他上品川海岸視察，沒錯吧？」

「是啊。」

她似乎欲言又止。佐那子似乎早已料到重太郎的情況。

「坂本大哥，您是真的脫藩了嗎？」

「真的啊。」

「為了奔走國事嗎？」

她依然低著頭，只是伸手拿起茶筅（譯註：抹茶專用的圓筒形竹刷）。

「嗯，是啊，不過妳為何這麼問？」

「可是……」

佐那子以茶筅在碗中攪拌，卻突然以嘲諷的眼神望著龍馬道：

「因為你每天都這樣無所事事啊，一點也不像在為國事奔走……」

「對喔，被妳這麼一說，還真是這樣喔。」

「好像事不關己。」

「不過凡事都得看時機。雖然目前如此，可一旦讓我龍馬抓住機會出場，一定會做出讓全天下震驚的大事。」

「哇！」

佐那子笑著把茶碗放在龍馬面前。

「謝謝。」

龍馬不理會什麼規矩，他逕自拿起碗大口喝茶。

佐那子望著他這模樣又道：

「所以您是要繼續睡午覺，每天無所事事嗎？」

「我目前的心境就像《忠臣藏》戲裡的由良之助（大石內藏助）。」

「可由良之助的情形不一樣吧？他不但要暗中指揮還要勸解同志或寫信，似乎忙得很呢。」

「那妳大哥怎麼樣？」

「我大哥？」

「沒錯，重太郎。」

「他最近整個人都變了，變得對攘夷十分熱中。這回出門前也說，他雖藉口要到品川海岸視察，其實是去探探橫濱洋人館的情形，趁便砍下五、六個夷人首級。萬一出紕漏就當場切腹，以促請幕府斷然執行攘夷措施。坂本大哥，您覺得如何？」

「哇，連重兄都這樣嗎？」

「是啊，連我大哥都這樣。話說回來……」

「妳是說我坂本龍馬嗎？」

龍馬搔搔頭，這才打開方才佐那子拿出來的那封信。那是重太郎留給妹妹佐那子的信，文中引用了水戶藤田東湖的詩句「寶刀難染洋夷血」。

翌日午後重太郎回來了。

他把斗笠交給大門邊的僕人，進到玄關把佩刀交給八寸後，道：

「什麼？龍老弟來了？」

他喜形於色。

「什麼？龍老弟是脫藩來的？厲害！厲害！那他現在人呢？」

「在睡午覺。」

「喔，這樣嗎。」

他看來有些失望，但仍急急穿過走廊，走到龍馬房間拉開紙門。

「龍老弟，是我，我回來啦！待會再好好聊！」

說完後竟直接拉上門又走了。

「他精神抖擻得有些怪喔。」

龍馬翻身坐起，心裡如此納悶。

重太郎先向父親請安，換下旅裝，再到井邊沖水，這時他大聲喊道：

「八寸！佐那子！聽得見嗎？先幫我們備酒啊！」

他迫不及待地說：

「聽見了嗎？今晚我要和龍老弟徹夜痛飲！」

廚房的八寸和佐那子對望一眼，兩人都忍俊不住。

「大哥好怪呀。」

「因為來了意想不到的客人，樂瘋了吧。」

（卻不知他在橫濱殺了夷人沒有。）

佐那子一直惦記著這件事。

傍晚有一場小小酒宴。

「重兄在橫濱殺了夷人吧？」

「我才不殺人哪！」

說著眨眨一邊眼睛。

八寸正伺候著大家吃飯。他這眼色是暗示：「在八寸面前給我閉嘴，以免害她擔心！」

不久八寸站起身來換班，改由佐那子伺候眾人。

「我真幹了呀！」

重太郎一口氣灌下一杯酒。

當時橫濱的夷人多半十分殘暴。不過賣他們日用品做點小生意的日本商人也不好，偶爾會聯合夷人邸的僕人做出惡毒之事，因此夷人毆打日本人的事件層出不窮。

如此事件被大肆渲染，攘夷志士乃大受刺激。

重太郎經過橫濱海岸大路上的幕府奉行所旁時，迎面正好來了三名英國海軍。

個個都是頂天大漢。他們見到重太郎，不知為何竟笑了笑。

重太郎也不問他們「笑什麼」，就在擦身而過時出手將右側那人狠狠摔了出去。

那人在空中翻了一圈後跌在地上，正好撞到頭昏了過去。

——我是江戶桶町的千葉重太郎，想叫同伴來幫忙的話儘管整船人都來吧，我就陪你們玩到底！

但因為不是以英語說的，對方幾名英國海軍自然聽不懂。

「然後呢？」

龍馬問道。

「唉，其餘兩人實在沒種，竟然揹起被我摔在地上的同伴落荒而逃啦。龍老弟，我知道你是個深藏不露的萬事通，所以我想問你，英國海軍是屬於打雜的足輕，還是武士身分？」

「你覺得哪種比較好呢？」

「那當然是武士比較好呀。我是刻意讓他們瞧瞧日本武士的厲害，對方若是足輕，那就有失我千葉重太郎的名譽了。」
「大哥。」
連佐那子都忍俊不住。
「既然那麼在意，當時直接問對方是足輕還是武士不就得了？」
「對喔，對啊。」
重太郎訕笑道，同時取過桌上的酒杯。一口氣乾了之後，遞給龍馬道：
「對了，龍老弟，有件事要和你商量。」
「什麼事？」
龍馬問道，同時讓佐那子為自己斟酒。
「重要大事，你會贊成我吧？」
「嗯，當然啊。」
「你答應得太隨便了，這可是攸關一條人命的大事哪。」
「事情不就是這樣嗎？武士口中的重要大事全都攸關性命，難道你是說要我的命嗎？」
「即使如此你也贊成嗎？」
「我是無論什麼事都贊成啊。」
「哇哈哈！」
重太郎也覺愚蠢。
「龍老弟，我真服了你。你真的無論什麼都贊成，無論什麼都願犧牲性命嗎？」
「嗯，不顧一切犧牲。」
「哎呀，真令人震驚。你的說法就像把劈碎的柴薪扔進燒水的灶口般輕鬆。不過，龍老弟啊，柴薪沒了，只要到賣柴店要幾把都有，但人命可只有一條啊。」
「正因只有一條才要豁出去啊。若擔心只有一條命而貪生怕死，錙銖必較似地放不開，豈能成就人生大事？」
「說得真好。」
重太郎把杯子從龍馬手中拿回來。

「不過，龍老弟，這可是你的性命啊。」
「是啊，別人的命便依他們各自的意見處置，我的性命就完全照我想法了。」
「可是在土佐家鄉……」
一旁的佐那子以試探性眼神插嘴問道：
「應該有人會為你難過吧？」
「妳是指乙女姊嗎？我雖是乙女姊一手帶大的，但她可是個個性剛強的女人呢。她曾說『人活在世上是為了成就大事』，又說『貪生怕死無法成事。遭五馬分屍之刑，遭逆施磔刑，或於宴席上歡樂死去，橫豎都是死，並無二致。既然如此更應思成就偉大之事。』──哇，虧她還是個女人，卻教弟弟如此狂暴之事。」
「對了，龍老弟，你聽過勝海舟這奸人的名字吧？」
「勝海舟……」

龍馬舉起眼前酒杯，盯著白釉燒成的杯身，以幾乎聽不見的聲音自言自語道：
「勝海舟呀……」
聲音更低了。
此人是幕府高官，在八萬騎旗本軍之中擁有特別奇妙的經歷。這人奇妙的不止經歷，不管是技能也好，見識也罷，都很怪異。
龍馬在這年之前從未對同時代的人感到景仰，惟獨對勝海舟這名字卻有著特別的感覺。
「他是日本第一的男子漢。」
龍馬結束第二次江戶留學返回土佐是萬延元年（一八六〇），這年正月，勝海舟成了荷蘭製蒸汽船咸臨丸的艦長，冒著太平洋的風浪前往美國。此船為木造三桅帆船，僅百噸（另有異說，主張有二百五十噸或二百九十二噸）、一百馬力。
因當時攘夷論甚囂塵上，故志士對此壯舉絕口不提而未揚名天下，反倒是外國人更驚訝。出發之前，駐日的美國大使哈里斯聽說包含艦長在內，負責操船的都是日本人，而懷疑他們的技術。

——此舉幾乎不可能成功。

他建議幕府改用外國船。

其實這回出航目的是為了載送幕府的遣美使節團（正使新見豐前守、軍艦奉行木村攝津守），使用外國的出租船亦無不可。

但幕府為了讓新設海軍有遠洋航海的經驗，便主張派遣日本軍艦前往。哈里斯無奈之下，建議幕府讓已來日的美國測量船布魯克上尉及其手下組員同船，以利從旁協助，幕府也接受此案。

但咸臨丸全體士官對此極為不滿，整段航程幾乎全由日本人操作。

當時福澤諭吉（慶應義塾創辦者）也以木村攝津守隨從之名目乘船，他在自傳中曾如此描述：

「航程中完全未仰賴布魯克建議，測量工作也由日本人擔當，再與布魯克的測量結果核對，就只是這樣，絲毫未仰賴美國人的建議。」

但事實上航程中曾遇到多次大暴風雨，就連鹽飽列島出身的水手也暈船而束手無策，多虧有那些經驗豐富的美國海軍。

關於此航程的前後情況，海舟自己曾在速記《冰川清話》中如此描述：

「我當時正好罹患熱病，心想既然都得一死，與其毫無意義地死在榻榻米上，不如死在軍艦中，因此顧不得頭痛欲裂，之前通知的出航日期又已迫在眉睫，於是對妻子丟下一句：『我到品川去看看船。』然後綁上纏頭巾，並將結打在前面以示決心，而直接上了咸臨丸。」

勝海舟最近獲封「軍艦奉行並」的顯職。重太郎是想殺了勝海舟。

「龍老弟，找一天去殺了他吧。」

重太郎急切地說。

勝海舟

「你真要殺勝海舟呀？」

龍馬撫著下巴問道。

「你不願意嗎？」

「嗯……重兄，請問一下……」

龍馬拿起酒壺，同時道：

「勝海舟究竟是什麼樣的人？」

他故意裝糊塗。

「奸人呀。」

重太郎真是單純。

龍馬微笑道：

「當然應該是這樣沒錯。因為畢竟是已故周作師傅之姪千葉重太郎欲加諸天誅之舉的傢伙呀，肯定是個人神共憤的奸人。臉孔恐怕長得也和大江山的鬼不相上下吧。」

「龍老弟！」

重太郎一臉不悅，他覺得龍馬在嘲笑自己。

「重兄知道勝海舟長什麼樣子嗎？」

「不知道！」

重太郎氣鼓鼓地回答。

一旁的佐那子已忍俊不住。

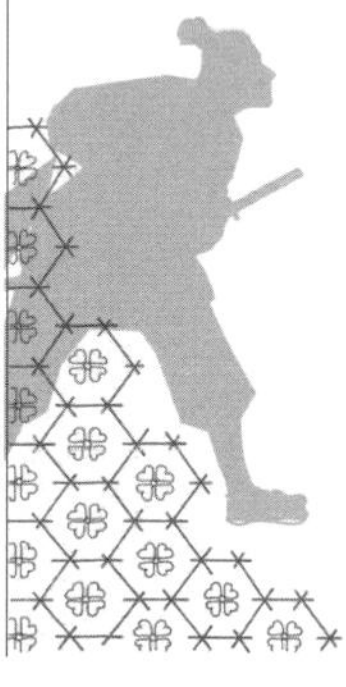

龍馬喜歡船，因此曾任幕府軍艦咸臨丸艦長、目前擔任軍艦奉行並的海舟是何人物，龍馬也略知一二。

他雖為將軍直屬家臣，卻出身俸祿低且不得直謁將軍的「御家人」階級。幕府一向注重門第，若非在此求才若渴的時代，如此家系根本不可能獲幕府青睞。

勝海舟通稱麟太郎。

文政六年（一八二三）正月生於本所龜澤町，較羊年出生的龍馬年長十二歲。

幼年時代極為貧困。

關於那時代，讓我們透過勝海舟自己在明治時期後口述請人速記而成的記錄《經歷世變談》來想像吧。

「我小時候非常貧困。有一年年底，周遭沒有任何人家門口飾有松枝，我家甚至連搗麻糬的錢都沒有。但本所親戚傳話要我們派人去拿麻糬，於是我就去了。我以布巾包起麻糬揹在身上準備回家，途中正經過兩國橋時，不知為何布巾突然破掉，親戚特別送給我們的麻糬全散落在地。」

當時即便是江戶市內，只要太陽一下山便四處一片漆黑，得摸著走。

「路上伸手不見五指，即使想撿也沒法撿，不過還是撿了兩、三片。但心裡實在很懊惱，所以就從橋上丟進川裡，空手回家。我記得曾有這樣的事。」

母親叫阿信。

父親是小吉。

據說小吉樂於助人，可謂市井豪傑，但任性過活，完全不顧家庭生計。勝海舟曾如此描述自己結婚當時的情形：「父親早已退隱不管事，因此實在窮困已極。」小吉留下了一本名為《夢醉獨言》的速記，裡面曾寫道：「現在退隱輕鬆了（托麟太郎的福）。不過要是我生的不是麟太郎，而是像我一樣的孩子，就不可能這麼輕鬆了。」感覺他就是會邊這樣說邊老實搔搔頭的人。

千葉重太郎打算暗殺的勝海舟又是什麼樣的人呢？

讓我們先看看他自己怎麼說吧。

「我真正學過的只有刀術，因為我家本來就是刀術之家。」

正如勝海舟所言，其父小吉雖沒學問、庸碌而不思長進，卻也懂刀術。

「我老爹呀……」

海舟老是如此掛在嘴上。小吉通稱左衛門太郎，出生於旗本的男谷家，後成為貧窮御家人勝家的招贅婿。

明明沒錢卻常跑花街，天生好管閒事又愛打架。雖屬直參（譯註：直屬於將軍家之家臣且祿高未滿一萬石者，包括可直謁將軍的旗本及不可直謁將軍的御家人）身分，卻老是和街上的無賴之徒鬼混。

「老師，老師。」

人們如此吹捧他，他就開心。小吉就像三百年江戶都市文化凝聚之後的結晶。

沒啥學問、個性輕率，又無任何野心，總是吊兒郎當。但讓人意外的是，他卻有其獨具智慧之處，甚至可稱之為「人世通」。

小吉留下的語錄中有如下內容。

「我從前也做了不少壞事（殘暴之事），老天爺卻未給我懲罰，讓我至今仍平安無事，我自己也覺得不可思議。話雖如此，我生活放蕩之時，曾經不吝嗇地借錢給很多人並照顧他們，人們若遭逢大事，我也會出手幫助，因此能得到老天爺些許眷顧。」

「老天爺的眷顧」指的是兒子麟太郎出人意外地是個英才。這種事情還好意思拿出來說嘴，可見小吉為人有多麼天真。

「兒子只交益友不交損友，優游於武藝，對我克盡孝道。」

「如今退隱，可輕鬆了。希望孫子、曾孫都能像義邦（海舟）一樣，希望子孫滿堂。」

即便是小吉，在那時代也是個領有俸祿的武士，因此也習慣祈求子孫滿堂。

接著介紹這位粗暴老爹對子孫如何說教。

「男孩子九歲開始就該捨棄其他雜務專心學文，晝夜投入武術，且應遍讀諸般著述。因為這樣總比學到差勁的學問好。——一定要有一藝出眾，為將軍盡忠，對父母盡孝，對妻子……」

說教說到最後還說了此時代之人難得的美德：

「對朋友要以信義相交……」

友情、愛情這些都是明治以後才輸入的道德觀念，當時武士是以忠孝為道德之主軸。這應該是小吉從自己前半生經歷得出的自然道德觀吧。

其子海舟也多少與他相似。

「以往我也曾與各式各樣的人交往，但新門的辰五郎、藥罐的八、幫間的君太夫、八百松的松、松原的婆，這幾個人都是我最要好的朋友。」

海舟親口道：

「總之，我老爹呀……」

「說什麼都要讓我習刀，於是把我帶去找當時擔任刀術指導的島田虎之助。」

當時海舟十六歲，之前似乎多少在伯父男谷精一郎門下學過一點基礎，可惜九歲時發生了一起奇禍。

事實上麟太郎在七歲時即蒙幕府召為近侍，擔任第十二代將軍家慶之五男初之丞的玩伴，但九歲時卻在路上遭猛犬襲擊，被咬到睪丸。

趕來急救的外科醫師診斷之後也說小命恐怕不保，但還是請他為海舟縫合，沒想到七十天後竟完全復原了。自那之後一直到十六歲，刀術一直處於荒廢狀態。

當時提到島田虎之助，可是與江戶的男谷精一郎及柳川的大石進並稱「天下三刀客」的高手，海舟拜入師門時，他已從老家豐前中津搬到江戶，在淺草的新堀開了家道場。

「這人與一般刀客略有不同。」

勝如此轉述島田的話。

——目前大家所練的刀術都徒具外型。機會難得，你要練真正的刀術！

勝寄宿在道場。

島田對勝期望很高而給他特別訓練，每天固定的道場練習結束後，日落後惟獨叫勝僅著一件道服，一直跑到王子神社。

要他先到拜殿的礎石坐下，進行某種禪坐鍛練心神。接著獨自揮木刀練習，再繼續禪坐。就這樣，到天亮之前共重複五、六回。

然後立刻回道場練習，到了傍晚再去王子神社。無一日間斷。

真教人懷疑他什麼時候睡覺。不過海舟本就足智多謀又是個座談名人，多少習慣說些大話，但即使打點折扣，青年期的他想必做事也極為專一。

「這段期間即使天寒地凍腳上也不穿足袋，只穿一件有襯的衣服就夠了，幾乎對寒暑沒什麼感覺，身體真的就像鐵打的。」

後來島田虎之助師傅建議「要窮究刀術之奧義，得先學習禪坐」，於是我就到牛島的福弘寺修行。修行了四個年頭。

「這般禪坐及刀術奠定了我的基礎，日後對我助益相當大。那時（德川政權瓦解時）常受刺客之類暴徒威脅，但我都能妥善料理。如此勇氣及膽識就是靠此二者培養而成的。」

勝二十二歲時停止習刀，有意改學蘭學，尤其是其中的兵學。

當時若說起蘭學，就等於是醫學。勝想學的卻是洋式兵學，由此可見他較一般人卓越。

幕府有個名為「天文屋敷」的機關。

那是專門觀測天象、製作曆法的機關，自元祿初年即存在。

這不是西洋式的。早在奈良朝之前，飛鳥時代的大和國就於天武天皇四年（六七五）設置了占星台。後來又設陰陽寮負責觀測天象，如此延續了千年。之後就由幕府的天文屋敷繼續擔任此工作。

起初設於神田，後遷往牛込，然後又移至淺草。

在勝的青年時代，此天文屋敷成立了荷蘭語的翻譯局。

該局有位當時江戶聞名的蘭學權威，叫做箕作阮甫。

此人本為作州津山藩之御醫。插句題外話，阮甫家系人才輩出，包括後日成為東京師範學校攝理的箕作秋坪（招贅婿）、其次男菊池大麓（後獲封男爵，東京・京都師範學校總長）、還有阮甫么女之夫婿箕作省吾。箕作省吾英年早逝，卻是知名的幕末地理學者，其子箕作麟祥為維新後的法制學者，曾活躍一時，後因功獲封男爵。

此即蘭學者箕作阮甫。

勝登門造訪，請求拜入師門。

「你是直參身分，對吧？」

箕作道。

箕作阮甫的嘴型看似隨時咬著牙，眼睛大得詭異且老愛翻白眼瞪人。

「請您一定要收我當弟子。」

「我拒收。」

「若我有什麼地方不合您意，我會努力改過。」

「這麼說很抱歉，但旗本及御家人之子弟代代安居於江戶，已毫無鬥志。我自己也是離開津山藩後獲提拔為幕臣的，基於如此關係我當然也有意在幕臣中培養英才。我也曾極力嘗試，但不可思議的是竟無人長期持續。學習蘭學需要傻勁，似乎不適合喝江戶水道水長大的人。這條路還是比較適合鄉下人。」

勝一時心頭火起。

但又不敢發怒。

幕臣子弟的散漫情形勝海舟自己也心知肚明。

「學蘭學可不能像學小曲或三味線。」

據說箕作這麼說。

「我觀察塾生學習的情形，感覺將來國家所能依靠的，恐怕是那些鄉下來的學生，而不是八萬旗本之子弟。」

據說箕作還這麼說。

此時遠在黑船來日之前，但據說勝海舟從此便有了危機感，擔心幕府不久可能就要瓦解。

勝海舟無奈之下只得告辭離開箕作家，轉而跟隨同藩的蘭學者永井住吉。當時永井住吉住在位於赤坂田町的筑前黑田家藩邸。因此勝海舟也搬到赤坂田町。

他已於前一年娶妻，這年生下長女夢子，一家六人住三個房間。「那時真的好窮啊。妻子在日蔭町買了一條腰帶且一用就用了三年，而我即便寒冬也只穿劍道服及裙褲。」

勝海舟窮困及懷才不遇的時期很長，但嘉永六年（一八五三）培里來日卻促使他發跡。

他奉幕府之命在長崎向荷蘭人學習，再傳授給海軍。當時他三十三歲。

接著在三十七歲時當上軍艦操練所的教師總長，七月移居赤坂的元冰川下。總算夠格住進像樣的宅邸。

勝海舟的出生地，即本所龜澤町的房子十分破爛。父親小吉有次受幕府懲罰而必須舉家寄居到同僚家時，便叫來舊貨店把房子賣掉。沒想到舊貨店只估了四兩二分。

「因您是武士，我才出這價錢的喔。」

被迫併居的同僚家也很破舊且只有兩個房間。兩個房間卻要擠進兩家共十人，由此可見當時下級御家人生活的窘境。

「後來我發跡成為祿高千石之身時還算好，但沒多久就遭罷職。妻子十分為難，因為我家經常有浪人食客寄居。然而我總是才上任就遭罷職，因此經濟不時拮据。」

勝海舟有話直說，特別憎惡上司的無能。不僅如此又愛挖苦人，口才之流利倍於常人，因此總是不討上司喜愛。

比方說搭咸臨丸自美國返日後曾發生如此插曲。萬延元年（一八六〇）五月五日，返回浦賀兩天後，便與木村攝津守一同拜謁將軍家茂。

一位老中從旁道：

「勝，你別具眼光，故在外國應有特別的發現，詳細說來聽聽吧。」

「不，人之所為不分古今東西皆同，美國並無特別之處。」

「哎呀，不可能這樣吧？你還是說點珍奇見聞來聽聽吧。」

「是……」

勝冷笑道：

「我注意到，在美國不管是政府或民間，只要是居上位者，人人聰明程度都與其地位相應。我認為這點正好與我國完全相反。」

言下之意是，只注重門第的德川體制已無法保住國家。

但老中們卻認為他是故意當著將軍的面愚弄自己。

「住口！」

老中怒斥道。

勝海舟因此次渡美經驗，心中考量的第一位已不是幕府而是日本國。以當時的幕臣而言可謂危險思想。

「夷臭！夷臭！」

千葉重太郎皺著眉頭道：

「勝海舟連靈魂深處都已滲進夷臭（受外國影響）。攘夷大業得從殺死勝海舟開始著手呀！龍老弟。」

重太郎已經醉了。

「重兄說話變得好難懂啊。」

龍馬拿起酒杯輕笑道。

重太郎的攘夷思想是來自當今流行的水戶學。是所謂的神州思想。

將一個民族的居住地視為神的地盤，故十分神聖，若被其他民族插足就等於遭到玷污。如此民俗思想並不只限於日本。

新幾內亞的原住民有，古代歐洲也存在如此思想。

水戶學是將此民族思想當成調味料，而以中國尊王賤霸思想（推崇王族而貶低以武力開創政府的思想）為中心的學派，不僅是一種思想，更帶有宗教色彩。

如此富有宗教色彩的攘夷思想即為幕末普遍之思潮。

在龍馬現今這個時期的數年後，長州藩及薩摩藩將此切換成政治道具，並塑造成貶幕、倒幕的道具，故應稱之為政治性攘夷思想吧。

薩長領悟到宗教性攘夷思想的不當之處，暗中與外國聯手將軍隊西化，而進一步推翻幕府。

簡單說來，此舉即為明治維新運動。

但龍馬此時期，武市半平太、西鄉吉之助及清河八郎個個都還停留在宗教性的攘夷論者階段。

更遑論因同伴影響而不知何時成了「志士」的千葉重太郎。

龍馬也是時代之子。

他也是主張要攘除夷狄的攘夷主義者，但實在無法了解武市及重太郎等人所謂的「神州」。

正因沒學過深奧的學問，反能看得更透徹。

「為何稱之神州？所謂的神在日本就是指上古未開化之人。恢復未開化狀態等於違反時代的前進。那種神明附身的笨蛋所提出的理論我實在無法苟同。」

但龍馬是個聰明人。

他雖與這些人來往，卻不與他們爭論。

「那只會陷入教義的爭辯。攻擊其他宗派教義是世間最徒勞無益的事了。」

因此他總是裝傻，一笑置之。

「龍老弟，咱們何時下手殺勝海舟？」

「啊，隨時都可以啊。」

龍馬精神奕奕道。

言下之意是十分贊成。究竟是何心情呢？要猜測這種吊兒郎當者的心情實在白費工夫。

「出兵！出兵！」

龍馬那夜喝了好多酒。

擔任軍艦奉行並之職的勝麟太郎五天就上築地的軍艦操練所一趟。

「只要在途中埋伏突擊即可。」

千葉重太郎道：

「龍老弟，你看如何？這主意很妙吧？」

「妙啊！」

不知為何，龍馬竟開始雙眼發亮。

翌日早晨一醒來就聽見佐那子隔著紙門道：

「喔，大哥說要是您醒了，請您到他房間去一下。」

啊！龍馬彈跳起身迅速穿上衣服。也沒將棉被摺妥就隨便扔進壁櫥，然後走出房間。每次都這樣。

佐那子還坐在走廊上。

「怎麼啦？」

「我在監視坂本大哥。」

說著用手指著龍馬的臉。龍馬早上起床總是不洗臉也不梳頭，佐那子因而嘮嘮叨叨地數落他。

「這女人真煩哪。」

龍馬沒精打采地走到井邊，用力搓洗臉後又以手指順順鬢角，然後就到重太郎房間找他。

「啊，龍老弟，出發吧。」

真敗給這對兄妹了。重太郎昨晚明明喝成那樣，眼前卻已做好外出的準備正等著龍馬。
「要去殺勝海舟嗎？」
「沒錯。」
「要去殺人何必這麼猴急呢。佐那子還嘮嘮叨叨要我去洗臉，煩死啦。」
「坂本大哥！」
佐那子就在他身後。
「哎唷，原來在我身後啊！」
龍馬尷尬地搔搔頭。
兩人並肩走出大門。
龍馬覺得腰部好像空蕩蕩的。
「坂本大哥！」
佐那子又從背後叫他。
「您腰間的東西呢？」
啊！龍馬這才發現，忘記帶佩刀了。難得重太郎也板起臉來了。
「龍老弟，拜託你正經點啊。」

重太郎道。
當然，龍馬也這麼想。但哪有忘記帶刀的刺客呀。
「你最近似乎心不在焉喔。」
「大概是因為脫藩的關係吧。」
兩人出了千葉家大門。
佐那子目送兩人背影出門後，自己也立刻折回屋裡，十萬火急地準備。
雖身為女人，也希望去砍奸賊勝海舟一刀。要是兩人阻止，至少也要在場看到最後。
他們的目的地是築地的軍艦操練所。因為他們剛剛上了安藝橋，所以不難推斷。
佐那子攔了一頂出租轎子。
從築地本願寺往東過一座橋就是南小田原町。已聞得到海的味道。
再往東走就是以前藝州藩下屋敷所在之地，這一角直到最近之前向來是幕府的講武所。再過去就是海了。

自安政四年（一八五七）起幕府就在此設立軍艦操練所。

「這裡就是軍艦操練所啊。」

龍馬以孩童般的眼神仰望講武所時代即已存在的瓦頂牆。

他喜歡海和船。

「龍老弟，要進入這一角可從西側的本願寺橋、南側的安藝橋或北側的數馬橋及備前橋等，但勝海舟是從赤坂元冰川下的屋敷過來的，因此應該會走安藝橋或本願寺橋。」

「哦。」

「但進入安藝橋一帶有一橋家及淺野家的宅邸且人煙稀少，勝海舟也怕刺客埋伏，應該不會專挑那種偏僻的路徑。如此看來，通常應該走的是附近商家較多的本願寺橋。」

「你摸得很清楚嘛。」

「不，這只是我的猜測。龍老弟，正經一點吧。所以我打算選一天埋伏在本願寺橋。」

「這樣好啊。」

龍馬瞇著眼遠望繫在岸邊那艘軍艦的三根船桅。

那是練習艦觀光丸。

是荷蘭製的木造帆船、船身外有車輪狀推進器的蒸汽船。載重量二百五十噸。

「重兄。」

龍馬指著以藍天為背景的船隻道。

「什麼事？」

「我想要那艘船。」

「……」

重太郎瞪著龍馬。

「你神智還正常吧？咱們是要去行刺軍艦奉行並勝麟太郎呀。」

「本來是這樣沒錯。」

「你給我正經一點！這有損北辰一刀流之名啊。」

「但以北辰一刀流是無法撼動那艘軍艦的。若無法撼動就無法保衛國家，也無法推翻幕府。」

「龍老弟。」

重太郎臉色十分不悅。

他與大多數人一樣很討厭西洋事物，認為幕府崇洋媚外買進那種洋船也屬不可原諒之舉，而勝海舟即為如此西化的元凶。

「龍老弟，你勁頭消了嗎？」

「我本就老是沒勁。」

龍馬不理重太郎，逕自沿著瓦頂牆往岸邊緩步走去。

此軍艦操練所在維新後將發展為海軍兵學校。但這並不重要。

龍馬想學習軍艦的一切。

卻有東西從中作梗。

那就是幕府。

是自家康以來的極端門閥主義。

「我沒法進到這裡面去呀。」

龍馬帶著錐心之痛走著。

幕府的軍艦操練所只為幕臣子弟敞開大門。

即使只是大名的手下武士，若能成為「特受主君青睞者」就能進入。

可惜龍馬雖為土佐藩士卻只是個鄉士，若非上士便無法獲藩推薦。鄉士也就罷了，他偏又是脫藩之身。

「重兄。」

龍馬轉身道：

「與殺勝海舟之事相較，我更希望讓這世間成為人人都能完成己志的世界。」

「哦？」

千葉重太郎是個單純的攘夷論者，這他自然無法了解。

他只是茫然佇立。

練習艦觀光丸的黑色船體如大山一般矗立在兩人眼前。

「重兄，我家鄉有位名叫河田小龍的畫家。知識淵博的他告訴我，在美國，樵夫之子也能成為總統，而總統的兒子只要他本人願意，即使去當裁縫聽說也不會有人感到奇怪。」

「那又怎麼樣？」

重太郎不悅道。

「不怎麼樣。但願能讓世間再無士農工商之分，我只是突然這麼想而已。雖說同為武士，但細分之下大概有一百種，卻不得從其中脫穎而出，這是為什麼？只為保住將軍一人之身分，在日本竟有三千萬人的身分受到束縛！」

「龍老弟，你聲音太大了。」

幾個在操練所內巡邏的訓練生迎面而來。

「重兄，我要使世間成為萬人平等的天子治世給你瞧！」

「龍老弟……」

「怎麼？給我三艘這種軍艦試試，我就推翻束縛日本人長達三百年的德川家！」

「龍老弟，你在說什麼？正因有將軍及大名，才有日本啊。」

「哇哈哈！只要給我三艘這種軍艦，管他什麼大名，我都能一腳把他踹開。」

「龍老弟，咱們今天還是回家吧，你好像有點不太正常。」

「好像是喔。」

兩人正要離開，就被巡邏中的那群訓練生喊住。

「你們在那邊做什麼！」

「參觀呀。」

龍馬與重太郎丟下這一句就邁開大步走了出去。從他們的腳步及穩重度任誰都看得出他們是一流的武功高手。

大家都嚇得不敢再出聲。

正打安藝橋經過時，突然有頂出租轎子迎面而來，停在兩人面前。

原來是佐那子。

她迅速下了轎。

「怎麼樣了！」

她揚起眉毛問道。

佐那子的唇形很可愛。

那夜重太郎走進龍馬房間，表情凝重地拉上紙門。

「龍老弟，你到底幹不幹？你若不幹，那就……」

「就怎樣？」

枕著胳臂橫躺的龍馬蹙起眉頭。

「我就一個人去。」

哎呀，這傢伙恐怕真要幹，龍馬心想。重太郎臉上的表情前所未見，眼神陰沉，似乎陶醉在自己的話中，彷彿不說出口就無法自持。龍太郎止處於一種奇妙的興奮狀態。

「那須信吾、大石團藏及安岡嘉助等人伺機暗殺吉田東洋時，也是像這樣滿臉充血漲紅。」

「老實告訴我你心裡有何打算吧。」

重太郎道。

龍馬坐起身來。

「你看如何？重兄，真要幹的話就別埋伏在築地的橋邊吧，那樣實在……」

「實在什麼？」

「太難看呀。不過我本就認為刺客是鼠輩幹的事。」

「龍老弟……」

「不，等我說完。我會幹，我坂本龍馬既說要幹就一定會幹。」

「那我就放心了。」

「不過我絕不做埋伏這等事，我要光天化日之下公然要人帶我進勝海舟的房間見他，而他若真太過豈有此理，我就當場將他一刀劈成兩段。男子漢大丈夫該當如此。」

「一點也沒錯。」

重太郎也同意了。

翌日早晨寢待藤兵衛正好來找龍馬。

「赤坂元冰川下有個名叫勝麟太郎的人，你去幫我查查每天人員進出的狀況。」

龍馬如此下令。

「您此舉有何目的呢？」

「我要殺他。」

藤兵衛面無血色地出發了。

說也奇怪，一旦每天惦記著海舟勝麟太郎的事，就經常聽見有關勝的話題。

重太郎似乎也是一樣。

「雖然有好有壞，不過有關這人評語可真多啊。」

龍馬一說完重太郎就說：

「聽說他是個大騙子。」

重太郎聽到的消息都是負面的，或許若本身對他沒什麼好感，聽到的自然都是壞話吧。

如此一來就更無好感了。

「聽說他的蘭學也是唬人的，不管讀或寫都不流利。總之多半都是壞評語。」

「哦？」

龍馬瞇起眼睛津津有味地聽著。其實龍馬聽到有關海舟的評語是好評，因此更加崇拜他了。

「什麼樣的壞評語？」

龍馬問道。

當時有這麼一則關於勝的惡評。

名叫杉亨二的年輕人上場了。

他是長崎學者杉敬輔之孫。父母早逝，由祖父的門人帶大。

他是個難得的天才，因為地緣關係，擅長荷蘭語，尤其對蘭學中的法律及經濟特別感興趣，知識之豐富在當時可說是個奇蹟。

但他卻是個藉藉無名的青年。

為求功名而上江戶來卻無人可投靠，於是在本所的冬木町租了個二樓暫居。

某次聽到海舟之名。

時值嘉永三年（一八五〇）末，海舟二十八歲。

正是勝窮困已極的時期。

身邊已生有二女，再加上雙親及四個妹妹，如此大家庭只靠四十二石的世襲家祿，實在很難生活。

蘭學才學了五、六年，但他仍打算靠此技能過活。

於是就在自宅開了私塾。

勝是個別具創見、才氣縱橫之人，正因如此，並不適合學語文。他的確相當勤奮用功，但恐怕仍未具備當語學教師的技能。

這時姓杉的青年特來登門造訪。

「我到他家看看，結果牆內牆外都得靠木棒支撐，實在貧困已極。」

杉後來曾如此描述。他指的是勝住在赤坂田町時的情況。

數日後杉再度來訪。

「勝老師，有個人不但靠得住還會說蘭語，不知您是否有意聘他為助手？」

杉說完後，勝即取過一旁的筆迅速在紙上寫字。

他是在進行筆談。兩人在聽與說方面皆無特別的殘疾，應該是不想讓鄰室的門人聽見吧。

「告訴我那人的姓名。」

紙上如此寫著。

杉提起筆寫道：

「其實就是在下。」

「既是閣下，那就請你從今天開始吧。」

勝如此寫道，並決定給杉此塾收入之兩成做為報酬。

杉成了塾頭，卻是實際上的老師，其蘭語程度甚至在勝之上。

日後勝發跡時，這位杉亨二透過勝的推薦，在幕府創辦之洋學教育機關「開成所」擔任教職，尤其對統計學特別有研究，幕末時還建議進行人口普查。

他也建議明治政府進行國勢調查，並在山梨縣實施，可說是日本統計學之祖。他同時還是法學博士。大正六年（一九一七）過世，享壽九十歲。

「勝就是如此生意人呀。」

重太郎道。

「哦？」

龍馬反而大感佩服。

「勝這人真了不起啊。」

要是只會蘭語，就只能當個外語教師。僱用其他老師，再從中抽取佣金維持家計，這已非一般旗本想得到的。

何況勝應該也會要求聘用的塾頭杉翻譯荷蘭書籍，以補充自己的海外知識吧。不僅充實知識，有了如此程度的才能，定能與改進國家之大計連結在一起。

「還有一項惡評。」

重太郎又道：

「據說他自詡為軍艦奉行並又是日本海軍之創始者，而老是擺出自以為是的架子。沒想到竟全是虛有其表。和勝一起在長崎海軍傳習所跟荷蘭人學習的同伴也說，勝在陸上氣焰囂張已極，但從沒見過像他那麼會暈船的人。」

事實如此。

勝雖為軍艦專家，但上了船，還沒出港就開始暈船，完全派不上用場。

勝自己曾回憶搭咸臨丸的經驗：

「途中遇到多次大小暴風雨，有幾次船身幾乎都要扭曲了。但身為船員早有如此覺悟，因此並不特別感到痛苦。何況我當時三十多歲，正值血氣方剛的年紀，於是更不在乎。不過因我上船之前得了熱病，故吐了好幾次血。所幸在抵達三藩市時就完全痊癒了。」

此敘述似乎與事實不符。

與他同船的福澤諭吉也在自傳中如此道：

——勝這人暈船暈得很嚴重，整段航程都像個病人，根本無法走出房間一步。

勝這位艦長竟然全程連一步都沒踏出艦長室。

幕府的軍艦奉行木村攝津守在談話中也曾表示：

——勝被徹底擊垮而一直躺在船艙中。因他如此暈船，船艦儼然沒有領袖而起了騷動。（中略）眾人全都虛脫而無法派上用場，這時只有福澤一人泰然處之沒暈船，他細心照顧我並為我打點飲食起居，令我十分佩服。

後成為海軍中將、並於大正九年（一九二〇）以八十歲之齡過世的赤松大三郎則良也以「教授方手傳」（助理）的士官身分同船。赤松是祿高七十俵五人扶持（譯註：俵為草袋，一俵約六〇公斤。扶持以一天五合的米為標準。一合約為一五〇公克）的下級旗本之子。赤松後來曾提到：

——日本的水手（鹽飽列島的漁夫）在途中就虛脫了，最後甚至說出「不去啦，我要回日本」的話。當時搭便船的美國海軍大尉布魯克手下海軍就很派上用場了。

「因此人們都說勝是陸上的海軍。」

重太郎跟著聽來的傳聞如此大罵，龍馬卻不這麼認為。

「正因如此勝才了不起啊。」

這證明他不是區區的行船人，因為他明明會暈船，在陸上卻氣焰囂張。勝海舟這號人物，龍馬對他充滿興趣。

正好寢待藤兵衛來訪。

「勝爺今晨起一直在家，看樣子應該整天都不會外出。」

藤兵衛道。

「那太好了。」

重太郎說著已站起身來。

「龍老弟，直接衝進敵軍陣營，一刀砍死他吧！快準備準備！」

說完就衝出房間。

「那位少師傅呀……」

藤兵衛無限感慨地說：

「時勢這東西實在驚人，您說對吧。就連那麼善良的少師傅也因多起天誅事件而變得心浮氣躁。」

大老井伊直弼是前年被殺的。但今年正月，老中安藤對馬守信正也在坂下門外遭攘夷浪人殺傷。

江戶只有這幾起，但京都幾乎每天都有佐幕派或開國主義者遭暗殺。

「大爺，不怕您見笑，像我這種孤零零在世間黑暗處打滾的過來人，實在看不慣那種看別人騷動也跟著瞎起鬨的情況。」

「說得真好啊。」

「不過，難道殺了人政治就會好轉嗎？」

「有此可能。」

萬延元年三月，井伊大老在櫻田門外遭水戶及薩摩浪人暗殺的事件，結果就是如此。井伊家乃德川譜代大名之首，直弼又是大老。不僅如此，那天早晨直弼登城途中還有以英勇馳名的家臣團護在身邊，沒想到竟被少數幾個浪人得手而一命歸西。

幕府的權威可說就從這天早晨開始衰退。這不是單純的殺人事件，更可謂能推動歷史前進的殺人事件。

「不過……」

龍馬心想：

「後來頻頻發生的天誅事件就是騙小孩的把戲了，都是些狂人行徑，相信只要殺人，世間情況就會好轉。」

龍馬隱約聽說，京都頻發的天誅事件似乎是武市半平太暗中操縱的。

就像前文提過的岡田以藏。

他已被冠以「殺手」的綽號，四處殺人。

「原本為匡正世局而出現的尊王攘夷思想，若光是停留在殺人的層次，那就危險了。」

我若不出馬，天下局勢將不堪設想吧，龍馬突然有此誇大的夢想。不過似乎還沒輪到他出場，搞不好一輩子都沒有出場的機會呢。

「那就一輩子這樣，一直到死為止。只能聽天由命了。」

「龍老弟，準備好了沒？快點！」

「喔。」

龍馬抄起自己的陸奧吉行大刀塞進腰帶。這刀能不能吸到勝的鮮血，龍馬自己也不知道。

龍馬和重太郎兩人仔細檢查佩刀上固定刀柄的卯釘，然後朝赤坂元冰川下的勝宅出發。

重太郎意氣風發。

寢待藤兵衛就像僕役長似地緊隨在後。

軍艦奉行並勝麟太郎的宅邸，已非之前提到的那個必須用木棒撐牆以防倒塌的赤坂田町破房子，他搬到這元冰川下的宅邸已經三年。房子有點舊，但占地極廣，頗有祿高千石旗本宅邸的氣派。

勝非常喜歡這處宅邸，他以七十七歲之齡逝於明治三十二年（一八九九），生前一直住在此宅。朝廷派來弔唁的敕使也是到此宅來。

關於此宅有個題外話。

這故事與藏相（譯註：大藏大臣，日本財政首長）高橋是清有關。高橋日後於昭和十一年（一九三六）的二二六事件中遭兇手擊斃（八十三歲），但此時還是個充滿書生氣質的二十歲青年。

時值明治六年（一八七三）末。

此時勝海舟官拜從四位的參議，兼任海軍卿，頗具聲望。

但所指卻非政治家之聲望，而是一如明治政府的大久保彥左衛門那種超越官銜的人望。

他是個吹毛求疵的人，每天只要有人來訪，就以他道地江戶仔那三寸不爛之舌評論古今人物，把政府高官貶得一文不值。無論褒貶都十分極端，比聽說書還有趣。

當時有位莫雷博士住在本鄉的加賀屋敷內，是政府聘雇的外國人。

「我一定要認識一下勝爺。」

因他如此要求，高橋是清便以口譯員身分領他前往。青年高橋也是第一次見到勝。

先是位身著棉服的貌美女性來應門。但從出眾的氣質看來應不是侍女，後來才聽人說是勝家之三女逸子。

龍馬等人來訪時，逸子還是個兩歲幼女，高橋來訪時已十三歲，不久後就嫁給目賀田種太郎（生於江戶，專修大學創始人，後獲封男爵）。

驚為天人的高橋等人後來問人更聽說：

「她可是勝爺的得力助手啊。若有刺客或惱人的論客闖入，只要那位小姐就足以讓他們嚇破膽啦。」

接著是位帶路的老人，身穿粗劣的小倉褲，雖天氣寒冷卻打著赤腳。

「請進，不用脫鞋。這邊請。」

兩人依言穿著鞋走上榻榻米，並隨他進入客廳。榻榻米上擺著桌椅。

高橋和外國人一坐下，這位老人就說：

「我就是勝。」

客人再度大吃一驚。

旋即出現一位上了年紀、白襟和服上印有家紋的老太太，穿著一如千代田城（譯註：即江戶城）高級女官的豪華罩衫，拉著下襬特來打招呼。

「這是我妻子。」

打完招呼後，身著豪華罩衫的老太太便靜靜退下。感覺十分詭異。

「待人接物簡直目中無人」、「勝很難對付」，如此批評在龍馬當時就已存在。

「就是這裡了。」

重太郎抬頭望著勝家大門道。大門緊閉。

看門的老人探出頭來。

「我們想見勝先生。」

重太郎道，同時拿出寫有自己和龍馬姓名的紙片。

門衛一臉狐疑退回門內，兩人就在門口靜候。龍馬見重太郎一臉緊張兮兮的表情，忍不住笑了出來。

「別那副提心吊膽的表情嘛。你那張臉，門衛看了大概不會向管家通報了。」

「不。」

寢待藤兵衛低聲道：

「這宅邸中沒管家。」

「他可是祿高千俵的旗本啊。」

「這宅邸完全不設防。除家人與侍女之外，就只有方才那個老爺爺，連隻狗都沒養。」

「這種房子正是藤兵衛你們看到就忍不住流口水的目標吧？」

「並不是，因為即使想下手也沒什麼像樣的東西可偷。」

「連小偷都看不上眼嗎？」

龍馬由衷佩服。果然一如他的想像，勝的物欲顯然極低。

不久，門衛出來了。

「請進。」

事情的進展竟意外地順利。

龍馬驚訝之餘也覺得佩服。兩名千葉門的刀客連袂來訪，究竟有何企圖？在此敏感時刻，勝應該可以想像得出來吧。

「重兄，你可得小心點。門內說不定埋伏了百來人，且個個都已推開刀鍔，隨時準備拔刀呢。」

「有什麼好怕的。」

重太郎幹勁十足地聳著右肩走進門去。

「連重兄也完全一副志士模樣了。」

龍馬慢吞吞跟了進去。

玄關旁的八角金盤長得十分茂盛。要說有什麼風情，也只有這八角金盤了。庭院中幾乎沒種什麼樹。

「這房子真是一點也不風雅啊。」

兩人在侍女的帶領下穿過走廊。這房子老舊，似乎每走一步地板就彎一下。這還真窘。不但如此，這才想起當家主人到現在都沒問起兩名訪客的來意。

「真不愧是搭咸臨丸到過美國的人，沒想到幕府中還有這麼厲害的角色。」

「這邊請。」

侍女跪坐著拉開紙門。

這是個八蓆大的房間，光線不足，房裡堆著滿滿的和文、漢文、洋文書籍。梁上掛著一塊匾額，上面寫著：

「海舟書屋」

這是他妹婿佐久間象山寫的。

是個地窖似的房間。

角落坐著一個身材矮小的男人，正背對著這邊在讀書。

然而卻無意轉身。

過了一會兒，勝才轉過身來。

龍馬和重太郎客套性地寒暄一番後，抬起頭來。

「好怪的相貌啊！」

首先讓龍馬感到吃驚的是這件事。

他五官深邃，看起來就像橫濱的洋人。然而卻身材矮小，膚色黝黑。眼睛更是奇怪，那不是大人的眼神，而是孩童的眼神，就像充滿好奇心的淘氣小鬼般閃閃發光。

接著勝就開口了。

勝在當時已具江戶城二之丸留守資格，又兼任軍艦頭取及布衣等幕府顯職。

「你們在幹嘛呀？」

如此高官竟以一般平民用語如此問道。

「啊？」

重太郎傻傻地反問。

「何必把刀放在那邊？不拉近腿邊的話，是無法殺死勝麟太郎的喔。」

「……」

「你們是來殺我的吧。哇哈哈！你們臉上寫得很清楚。我也學了點刀術，看得出來你們眉間透著一股殺氣。」

「咦！」

龍馬嚇了一跳，趕緊抹了抹臉。

「抹不掉的啦。不管怎麼說，你們是刀客對吧。聽說你們把刀看得比命還重要，所以還是好好把刀拉近腿邊吧。不過……」

勝再度看看寫有兩人姓名的紙片道：

「你是千葉重太郎爺。哦，是貞吉師傅的兒子，對吧？」

接著看看龍馬。

「這傢伙將來是個人物。」

據說勝當下就有如此感覺。後來這位好批評人的勝曾特別指著西鄉及龍馬，直稱他們為「英雄」，但其實這回初次見面就已有此直覺。第一個把龍馬當成「英雄」的，應該就是勝海舟了。

勝隨意盤著雙腿。

他有個習慣，盤著腿時總是把雙臂垂在前面抓住雙腳腳踝，擺出彷彿雙手吊住雙腳的姿勢。

明明已年屆四十還這樣，真像個淘氣的小鬼。龍馬心裡覺得好笑。

「總之最近刺客很常見，我家每天都會來上幾個。」

「來上幾個」，這是勝在吹牛，不過似乎真的經常有人來。只要勝在家就會接見那些人。

「不過還真怪。即便那些看似刺客的傢伙也都各自擔憂著國事，只是腦筋不好、想法錯誤而已，赤誠之心則無二致。因此陪他們聊聊後，離開時個個都是面帶微笑出門的。不過你們較那些人稍微上等一點，因為你們是打算先聽我怎麼說再決定要殺我還是放我一條生路。坂本君，是這樣沒錯吧？」

龍馬只是低頭，扯著榻榻米的破綻處。

「勝老師。」

重太郎殺氣騰騰道：

「聽說老師您最近在幕閣提倡開國論，主張與洋夷多交流。」

「嗯。」

勝把菸草塞進菸斗中。

「我是常這麼說。」

「當今天皇認為，只要洋夷上陸就是玷污神州而不接受。對此您有何看法？」

「千葉君，這事你應該不是親耳聽天皇陛下說的。你這根本是道聽塗說、擅自揣測上意，然後改編成己見的。」

「可是……」

重太郎一時語塞，卻因此更加激動。

「我八大洲乃是神明所居之結界，如此國家絕不容污穢之人踏入一步。」

重太郎中了時下流行之水戶式攘夷思想之毒。此思想雜夾著同樣流行的國學者攘夷思想，帶有極強烈的宗教意味。

如此神國思想在進入明治時期後仍綿延不斷，導致熊本神風連之亂，成為國定歷史教科書採用之史觀，也成為昭和右翼及陸軍正規將校之精神支柱，更產生眾多盲目的信徒。

此帶有宗教色彩的攘夷論的確是撼動末期幕府的動力，但卻有個怪現象。

攘夷論者中也有不帶如此宗教色彩的一群人。他們是長州的桂小武郎、薩摩的大久保一藏（利通）、西鄉吉之助以及坂本龍馬。

宗教性攘夷論者在櫻田門外暗殺井伊大老之舉的確成為維新運動的原動力，但維新政權最後卻未能操在他們手中。

但如此狂熱信仰潮流到了昭和時代又被相信昭和維新的妄想群眾繼承，最後引起大東亞戰爭，害國家淪為悲慘的荒蕪之境。

插句題外話中的題外話。大東亞戰爭恐怕是世界史上最大宗的怪事件，依常識判斷也知此戰必敗，為何陸軍軍閥仍執意發動戰爭呢？那是因為被主導維新的志士一把推開的這個未開化、盲目且土味濃厚的宗教性攘夷思想，到了昭和時代卻在無知的軍人腦中復甦。駭人的是，此思想竟披著「革命思想」的外衣煽動軍方，最後將數百萬國民逼上絕路。昭和之政治史，可謂遠較幕末史愚蠢而蒙昧。

重太郎提出反論。

他提出神國論，主張不應批准開國政策。

勝將菸草點燃。

「呼——」

他把煙吐向庭院外。

「你們應該有眼睛吧。」

勝把裝有吸菸道具的菸草盆拉近，用力敲落煙斗中的菸灰。

「看看那東西吧。」

說著指指背後的地球儀。

「上面藍色的部分是海。所謂的世界其實非常渺小，大部分是浩瀚的海洋，而金銀財寶就從這些海中源源不絕湧出。」

「這傢伙果然是個大騙子。」

重太郎蹙起眉頭。

「你若以為我在說謊，就請看看英國。英國雖是公認的世界第一大國，但也是那麼渺小的島。他們可是很聰明的。」

「……」

「他們以那些地球儀上塗成藍色的海為家。因為他們擁有幾千艘在海上能像在陸地上跑的大型蒸汽船，不斷與外國進行貿易以謀求國家利益。拜此之賜而成了『大英帝國』，得以展現人類有史以來的至高榮景。至於日本又是什麼情形呢？」

勝將菸草點燃。

「赤蝦夷（俄國）在歐洲被稱為野蠻國，但即使如此他們也擁有軍艦。幾年前此國才開始計畫侵略極東地區，先是頻頻讓軍艦出沒在日本周遭，然後宣稱千島及樺太島都是他們的。真像小偷啊。竹內下野守等人曾到其首都，但仍無法順利溝通，咱們在外交上是愈來愈示弱了，這全因對方擁有軍艦。像現在這樣只知滿口高呼攘夷、揮舞大刀，日本終將任人宰割啊。」

「可是……」

「喂，聽著。」

勝展開日本地圖。龍馬也是第一次見到如此精緻的地圖，不禁雙眼發亮湊上前去。

「坂本君。」

勝親熱地如此稱呼他。

「為了大日本國的百年大計，我想出的繁榮之策是這樣的。我現在就告訴你們，如有異議直說無妨。」

勝於今年五月已將此意見上呈幕府。

為保衛日本列島，將四周領海分為東海、東北海、北海、西北海、西海、西南海六區，並派遣六支艦隊進駐。

此案甚為縝密。例如可以江戶大坂防衛艦隊為第一艦隊，由三艘巡防艦型的軍艦（編制人數一千四百名）、九艘護衛艦型軍艦（編制人數二千零五十二名）、三十艘小型軍艦再加上一艘運輸船組成。

此六艦隊之船艦數總計竟多達二百七十艘，編制人數則有六萬一千二百五十人。此外，光是運輸船、測量船及護航艦就有七十五艘。

「幕府的大官全大吃一驚，下指示說無論如何都無此經費。所以呢，我剛也對你們說了吧，從海裡吸錢，開國並大量進行貿易，再以這些錢來組織艦隊即可。我的意思就是如此。」

龍馬及重太郎如陷五里霧中。但重太郎擺出的姿勢卻愈來愈讓人擔心。

「哇，真教人吃驚呀。」

龍馬愈來愈喜歡這人了。

日本以農立國，只種些稻米、小麥及蘿蔔，毫無近代產業。但他卻突然說要設立擁有二百七十艘蒸汽軍艦的大艦隊，此規模在世界上亦屈指可數。

「若這是吹牛，那麼勝便是有史以來第一吹牛大王了。」

勝的確可能如此。但這牛吹得可不簡單，不但連每艘船艦編制人數的零頭都精確計算，就連創立此艦隊的經費來源都考慮到了。

至於生出這筆經費的方法，就是在座千葉重太郎等攘夷志士最不喜歡的「開國」。

換句話說，就是從事航海貿易。

不僅如此。

以軍艦來說，勝並不打算用買的，他希望在日本建造，因此也必須打造煉鋼廠及造船機械等。而當務之急就是培養技術人員。

他如此提倡。這就是勝的日本興國論。

對此幕閣也十分驚訝。

「勝根本是在吹牛。」

此案於是遭到駁回。此案若得到採用，說不定德川政府便能繼續綿延一百年。但歷史可沒那麼單純。

「痴人說夢。」

這就是眾人對此案的評語。

也難怪幕閣會這麼想。德川政府本身就是把米當成國稅課徵而堆起來的，要農民製作食品，再分配給武士食用，德川政府只靠此便延續了三百年，是個樸素單純的農業政府。

近代國家需要龐大資金，無論幕府或大名都不具備足以讓日本躋身如此國家行列的資格。

國內情況亦如此。自德川中期開始，靠資金從事運作的商人大幅增加，一切仰賴農民的幕府及大名在資金方面自然愈來愈捉襟見肘。

大坂巨商鴻池貸款給天下諸侯，讓大名抬不起頭來。據說大名的儀仗隊經過大坂時，大名還特地親自拜訪鴻池這區區一名商人。

如此情勢之下，幕府及大名還著重在幾石米之類以米為中心的經濟，當然不免陷入貧窮。

幕府實無實施勝所提方案的能力。

「但若不實施，日本就要亡國了。」

勝拿著菸斗使勁在菸灰盆上敲。

「所以非推翻幕府不可呀！」

龍馬咆哮道。勝十分詫異。

「喂，喂，我可是幕臣哪。」

然而勝竟然在笑。龍馬的倒幕理論與幕末諸般志士截然不同，而他這理論可謂確立於這一天。

沒錯，勝是幕臣。

他為了重建骨架已出現裂痕的幕府，而想出上述宏大的近代國家方案，可惜……

「可惜行不通啊。」

勝道：

「根本沒人了解。即使有，也都是下級出身，永遠無法當上有能力實行的大老或老中。眼前政治體系全架構在門第之上，諸藩的情形也是一樣。幕府高官也好，諸侯家老也好，腦容量都只有常人一半，還不及那邊的打火員。在如此內憂外患的時代，日本卻掌握在這些只具半人能力的人手上。坂本君，你看該怎麼辦？」

他幾乎脫口說出：「打倒如此無能的幕府及大名吧！」

但勝的內心卻與外表迥然不同，他對德川家的感情就像死心塌迷戀上某個女子般專注。內心想法雖完全兩樣，卻因愛得死心塌地而表現出如此語氣。

但歷史總有玄機存在。

勝這番過度尊崇幕府的改造論，在入神傾聽的龍馬腦海中卻形成迥然不同的想法。

「既然如此，就推翻無力實行改造案的幕府，以京都為中心組織政府，進而統一日本。只要是人才，不論身分為何都讓他當大老或老中，只要打造如此國家就成了，不是嗎？」

這才有意思嘛。龍馬的興致愈來愈高。

這是明快易懂、極其務實的倒幕理論，然而抱持如此想法的倒幕主義者，除龍馬外竟無一人出現。

多數都是像武市半平太那種貫徹勤王思想的復古倒幕論者，就連桂小五郎、西鄉隆盛等領悟力強的人都有如此強烈傾向。尤其此三人都因有長州、薩摩、土佐等強藩的背景，而過度在乎自藩之利益及立場。

說到這裡，龍馬則因脫藩之身，故一向客觀公正。

「非推翻不可！」

幕臣勝麟太郎愈是口沫橫飛，龍馬愈專心想著這事。

勝一再提到外國的情況。

但身旁這位尊王攘夷主義者千葉重太郎所領會的，卻與龍馬完全兩樣。

「果然是個夷臭之人。若不一刀將這傢伙砍成兩半，日本不知將落到何種下場。」

「勝老師！」

重太郎膝蓋前挪，殺氣騰騰的他正準備拔出短刀砍過去。

龍馬當即察覺，於是轉向勝，彎下碩大的身軀平伏在地道：

「勝老師，請收我為弟子！」

機先被制，重太郎詫異之餘也洩了氣。勝自己也愣得張口結舌，好半晌才弄清楚是龍馬以奇計及時救了自己。

「龍老弟，你真過分！」

兩人已回到千葉道場的重太郎房間。

佐那子也在場。

晚秋的陽光灑滿整個庭院。

「……」

「我正要殺那奸賊，你卻突然壞事，還請他收你做弟子。」

「哎呀，原諒我吧。」

龍馬用力低頭致歉，但一抬起頭即道：

「不過麟太郎這人還真是日本史上最偉大之豪傑啊。」

龍馬還大言不慚：

「重兄，他具有良藥般的毒性。所謂英雄，當國家無病無災時就是無用的毒藥，可一旦天下有難，就成了不可或缺的仙丹妙藥。若只看見人之毒性，目光未免短淺，這是小人之舉。君子得看到對方的效果面。」

「這麼說來，龍老弟也是毒物囉。」

「那正是毒物去見毒物呀。」

「看不下去了。」

重太郎已褪去刺客的殺氣，變回老實善良的年輕大爺。

「龍老弟的變節之舉，我真的看不下去啦。其實去查探築地軍艦操練所時，我就開始覺得不對勁了。你跟著我去勝家，其實是想阻止我，對吧？」

「不，我本打算若情況需要就殺了他的，誰知道……」

「少騙人了！不過，算了。我喜歡你，所以不會放在心上。不過，龍老弟，我有一件事想拜託你。」

重太郎態度一變。

「請你收我為弟子。」

「弟子？」

龍馬忍不住大笑。

「你可是千葉家的繼承人呀，你才有資格當師傅吧。」

「那是在刀術上。以人的立場來說，為國事奔走方面，我希望你能收我為弟子。你意下如何？」

龍馬急著把話題岔開，於是問佐那子：

「佐那子小姐何時嫁人呢？」

「咦？」

佐那子突然被這麼一問，心裡頓時七上八下的，但隨即靜下心來。

「我才不嫁人呢。」

「哦？妳也是女人中的毒物嗎？」

「咦？」

佐那子臉色沉了下來。但龍馬隨即笑道：

「雖身為女人卻懂得刀術，不僅如此還聰明過人。若生來就是個既非毒亦成不了藥的女人，即能平穩度日。不過妳大概不會這樣吧！」

其實龍馬是在暗示其兄重太郎既非毒亦成不了藥，因此最好別逞強去當什麼志士，還是做個老實的市井小民過一生吧。

伯樂

翌日早晨，千葉道場大門口發生一起驚人的事件。

一名身材矮小、身穿印有家紋之黑羽二重正式和服及精緻仙台平裙褲的中年武士突然闖進門來。

「要刀的坂本爺在吧？」

那人問道，態度甚是傲慢。

應門的門人心裡如此嘀咕並反問道：

「您是？」

「我叫勝。」

那人回答，同時拿著竹根做成的細鞭用力拍打脖子，似乎肩膀十分僵硬。

「哪位勝爺呢？」

這實在不是拜訪名聞天下千葉道場應有的姿態。

「冰川町的勝。」

「啊？」

「軍艦奉行並。」

啊！門人臉色慘白地進去通報。這不是幕府高官嗎？

「真是個胡鬧的混蛋！」

門人衝進屋內，不斷冒著冷汗，同時也有些生氣。

位高權重的幕臣要來町道場也不先差人通報，錯的

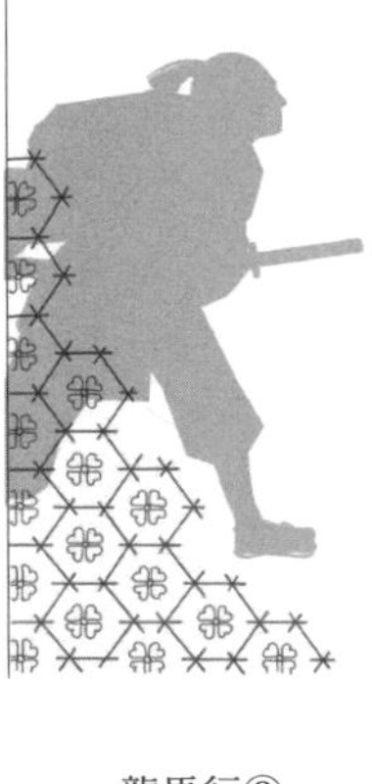

應該是他吧。應門的人若有所失禮也情有可原吧。

「況且連隨從都沒帶，他真是勝大爺嗎？」

不僅如此。

他貴為幕府的軍艦奉行並卻主動造訪區區一介浪人坂本龍馬，這又是怎麼回事？

「這位坂本師傅有那麼了不起嗎？不就是出名愛睡懶覺的人嗎？」

門人坐在龍馬房前的走廊上道：

「坂本師傅，您醒了嗎？」

房內傳出睡意惺忪的聲音：

「啊，要吃飯了嗎？」

「不，不是要吃飯了，是軍艦奉行並勝大爺到咱們大門口了。」

「請他進來。」

龍馬毫不驚訝，不慌不忙地說。當然龍馬心中也暗自吃驚，因勝直屬將軍手下，此身分與土佐藩主位階相當。這人個性還真不拘小節啊。

……………………

「大概是為昨天僥倖沒被殺一事前來致謝吧。果真如此也未免禮數太過周全。」

這時大門傳來勝這位「高官」大聲嚷嚷的聲音，語氣簡直就像救火員般粗魯。

「你雖要我進去，但屋裡總歸不太乾淨啦，會弄髒我的裙褲呀。不如幫我傳話，就說門口備有兩匹馬，叫他出來。」

龍馬走出屋外。

「啊，坂本君，你這人不知怎地讓人特別在意，昨晚滿腦子都想著你的事輾轉難眠。我要趕緊帶你去一個好地方，你就騎那匹馬吧。」

門口果然有兩匹馬。

一匹由馬夫牽著。勝跨上那匹栗色馬後，又道：

「龍馬呀。」

他如此稱呼龍馬。

「你會騎馬吧？」

龍馬並未跟特定師傅學習馬術，是姊姊乙女教他的。乙女的馬術在高知城下也相當有名，甚至有不少逸聞，但恐流於繁瑣就此略過。

龍馬輕快翻身上馬，隨即以土佐獨特的大坪流操轡法靜靜策馬前進。

「龍馬很厲害嘛。」

難怪勝如此佩服。因為此時代的旗本有不少人不會騎馬。

「不愧是戰國時期以來以『一領具足』之名揚威天下的土佐鄉士。」

「不，我這是跟姊姊學來的。」

「姊姊？」

勝對龍馬充滿興趣，甚至也想會會其姊。

「龍馬，要快跑一下嗎？」

「跑到哪裡？」

「築地南小田原町的軍艦操練所。」

哦，原來是要帶我上那裡去啊。馬背上的龍馬眼睛都亮了起來。

兩匹馬如疾風般飛馳。

當時江戶市區道路狹窄，因此不夠兩匹馬並騎，龍馬於是道：

「請恕我無禮！」

說著搶在前頭先行，因他騎術遠在勝之上。

盡量選擇人煙較少的武家住宅區，東彎西拐後終於馳過築地的安藝橋，然後直衝入操練所牆內庭院。

兩人跳下馬，把馬繫在馬廄後，開始橫越牆內庭院。

「佔地很廣吧。」

勝有時會如孩童般露出炫耀自滿的神情。

「我雖是幕府的海軍總管，但這操練所的頭子可是永井玄蕃頭喔。」

龍馬也聽過這名字。此人與勝齊名，是幕府高官中有俊才之美稱的人物。

「他和我不同，是個穩重的君子，做起事來總是全力以赴。西洋人有所謂的星期日，每七天休息一天。但永井認為若繼續這樣，日本永遠趕不上西洋，因此他從不休息。」

課程早上十點開始，下午三點結束。因非住宿制而是通學制，故課程結束得較早。

應修學科及實習課有測量及算數、造船術、蒸汽機學、船員管理、船帆操作訓練、海上砲術、大小船砲發射訓練等。老師稱為教授，共有八人。

底下還設有助理教授，也是八位。

勝帶龍馬參觀幕府不對外公開的設施後，才把他帶進教授休息室。

教授及助理教授等教職人員幾乎都在房內。

這房間在講武所時代就是給刀術家及槍術家使用的，恐怕有五十蓆榻榻米大吧。

教職人員各自坐在和式矮書桌前寫文件、讀洋書或吸菸。

勝帶著龍馬一一介紹。

「這位是土佐的坂本龍馬，是個脫藩浪人，但看來挺有意思的，所以請大家像待我一樣，好好與他交往吧。」

像待我一樣——如此介紹方式，以當時勝的身分來看，顯然是對龍馬的抬舉。

教授們瞪大眼睛注視著龍馬，同時鄭重打招呼：

「請多指教。」

勝海舟這人從不做賣人情、收親信之類的事，但很懂得提攜別人。

最後勝把龍馬帶到一個人旁邊。

這人的打扮十分奇特。

其他教職人員都穿著外褂及裙褲，儀容十分端莊，唯獨這位教授把頭髮剪得像洋人般短，且全部向後梳，還穿著立領的洋服。

他膚色黝黑，兩眉偏近，線條僵硬的下巴似乎透出他強韌的意志。

「坂本君，你猜這位是誰？」

勝問道。

「這個嘛……」

龍馬望著那人的臉。

「他和你同藩，就是鼎鼎有名的中濱萬次郎氏。」

「啊！」

龍馬想到了。

此人乃是當今全日本擁有最離奇經驗的人。他出生於土佐國幡多郡清水村的漁村中濱。

他曾是個漁夫。

十五歲那年和五個同伴共乘一艘小漁船到近海捕魚，突遇暴風雨而被沖至遠處八丈島附近的一個無人島，靠吃魚貝才勉強保住性命。

漂流後第六個月，亦即天保十二年（一八四一）六月四日，美國捕鯨船約翰·浩蘭德號碰巧經過，而將他們救起並送至夏威夷。

後來他在麻薩諸塞州的費爾海文接受小學教育。

因才幹獲得認同，而順利到美國漁船上擔任事務員。

他輾轉於美國各地及太平洋諸島後，於嘉永四年（一八五一）返回沖繩本島，被提交給薩摩藩吏，離他當初漂流已經過了十年。

起初他被當成私自出國的嫌犯，但兩年後培里抵日，萬次郎的英語專長及海外知識突然變得不可或缺，而蒙幕府招攬並破格提拔為旗本一員，目前在軍艦操練所當教授。

中濱萬次郎十五歲就因船難漂流而輾轉到了美國，因此日語只會說土佐幡多郡的漁夫用語。

然而他卻是旗本身分。

故他從不多話，老是板著面孔。

但他腦筋很好，滯留美國時經常讓美國人感到吃驚。

觀察事物的直覺也異常卓越。

如此人物在鎖國時代因「漂流」的偶然機會見識到

北美大陸的文明，又在培里來日之騷動前夕返回日本，這真可謂日本之幸。

土佐藩起初將他列為武士，後來幕府進一步提拔他為直屬幕臣。

在江戶的封建社會中，如此已可謂奇蹟似的拔擢。但也因此有些人對他極不友善，萬次郎終究未能完全發揮實力。

龍馬有一陣子固定受教於高知城下蓮池町畫家河田小龍的私塾，當時常聽這位海外專家提起中濱萬次郎。

不料萬次郎竟笑道：

「你就是坂本君嗎？」

原來他早就知道龍馬這號人物了。

河田小龍似乎寫過信給江戶的萬次郎，告訴他有關龍馬的事。

畢竟萬次郎返回土佐時，河田小龍曾讓他住在自己家中，仔細詢問海外情形還寫了《漂巽紀略》這本書。

《土佐偉人傳》書中的「河田小龍」之項甚至如此讚揚此書：

「……此為珍書，海南俊傑坂本龍馬他日興起航海之志並首倡重整日本海軍，據說其實是受此書之感化。」

珍書《漂巽紀略》內載之記事，就是眼前這位萬次郎提供的。

「小龍在信上提到你，所以內情我很清楚，心想你遲早總會來找我，現在總算來了。」

他快速地說。

這段話說得快又帶著土佐腔，土生土長的江戶人勝自然聽不懂。

「龍馬，他剛說什麼呀？」

「喔。」

龍馬於是為他即席翻譯。

勝笑道：

「龍馬你真狡猾。明明老早就對開國政策充滿興趣，上回還裝成攘夷志士要來殺我。」

「呵！」

龍馬自己也覺得好笑。攘夷是流行，總得應酬應酬。這個天性成謎的男人心裡恐怕是這麼想的吧。

「不管怎麼說，中濱老師，龍馬就是這種人。你若不小心教他軍艦的知識，說不定他就成了海盜。但這樣倒也有趣，請盡量關照。」

勝為了龍馬還鄭重低頭致意。

這段時期——

龍馬的人生基礎終於獲得確立。因為認識勝，龍馬的人生也向上跨出一步。

「人的一生應該有個主題，而我似乎這才正式踏進自己的主題。」

這年龍馬二十八歲。

實在很晚熟。日後將與龍馬共同推動維新運動而活躍一時的長州志士久坂玄瑞、高杉晉作、桂小五郎以及薩摩志士西鄉吉之助、大久保一藏等人，目前都跨出自藩立場，忙著為「國事」奔走，而龍馬卻僅跨出「一步」。

且龍馬應為倒幕志士，而這莫名奇妙的「一步」卻是因幕臣勝海舟的賞識才得以跨出的。

世中之人，
　愛怎麼說，請便。
我要做的事，
　唯我自己知道。

龍馬十多歲時，連父親八平都擔心嘆道：「最後會不會成為廢人呀？」這就是他當時所寫的詩歌。在城下被斥罵為低能兒的龍馬，內心的寂寞也充斥在此詩歌中。

「世上之人高喊攘夷、大呼勤王，但全是紙上談兵。即使我悄悄混入其中，隨他們起舞，與他們一同吶喊，也毫無益處。我目前雖是在繞遠路，但等著瞧吧，我定要徹底改變日本！」

自己獨特的人生終於展開了，他有此感覺。

在軍艦操練所大門與勝辭別後，當晚難得龍馬睡不著覺。

他太興奮了。

一直睡不著，乾脆爬出被窩給遠在家鄉的乙女姊寫信。

這封信目前仍在。

龍馬書法字體拙劣卻透著不可思議的雅趣，在維新志士中被稱為「最具風韻之書風」。

文章也相當有趣。不拘泥於當時書簡文的形式，只管暢所欲言。這一點與豐臣秀吉的書信文並稱為書簡文之古今傑作。

說來，人的一生本就莫名奇妙。有些運氣不好的人洗完澡出來，睪丸就被掐破而死。

相較之下，我運氣真好，不管到多麼可能死的地方也沒死。即使自己都想這樣死去卻得活著。現在我成了日本第一人物勝麟太郎的弟子，（中略）請為我高興。謹上。

寫完信時，寒凍的走廊上突然傳來人聲。是佐那子。

「雖已是夜深時分，但有十萬火急之事想告訴您。請您到客間一談。」

佐那子在客間等龍馬時，無意間望向中庭，這才發現正下著雨。

「哎呀，下雨……」

庭院一隅有座名為北辰妙見宮的小神社，燈籠透著明亮的火光。

每晚點燈是佐那子從小的工作。

北辰妙見宮是千葉家歷代的地主神。周作離開一刀流，自立門戶並命名為——

「北辰」

由來就在此。當時只要是像樣的家系，多半都設有地主神。龍馬的坂本家甚至買下一座山，命名為才谷山，並從宇和島請來和靈明神分祀於山上。

「和靈明神真是奇妙的神明。」

佐那子心想。

坂本家的地主神雖遠在土佐，但佐那子老早就知道了。

龍馬脫藩前夕曾到才谷山祭拜和靈明神這事，龍馬曾向重太郎提起，佐那子是從重太郎口中聽來的。

「和靈明神……」

她此處指的是龍馬。

「為何像貓眼般善變而改變心志呢？臨出道場大門時，明明說為攘夷要殺了勝，誰知道回家時竟已成了勝的弟子。」

佐那子雖為女性卻也是個激進的攘夷主義者。若幕府下令全面攘夷，即便身為女兒之身，她也打算扮成男人上戰場。事實上培里來日時，她也曾與兄長重太郎一同到土佐藩營區找龍馬。

「那位和靈明神真是善變，如今已完全成了開國論者。」

龍馬進來了。

「有事嗎？」

「有事想問您，坂本大哥您究竟是……」

佐那子如此開了頭。

但她畢竟是女人。

較之思想或主義的傾向，她更在意為什麼龍馬這個人如此容易改變立場。

「是什麼人呀？」

愈來愈捉摸不定了。女人要是對如此男人傾心，終究也是枉然吧。

這想法就像胸口被緊緊揪住，愈想愈無法釋懷。

「坂本大哥究竟是什麼樣的人呢？」

「坂本就是坂本啊。」

「究竟是攘夷論者還是開國論者呢？」

「開」、「鎖」這兩個詞在當時十分流行，且是個非常問題。攸關該開國還是該鎖國。原本以「鎖國」為國策的幕府屈服於外國壓力下而開始改採半開國的外交政策，但所謂的志士卻仍有九成九是鎖國攘夷主義者。這一點實在錯綜複雜。

佐那子嚴厲質問龍馬的變節。

龍馬噤口不語地聽著。

「真『拚』啊！」

這就是龍馬的感覺。在土佐方言中「拚」應該是認真而盡力的意思，佐那子的詞嚴義正，龍馬實在難以招架。

「到底怎麼樣？怎麼不說話呢？」

「哎唷，已經……」

龍馬抱著頭又以土佐方言道：

「亂七八糟啦！」

「……？」

佐那子很不高興。

龍馬只要居於劣勢就開始說起教人莫名奇妙的土佐方言。

「佐那子小姐真是得理不饒人啊。」

「你這句土佐話又是什麼意思？」

其實是指愛說教的人。但龍馬並不多作說明，只是笑瞇瞇道：

「我呀，是個傻子，即使有人跟我說那些嘰哩咕嚕的道理也是聽不懂啦。」

「太狡猾了。」

佐那子指的是這些土佐方言。對她來說就像和外國人對談似的。

「坂本大哥到底是佐幕份子，還是願為尊王攘夷犧牲性命的志士呢？」

「嘿嘿。」

龍馬笑得像個傻子。

「我是日本人。」

「日本人?」

佐那子滿臉疑惑,因為「日本人」並非實際存在。

至少在幕末,「日本人」尚非實際存在。

名為志士者,指的是佐幕人士或神祕的勤王主義者;以其他分類法而言,就是指薩摩人、長州人、土佐人、幕臣、諸藩之士、公卿等,換句話說就是忠於個別分屬之團體所持立場或主義,且只能透過如此立場或主義思考,再依此行動。薩摩的大久保一藏及西鄉隆盛、長州的高杉晉作及桂小五郎等人,終究未能超越所屬之藩的立場;換句話說依然是薩摩人、長州人。

一般認為幕末只有龍馬是日本人。

以當時情況而言這根本是天外奇想(即使是現在恐怕也是天外奇想。例如橫行於昭和時代的那些軍閥是陸軍軍人,卻非日本人,日本人反因那些陸軍落得國破家亡)。

但佐那子詰問之時,龍馬尚未踏入風雲之中。他以「日本人」身分所做之奇特舉動將是此故事未來的一個橋段。

勝海舟——

他是幕府成員。但即使被這立場綁住,在當時而言他已是最接近「日本人」觀念的人了。

正因如此,龍馬才會感覺海舟有一股不可思議的魅力。

之後龍馬的舉動更是奇怪。他每天接近日落時分便興奮難耐地準備外出,只丟下一句:

「佐那子小姐,我出去一下。」

或:

「重兄,我要出門了。」

隨便丟下這麼一句便走出桶町千葉的屋敷。總是接近黎明時分才回來。

「到底怎麼回事啊？」

佐那子擔心不已。猜不透龍馬的舉動，這簡直叫佐那子坐立難安。

「大哥，最近坂本大哥到底怎麼回事啊？」

「噓！別太大聲。」

鄰室就是父親貞吉的房間。

「我看是因為這個！」

重太郎低聲道，同時翹起小指頭。

「小指頭？」

「妳真傻！是女人啦。一定是在某個岡場所認識女人了，我看八成是這樣。」

「哎唷……」

佐那子故作驚訝，其實內心並不如此認為。她和重太郎不同，是個聰明伶俐的姑娘。

「妳可別吃醋啊。」

「您在說什麼呀。」

佐那子不喜歡大哥如此輕佻。

「大哥，這種話不應出自武士之口吧。」

「可是……」

重太郎畢竟是刀客。

「那傢伙出門時是一個人，但一到附近就變成兩個人同行了呀。」

他觀察得還真仔細。

「是跟誰呢？」

「妳別生氣，就是那個小偷，喏，那個叫什麼寢待藤兵衛的……」

「啊，那個小偷。」

「沒錯。那麼……」

重太郎也歪著脖子一臉狐疑。

日暮之前出門，黎明才回來，還帶著個小偷——如此看來事情絕不單純。

「龍老弟該不會……」

重太郎搖搖頭，彷彿想甩開腦海裡的想像。佐那子最後也忍俊不住道：
「大哥，當然不會呀。」
該不會去當小偷了吧。
赤坂元冰川下的勝宅也出現極類似的對話。
「爹爹。」
這是今年十四歲的次女孝子。日後嫁入旗本的疋田氏，是個聰明伶俐的女孩。
「屋後木門邊每晚都有浪人坐在那裡，您知道嗎？」
「什麼樣的男人？」
「個子很高，老是抱著刀打盹。不過那個商人模樣的隨從卻在宅邸周遭打轉。」
「那傢伙一定是龍馬。」
「龍馬？是之前要來行刺父親的那大個子浪人嗎？」
「對，沒錯，就是他。坂本龍馬。」
嫁入疋田家的孝子後來上了年紀仍時時憶起此情況。
「坂本龍馬這人還真是個怪人。」
據說她曾如此道。
插句題外話，孝子日後所嫁的幕臣疋田家乃是旗本中頗有歷史的家系。根據《寬政重修家譜》的記載，此家系自德川家康之父廣忠之時代起，便一直仕於德川家。
喜右衛門、喜左衛門、喜兵衛等似乎是此家系世襲之名。家祿為六百石，家紋是圓中一朵石竹花。
寫到這裡突然想起，筆者住在東京的好友森本榮氏之夫人和氣子女士就是疋田家後代。於是給森本氏打了電話。
因為是透過電話沒法問得十分清楚，不過和氣子夫人的亡父，亦即孝子長男疋田玄龜氏在維新後曾與野口英世一同到美國苦學。不過他學的是土木工程學，後以朝鮮總督府技師之身分為朝鮮之開發竭盡心力。森本榮氏即為《主婦之友》雜誌社的總編輯。

話說，孝子曾憶道：

「因當時刺客甚多，坂本大爺或許是想至少來為父親站夜崗，以報答父親對他的知遇之恩吧。」

事實上龍馬就是如此心意。

勝宅的後門有屋簷，他就在簷下抱著刀睡覺，並命寢待藤兵衛四處巡邏。

「我雖已成為勝老師之弟子，但事到如今也不想從蘭學開始學起。老師的知遇之恩也無法報答，好歹也來站站夜崗吧。」

準備只要瞥見可疑人影就撲上去。

龍馬乍看之下個性似乎相當桀驁不馴而不喜拘束，如此個性卻主動來站夜崗，實在頗不尋常。

還有，龍馬不易為人著迷，不管是對女人或男人。可一旦迷上了就連站夜崗都願意。

「真是討人喜歡的傢伙啊。」

勝一笑置之。

不料，一天夜裡卻有四條人影悄悄摸近龍馬身旁。

個個全是武士。

「看來是刺客。」

龍馬微微張開眼睛，不動聲色繼續裝睡。

「刺客」手上有提燈。

提燈上竟印有土佐藩主的三葉柏家紋。這個提柄較長的騎馬用提燈倏地靠近。

「龍馬，你被捕了，安分點。」

對方如此道。

龍馬這下也傻眼了。哪是什麼刺客，是駐在土佐藩鍛冶橋藩邸的下橫目岡本健三郎帶著三名手下前來逮捕脫藩罪人龍馬。

「咦？」

龍馬起身問道：

「什麼事？」

寒月已高掛天空，南國出生的龍馬深深體會到江戶的寒冷。

「要請你一同到鍛冶橋屋敷。」

下橫目岡本健三郎道：

「龍馬，要調查脫藩一事是上面的意思，你可千萬別亂來啊。」

「放心吧，我不會亂來。」

龍馬搖搖手招來藤兵衛。

「詳細情況你應該都聽見了，接下來就由你一個人守夜。」

龍馬對藤兵衛道。

「好冷啊，岡本。」

龍馬將左臂放進懷中，以如此姿態邁開腳步，好像真的很冷。

「坂本爺。」

岡本健三郎獨自追上前來。

「你真甘心就逮嗎？」

他低聲問道，似乎怕被同僚聽見。稱呼龍馬的方式也從「龍馬」改為「坂本爺」。

「岡本」這姓在土佐藩士中十分常見。因不易分辨，同藩之人便輕蔑地叫健三郎「岡健、岡健」，但他擔任的雖是下橫目的卑職卻仍有勤王之志。話雖如此，卻也不是說他特別有學問。

「怎麼，難道世上沒有讓人熱血澎湃的事嗎？」

他就是如此程度的「志士」。不過他雖與龍馬同藩，今天卻是初次見到傳說中的龍馬。

「到底如何呢？」

他小心翼翼地試探。

「嗯，還沒決定。只是顧慮這大半夜的，若在勝宅附近鬧事，恐造成勝家及附近鄰居的困擾，這才往護城河畔走去的。」

「到了護城河畔，您打算怎樣呢？」

「把你們統統扔進河裡。」

這話讓岡健也不知如何招架了。

「龍馬，你真粗暴啊。」

說著趕緊脫下草鞋，讓鞋底緊貼再塞入腰帶。岡健如今已光著雙腳。

「岡健，你是準備來真的嗎？」

「不，我是準備逃走。」

岡健怯懦地笑笑。

「對手既然是你，看來我是毫無勝算。何況不管是家鄉還是京都的藩邸，上士全是些冥頑不靈的佐幕派。不過聽說下級武士已集結在武市師傅的手下，氣勢頗為昂揚。坂本爺，聽說你和武市師傅交情很不錯。」

「嗯，應該算是朋友吧。」

觀念卻已不同。聽說武市仍是個狂熱的攘夷論者，認為天皇及公卿至高無上，顯然是一種宗教運動家。

「武市師傅也上江戶來了。」

「聽說了。」

龍馬意興闌珊地回答。這時背後突然站出一個矮小人影。

是勝。

海舟也是個愛管閒事的人。

他應該是從後門內側窺伺門外情形而了解了一切來龍去脈吧。

他就著睡衣走到路上。

「站住！」

他喊道。

岡健倏地跳開並將手按在土佐製鋼刀的刀柄上。

「來者何人？」

「我是此宅主人。」

勝主動道：

「我聽到事情的來龍去脈了。起初聽到後門鬧哄哄的，還以為一定是來殺我的。出來一看，竟是來強行帶走我門人龍馬。」

岡健及其同僚站在灑滿月光的路上一動也不動。

「你叫什麼名字？」

勝照例還是多話。多話是此人這輩子最大的缺點，更因為此缺點製造了許多不必要的敵人。或者該說製造敵人對海舟勝麟太郎反而是一種娛樂，他就是具有如此幽默心態。

「你們何必帶那麼長的佩刀？推說那是土佐風格，囂張地走在江戶街頭。但其實你們是以為佩刀多長個一寸、兩寸，自己就變得比較厲害吧。要是這樣就和彌宜（神社之主祭）的鬍鬚一樣了。說到彌宜他們呀，社格愈低的神社，彌宜的鬍鬚就留得愈長。若看到彌宜留著大鬍子，就知道他是個小神社的彌宜。這絕對錯不了。同樣的道理，佩刀長的傢伙表示沒啥功夫啊。」

就像被冰霰打到似的。岡健等人雖遭如此數落，竟也不覺生氣，實在不可思議。

「如此寒夜。」

勝仰望著月亮道：

「算是慰勞諸位辛勤工作，我叫我太太做點甜米酒什麼的請你們。大家進屋來吧。」

勝率先走進後門。

「坂本爺，怎麼辦？」

岡健一副不知如何是好的模樣。其他還有南馬太郎、土居熊藏、茨木兔毛三人。

以龍馬為首，很多人名都與動物有關，這是當時土佐的風俗。因當地人有個土俗信仰，相信藉此便能得到動物的精氣，小孩更能健康長大。武市半平太幼名鹿衛，其他還有日後成為天誅組首領的吉村寅太郎（譯註：「寅」代表虎）、日後成為土佐藩參政的後藤象二郎、明治後推展自由民主運動的馬場辰豬（譯註：「辰」代表龍）等。女性方面則例如因高知民謠〈夜來調〉之「播磨屋橋」一節而豔名遠播的阿馬姑娘，此外還有更近的例子——龍馬疼愛有加的姪女春豬。

「大家都進去吧。」

龍馬把這些動物全趕進勝宅，順便也把寢待藤兵衛給推了進去。

大半夜的，勝家卻因請喝甜米酒而搞得廚房熱鬧滾滾。

勝夫人指揮長女夢子、次女孝子及婢女做甜米酒。

「母親大人，土佐人嗓門真大，簡直就像狗吠呢。」孝子說著忍不住輕聲笑了。

「這些人雖是土佐武士，但應該都是身分較低者吧。」

「嗯，誰知道呢？」

勝夫人不陪她們閒磕牙。

「拿出去吧。」

她如此命令兩個女兒。

光從這件事來看，也知道勝家與眾不同。現在坐在書房的這些人，即使在自己的土佐藩也是下級武士，一向被上士視為塵芥。勝家貴為大旗本卻如此款待這些下級武士，還讓夫人親自下廚，並要市井小民口中的「千金小姐」為他們送甜米酒。

在書房中，海舟依舊氣焰高張，詳細為他們解說日本之於世界情勢的立場。

「你們再這樣渾渾噩噩下去，國家就要滅亡啦！」

他如此道。

海舟的談話已如藝能表演般高明，還能視對象舉出適切的例子。

「你們是土佐仔吧。說到土佐的下級武士，聽說是山內家入主前的國主長曾我部家遺臣之後。這個長曾我部是了不起的島國豪族，秀吉公征伐小田原時，長曾我部家竟造了艘驚人的巨船大黑丸，把這艘撐著十八反大帆（編註：一反寬九寸五分、長三丈，約為三十六公分×一一‧四公尺）的大黑丸開至浦戶灣加入戰局，由海上協助攻打小田原。祖先坐過大黑丸，因此你們也想光靠戰國時代的武器對抗外國的大艦嗎？如此想法恐怕太小家子氣了吧。」

勝的語氣就是如此。

岡健等人都是首次聽到這些情況，故十分激動。

龍馬見機不可失，便道：

「勝老師請收這幾人為弟子。」

岡健等下横目愣得說不出話來。自己今晚的工作不是來逮捕脫藩逃犯龍馬嗎？

「嗯，當然好啊。」

勝簡單地點頭同意。岡健等人一則以喜一則以憂，臉上表情十分複雜。

「不過，龍馬，我可是幕府的軍艦奉行，沒時間關照你們，所以就由你來擔任勝塾的塾頭吧。你已學得不少，就由你來教教他們。在座四位懂了嗎？從今晚開始就把坂本龍馬當做老師。」

這對下横目而言真是完全出乎意料。總沒拿繩子縛住塾頭老師的道理吧。

「坂本老師，請多指教。」

四名下横目低頭恭敬道。這時夢子、孝子正好捧著甜米酒進來。

後來龍馬一直待在千葉道場的事實便成了鍛治橋土佐藩邸公開的祕密。

「算了，別管他吧。」

成了如此情況。

一來也是因藩之高層已開始偏向同情勤王派。

這是因為武市半平太的努力。

文久二年（一八六二）四月，有「土佐的井伊大老」之美稱的參政吉田東洋在城下帶屋町被暗殺，事後武市的政變也頗成功。

當然那是個由藩主家族、保守派再加上勤王派所組成的門第聯合內閣，故十分複雜。但土佐藩總算得以與薩長二藩並稱「薩長土」，以勤王藩之立場馳騁於時代的風雲中。

所謂勤王決死志士的人數以土佐藩為最多，但藩卻站在佐幕的立場。勤王志士全屬鄉士或出身卑賤者，故實在無法推動藩政。

武市卻一點一點推動了。那勢必如徒手推動巨岩般困難，不免得硬幹。其中一件硬幹的任務便是暗殺吉田東洋。

武市即為該事件之幕後黑手。

既然藩內的官僚體系掌握在他手中，已故東洋提拔的舊官僚也心知肚明：

「是武市派人殺的。」

但也拿他沒輒。

最重要的是掌握藩內監察權的大監察是由小南五郎右衛門及平井善之丞擔任，這兩位卻是上士中少見的勤王思想家，又是武市推舉上任的。

即使目付及下橫目等人依職責著手搜查犯人，也很快就被上面壓下來了。

這期間武市就在京都進行說服公卿的工作。事情終於在八月有了眉目，土佐取得未對外公開的聖旨「內敕」，與薩、長二藩同時被指定為——

「京都守護」

這全是武市一手執導的大戲。

基於當時法制上的考量，大名只能依幕府之命行動。朝廷有如日本國家之神官，並未握有政權或軍權，當然不可能透過「內敕」指派「京都守護」。

土佐藩的年輕藩主豐範雖僅十七歲，但似乎也注意到了。

「這事有蹊蹺。」豐範道：

「非和人在江戶的老藩主（容堂）商量不可。」

卻被武市多方說服，而終於親率四百名藩兵上京。

武市在藩裡不過一介「白札鄉士之小組長」，身分卑微，但在京都卻對朝廷動作頻頻，且一一收效。他一手策劃朝廷派遣敕使到幕府「督促攘夷工作」的戲碼。就在此年晚秋，正使三條實美及副使姉小路公知同赴關東，土佐藩主親自隨扈，策士武市半平太表面上佯稱是公卿武士柳川左門而一同東行。

一介鄉士卻推動土佐藩至如此地步，甚至完成了土佐勤王化大業的一大半。

一天，這位了不起的武市突然到千葉道場來找龍馬。

「龍馬，好久不見啦。」

半平太解下佩刀並坐下。

「……」

龍馬朝他微笑。

其實心裡正因武市的變化而暗自吃驚。

「真是辛苦他了呀。」

曾經是個膚色白皙的大漢，可謂名副其實的美男子，如今這位武市半平太雖年紀未到卻已雙鬢花白，臉上一如農民，佈滿過度曝曬產生的皺紋。

半平太在土佐、京都及江戶之間東奔西走，忙著率領土佐藩操弄天下輿論，恐怕連暖席的時間都沒有吧。

從他的髮型也看得出來。

半平太頭頂上一向剃著窄窄的月代，梳的是所謂的講武所風格髮型。這髮型十分適合他，就連男人都要為他著迷，但如今梳的卻是公卿風格的諸大夫髻。

「半平太，你髮髻變得不一樣了喔。」

「這個嗎？」

柳川左門。

這是半平太的化名。這回正副兩位敕使之副使為姉小路少將，而半平太是以副使手下的名義同行，故特別改變髮髻以符合公卿武士的身分。

因為再怎麼說半平太畢竟是土佐藩士，以一介外樣大名的下級藩士自然不能擔任對高官的交涉工作。何況兩位敕使說詞的梗概還有賴武市為他們斟酌。

因此藩廳才特准他暫時充當公卿手下武士。

半平太即使在江戶城殿中也以如此身分出入，在殿中甚至還穿戴官位在四位以上之大名才可穿戴的正式禮帽「烏帽子」及禮服「直垂」。

有點冒牌貨的意味。

幕府當局也已識破。

「這傢伙是土佐的下級武士呀。」

但因他是敕使的手下武士，故也拿他沒輒。

此時正值亂世。

「半平太，你也真辛苦啊。」

龍馬道。

半平太自有其旺盛的野心，希望使土佐藩脫離將軍的統治，改列為天皇之親藩。但有將軍才有大名，此乃德川的法則，故如此戲法般的手段不知能否成事。

在江戶屋敷瞪著大眼的藩主之父容堂恐怕第一個不贊同吧。容堂雖為勤王主義者，但完全只是在精神方面而已，政治方面的他是個徹底的佐幕主義者。不僅如此，還是個強烈的保守主義者，說什麼也要維持天下法律秩序。

「武市這齣鬧劇，住在江戶的前藩主不知能袖手旁觀多久。」

龍馬覺得實在不妥。

但在武市眼裡，龍馬的行動才叫莫名奇妙。聽說他甚至還成了幕臣兼開國論者（即尊王攘夷論者眼中的「奸賊」）勝海舟的門人呀，不是嗎？

「你究竟是怎麼回事呢？就那件事。」

武市半平太以尖銳的目光凝視龍馬。

「半平太，眼光放遠點吧。」

「你是指對什麼呢？」

「我呀。」

龍馬並不爭辯。除非是重大事件否則就不該爭辯，他總是如此告訴自己。

試想萬一辯贏的情況吧。

那只是剝奪了對方的名譽。通常人們即使辯輸也不會改變自己原本的論調或生活態度，且辯輸之後心中有的也只是恨意。

但半平太性好議論，就愛一針見血擊中對方要害，非辯得對方說不出話來絕不甘休。在龍馬眼裡，半平太的確是個充滿魅力的男人，可惜就是過於尖銳。不過這天難得他也收斂起來，對龍馬道：

「龍馬，我求你。」

說著低下頭。

「你脫藩的事我會想辦法善後，請你隨我一起回土佐吧。你是個點子特多的奇策家，如今藩裡正需要你這種人才。」

「我不是奇策家。」

這是龍馬的真心話。

「我才不是奇策家呢。我是穩紮穩打逐步前進，不做不符合現實狀況的事。就只是這樣。真不懂為什麼這樣就被人視為奇策家。」

「龍馬，告訴你一個祕密。」

其實半平太已經以十七歲土佐藩主山內豐範之名提出一份建言書。

首先向幕府索回近江、攝津、山城、大和這四國（雖然並未成功），使之成為朝廷領地。同時以這些領地的經濟力量集結諸國浪人，組成天皇的旗本親衛軍。接著命薩土長三藩及因幡、備前、阿波、九州等勤王諸藩守護京都，將政權自幕府手中收回。

要是幕府知道這些內容，恐怕會嚇破膽吧。

不，嚇破膽的恐怕是人在江戶且握有土佐藩實際政權的老藩主容堂吧。

不，就連武市所操縱的勤王派重臣小南五郎右衛門也會因此大吃一驚吧。因為武市與小南商量時曾說：

「我打算以藩的名義向朝廷提出建言書。」

小南當時還氣定神閒地說：

「那就請你先寫好草案。」

武市於是就寫了。

這份草案他並未給小南看過，也沒給年輕藩主過目，當然更沒給江戶的老藩主過目，直接就將這份

「草案」呈給青蓮院宮了。青蓮院宮是孝明天皇的政治顧問，故立刻就上呈給天皇。

「這是土佐藩主的建言書。」

因此這份「草案」竟成了堂堂公文。

就連同志小南也生氣了。

畢竟武市所為乃是詭計，是不久即會露出馬腳的「奇策」。而真正所謂的奇策更為實際。

但龍馬仍保持沉默。

武市就這樣沒得到他要的答案就開始準備回去了。

「真對不住。」

龍馬衷心道。武市半平太為了提出兩點忠告特地來找他，龍馬卻將這兩點忠告當成耳邊風。

「不，沒關係。」

武市也不拖泥帶水。他相信即使沒有龍馬也能憑一己之力推動藩政。他就是如此男人。

「龍馬，你這陣子要特別注意自己的安全。」

「半平太，你自己才是。」

龍馬說著送武市出去。

武市突然在門口停下腳步。

「龍馬，男人真難搞啊。就拿你跟我來說，本以為兩人只要推心置腹商量，一定能達成共識。然而情況卻不是這樣。龍馬，你是個獨行俠。」

武市如此道。

龍馬只是沉默。

「是這樣沒錯吧？」

「不，我終會集結天下同志，只是目前時機未到。因幕府根基仍十分穩固，只憑一、兩個藩的力量是無法成事的，必須等時機成熟。」

「在時機成熟之前，龍馬你是準備靜靜等待嗎？」

「不。」

「那你有何打算？」

「我要成立海軍。」

「哦？」

「成立我私人的艦隊，以此力量與勤王藩聯手，充分準備後再以京都為中心統一全國，完成之後我就引退。大事非成於一朝一夕，恐怕得耗上五、六年時間吧。半平太，光集結勤王決死志士是無法成就天下大事的。」

「這個吹牛大王！真會說大話啊。」

半平太心想，但同時道：

「你說的海軍何時成立？」

「不知道，因為我自己目前也正一點一點學習軍艦相關的知識。」

「跟幕臣勝海舟學嗎？」

「你別心存偏見。管他對象是幕臣還是乞丐，只要是值得學習的人我都願虛心受教。」

「龍馬。」

半平太又回到原來的議題：

「難道你不認為將土佐二十四萬石之領導向勤王主義，再以此對抗幕府比較實際嗎？」

言下之意是要龍馬返回土佐。

「不，導正的工作就交給你了。」

龍馬如此道。只是土佐藩主山內家雖屬外樣大名，但自關原之戰以來就深蒙德川家之恩澤，而老藩主容堂的感恩之情遠較任何人更來得強烈。龍馬認為要重新為藩注入勤王思想實在太困難了。他已對土佐藩失去信心。

「半平太，我要照我的方法做。」

「你是指成立龍馬艦隊嗎？」

武市露出一副拿他沒輒的表情走出大門。

暴風雨前夕

一天，龍馬緩步走出赤坂元冰川下的勝宅，此時太陽仍高掛天空。

「不如到櫻田的長州屋敷玩玩吧。」

其實他是想去見見桂小五郎。小五郎眼神銳利、個性深沉，但龍馬自從在伊豆山中遇見他時就知此人絕非泛泛之輩。

「這傢伙雖是個攘夷份子，卻不似武市那般狂熱的迷信。」

一進入藩邸，發現小五郎剛好走出藩邸內的有備館，正要外出。

「哇，坂本兄！」

藩邸內有株大櫸木，樹下飄滿隨臘月寒風飛舞的落葉，而小五郎就踩著這些落葉大踏步迎上前來。

雙方在櫸木下交會。

「聽說你脫藩了。」

小五郎望著龍馬道。龍馬的褲腳都磨破了。

「是啊，成了天涯孤客。」

龍馬笑道。

桂打扮得十分稱頭。他本就是個衣架子，最近身分又提高了。他從監督神官、僧侶的「大檢使」，升

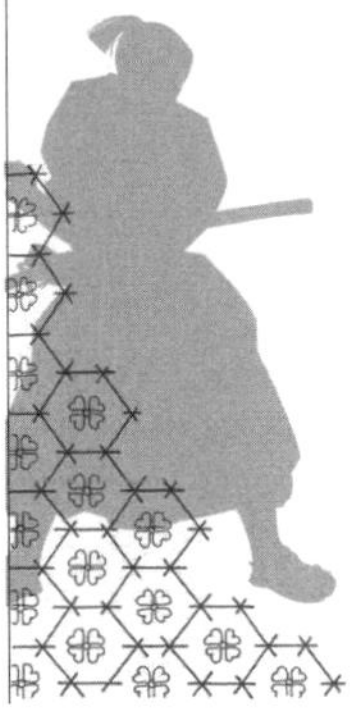

至協助文書工作的「祐筆副役」，還兼任有備館塾長。此外，最近又當上「國事周旋方」，負責打點藩的外交工作。

不管怎麼說，桂在長州藩也是出生於上士家系。長州藩和薩摩藩的情況是夠格謁見藩主的上士多為勤王份子；土佐藩則正好相反，即便是武市半平太也無法成為官僚。

「與桂相較之下，武市真可憐啊。這都得怪他生錯藩啦。」

正因如此，龍馬才放棄土佐藩。

桂今年三十歲。

他到京都辦點事，剛回到江戶。

這一路上便曬黑了。

「坂本兄，聽說你住在桶町千葉。」

「是啊，在那裡吃閒飯。」

「然後還聽說你常上勝宅去。」

「你很清楚嘛。」

「哈哈哈！我是從土佐藩的朋友那裡聽來的。大家似乎都為你的事傷透腦筋呢。」

「我想也是吧。」

龍馬開懷地點點頭。

小五郎也不禁大笑。

「你還是一樣優哉游哉哪。」

龍馬被藩裡的保守派懷疑是暗殺吉田東洋的凶手，又遭武市等人視為「攘夷叛徒」而被投以白眼。

「坂本兄，我約了薩摩藩的朋友喝酒，現在得出門了。明天我再去找你，希望能聽聽你的想法。」

「目前沒什麼值得聽的想法啦。」

「先這樣。」

桂說完就出門了。

翌日桂依約來訪。

桂稍微透露，原來昨晚薩長聯誼的酒宴簡直一團糟。全天下再無其他藩較薩長兩藩關係更糟的了。

薩長兩藩關係為何不睦？

理由不勝枚舉。

話說德川時代各藩對他藩老是心存疑慮，競爭心又強，總是以自藩為中心，可說毫無「同為日本人」的想法。

其實關係不睦的不止薩長兩藩。

只是薩長兩藩都抱持水戶學所推動的勤王倒幕思想，且雙方對德川家都只有恨意而無恩情可言，自然在三百餘藩中最具行動力，全藩包括藩主都強烈認為自己為改造國家的最佳人選。

換句話說，他們同為一丘之貉。

正因如此彼此競爭心特強，勤王活動自也互不相讓。

「別輸給薩摩！」

長州人總是如此自勉，而薩摩這邊也老是猜疑：

「長州不知會搞出什麼名堂來。他們雖高呼勤王口號，其實恐怕是企圖擁天皇自重，在京都揭竿而起，自立為毛利將軍吧。」

這已超乎競爭心而成了仇恨心。如此感情並無道理可循，是戰國以來的武士風氣。況且如此傾向即便是在長州的桂小五郎、薩摩的西鄉吉之助（隆盛）等領導者（不，應該說正因是居於領導地位者）身上也相當強烈。

因此才得「找個時間彼此談一談吧」。

龍馬到櫻田的長州藩邸找桂小五郎那天，桂就是正準備赴薩長會談之約。

會談共有兩次。

起初是長州藩邀請薩摩藩到木挽町的「水月」來。第一次就是昨天。這次是薩摩回請長州，故場所是在薩摩駐江戶者常去的柳橋「川長」。

席上請來藝妓表演盡情玩樂。但隨著醉意升起，雙方關係不但沒好轉，言談之間反而愈來愈不對盤，酒宴氣氛也隨之漸趨緊張。

長州藩的出席者是以重臣中個性最偏激的周布政

之助（後因慨歎時勢不振而自殺）為首，其他還有頗具戰國豪傑風貌的來島又兵衛（後於蛤御門之變戰死）及桂小五郎。

薩摩側則有西鄉吉之助、大久保一藏（利通）及堀次郎等人。

「然後呢？」

龍馬問桂小五郎：

「薩長之間的隔閡順利弭平了嗎？」

「不。」

小五郎苦著臉道：

「因為你是土佐人，我這才告訴你的，薩摩人生性奸詐。」

「哈哈！」

龍馬發出怪笑聲。

「對方一定也認為長州人如此吧。」

「這就不得而知了。不過我長這麼大，從沒參加過那麼過分的酒宴。」

依桂所言，場所是在柳橋「川長」的樓上。

約當眾人都略有醉意時，酒品不佳的長州周布政之助就道：

「我有些話想說。」

說著坐到末席去。

「總歸一句話，薩長感情不睦。希望藉此機會加強與貴藩（薩摩）之間的認識，更希望兩藩聯手共赴國難。萬一……」

截至目前為止都還算好。

「因我長州之非而導致兩藩反目，我周布政之助就切腹以示負責。」

「那麼……」

接話的是薩摩側的堀次郎，已大醉的他拔出刀來道：

「我就為你介錯吧！」

一旁的薩摩大久保一藏道：

「喂，你在說什麼呀！」

說著扯扯堀次郎的衣袖。但這下已全盤破局。

周布兩眼發直，突然站起身來拔出長刀。

「哎呀，我拔刀乃是為了表演餘興節目。我來表演一段長州刀舞吧。」

說著就舞起刀來。

這刀舞氣勢凌厲，藝妓及同伴臉色都發白了。他舞的時候，每次都咻咻有聲地使勁迴轉亮晃晃的大刀，有時還刻意掃往堀次郎，讓刀鋒幾乎觸及他的鼻尖。

桂起身道：

「周布兄。」

說著一把抱住他。

「舞刀實在不解風情啊。」

「不解風情？小五郎，彈丸刀槍是薩摩隼人的下酒菜，這不是連歷史學家賴山陽也讚譽有加嗎？我舞刀是為了給薩州人當下酒菜呀。」

「哎，改天吧。」

「小五郎，我還要繼續舞。」

長州眾人彼此間正吵起來時，薩摩的大久保一藏卻激動了起來。日後改名利通的他此時還年輕。

「好！那我來表演薩摩的榻榻米舞。」

說著拆下一張榻榻米，單手轉起榻榻米，就像轉盤子似的。

那速度快得有如風車，連塵埃都被捲起，他邊轉邊啪搭啪搭地踩遍整個宴會廳，然後逐漸繞往長州人的座位，險象環生，真不知會打到什麼人。

長州的來島又兵衛等人生性就沉不住氣，於是把大刀拉近身側。眾藝妓及同伴都嚇破膽了，顧不得腳下只穿著足袋沒穿鞋，紛紛跳進中庭。

這時西鄉氣定神閒地站了起來。

「長州藩諸位貴賓及薩摩同伴請注意，請看我帶來的餘興節目。」

說著撩起褲襠掏出那話兒，以燭火燒起毛來。

據說在座眾人原本擔心即將失控，卻因這段稱不上才藝的蠢節目而頓時平靜下來。

龍馬每天都上勝宅或築地南小田原町的軍艦操練所去，忙得不可開交。

軍艦操練所的總督（校長）是幕臣永井玄蕃頭尚志。

後亦稱主水正。

他不是所謂的英雄型人物，卻是極為能幹的官員，在幕府史上是一號不可忽略的重要人物。

他與勝海舟一樣同為幕臣中較早習得洋學者，年紀輕輕便獲封外國奉行及軍艦奉行等新設官職。曾因不受井伊大老喜愛而一時遭到免職，但後來又陸續擔任大目付及若年寄等官職，並得到末代將軍慶喜的寵信，是個稱職的輔佐人才。他日後將與龍馬有著重大關係，但這部分且隨故事慢慢進展吧。永井後來仕於維新政府，任元老院權大書記官，明治二十四年（一八九一）以七十六歲之齡過世。

他不愧為名門之後，容貌宛如婦人，絕不大聲說話卻頗有膽識。甚至還參加箱館戰爭，與官軍對抗至最後。如此人物絕不只是個單純的能吏。

這位永井問一名負責教授的部下岩田平作道：

「最近實習和學科的課堂上為何多了個面生的浪人？」

「總督，您不知道嗎？」

「不知道。」

「我們還以為勝老師已向總督提過才默許的呀。」

「那人是誰？」

「他是土州浪人，名叫坂本龍馬。」

「哦？是土州人啊。」

說起土州浪人，當時人們都認定他們是極端的攘夷論者。

「既是土州人，一定是攘夷論者吧。他沒亂來嗎？」

「看來他只是純粹喜歡軍艦。」

「這……」

這就傷腦筋了。永井總督露出如此表情。換句話說他是個假學生。操練所乃幕府的正式機關，有這種份子出入實在麻煩。

「我來跟他說吧。」

永井總督將大刀插進腰帶，身著印有家紋的黑羽二重正式和服走進校園。

校園一隅擺著艦砲，一群學生正圍著艦砲聽教授講解操作方法。

就在人牆後有個浪人，身穿印有桔梗家紋的黑棉服及摺痕已污穢不堪的正裝裙褲，把手放在懷中專心地望著艦砲。

他表情十分認真。

永井總督走到他身邊問道：

「閣下是什麼人？」

不料那浪人不僅頭也不回，甚至沒將目光自大砲移開。

「坂本龍馬。」

他不耐煩地回答。

艦砲是放在小型砲車上。

教授是前文提及的中濱萬次郎。他以土佐漁夫的方言說明大砲的操作方式及火藥的使用法，但偶有語塞的狀況。

他老是忘記日文。

當然也有如此情況。但也因其中有許多尚未譯成日文的零件及術語，這種情況萬次郎就會以捲舌音偏重的美式英語說明。

大家都聽不懂。

龍馬也聽不懂。

但萬次郎經常親自操作大砲給大家看，以彌補言語上的不足。

「各位懂了吧？啊？」

他仔細做好每個動作後，才進行下一個動作。

進行到火藥裝填法時就更麻煩了。萬次郎幾乎都以英語說明，只有最後那句「各位懂了吧？啊？」用的是日文。

眾人都只聽懂最後一句，重點部分卻完全一頭霧水。畢竟萬次郎十五歲就漂流到美國去了，而學生中即使有些人多少懂點荷蘭語卻也不懂英語。

「不懂。」

人牆後的龍馬道。他推開人牆走到前面去，針對不懂的地方一一提出疑問。

在場學生全擺出一副嫌惡的表情。總之他是個冒牌學生。

「大概老是有這種情況吧。」

永井總督察覺如此情形。

學生也怕這位來歷不明的浪人，因而什麼都不敢說，只是每個人臉上都露出不悅的表情。

「中濱老師。」

總督永井玄蕃頭走近老師道：

「這位是什麼人？」

「啊？」

蹲在大砲旁正滿頭大汗的萬次郎抬起頭來。

「哦，他呀，他叫坂本龍馬，是我的隨從。」

沒想到萬次郎反應這麼快。畢竟他還在鎖國時代就曾周遊遠在天邊的美國，因此似乎既有膽識又富機智。

「哦？是這樣啊。」

永井不高興地說：

「坂本君，待會到我房間來。」

下午三點實習課結束後，龍馬就到永井玄蕃頭房間。

永井吩咐僕人為他準備茶點。那是三個紅豆大福餅。

龍馬忙著喝茶、吃茶點，因為中午沒與學生一起用餐，肚子早就餓了。他心無旁騖地吃著。

吃完後才抬起頭來。

永井玄蕃頭忍不住笑了。永井這時發笑就輸定了。

「你的確膽識過人。」

就這樣，龍馬不法進入軍艦操練所的行為便不了了之了。

學生也漸漸聽說：

「那傢伙是北辰一刀流的刀客。」

對他也有點害怕，因此雖不高興也不敢吭聲。

無論測量算術或機械學的課程龍馬都不放過，也照例提出許多問題。問題有時牛頭不對馬嘴而惹得學生哄堂大笑，他自己卻一點也不在意。

在火藥調配的課堂上，教授把從外國人那裡聽來的拿來現學現賣。

當時的火藥是黑色火藥。這是以硝石、木炭及硫磺調配製成的，戰國初期即隨步槍傳入日本。

主要成分硝石是種奇妙的礦物，各處土壤中多少都含有此成分。但因易溶於水，故在乾燥地區較易採得，也因此自古以來都從老房子地板下的土壤或地牢中開採。在龍馬十多歲時過世的農政學者佐藤信淵曾在其著作中如此描述：

「當時若領國內缺乏硝石就無法發揚軍威。故領國之主政者必設硝石專任官員，命他們到各村莊收集硝石。而硝石為天地所賜之物，各地土壤中都能發現，舉凡老房子地板下、牛棚馬廄或倉庫地底下都會自然冒出硝石。且即使年年開採，仍可年年生成。不過有水災的村落就無法生成了。」

事實上，用心的藩自戰國以來便一直持續開採硝石。像加賀百萬石的前田家就命一部分山村，把養蠶產生的廢物堆積在自家地板下，冬雪之際再從中開採硝石並取代租稅上繳。

大體上世界各國也是以如此方式開採硝石。但十七世紀時英國統治印度之後，才發現當地有豐富的天然硝石礦。

「英國先將印度的天然硝石粗製之後陸續運回英國精製。精製的方法很簡單，把水煮至沸騰丟進粗製硝石再冷卻，當中的雜質就會沉澱在底部，而浮在上面的就是精純的硝石結晶了。英國可說就是因獨占印度這些硝石才成為世界大國的。」

「哇！」

龍馬忍不住大聲感嘆。

世界史的來龍去脈還真有趣啊，龍馬心想。與硝石的化學技術相較之下，這些硝石相關的故事他更有興趣。

新的一年。

文久三年（一八六三）。

龍馬二十九歲。

大年初一去向老師傅拜年，接著繞至勝宅拜年後返回道場。一回來就發現近在咫尺的鍛冶橋土佐藩邸眾人都來向他拜年。

「你們怎麼來跟脫藩者拜年呢？」

龍馬一臉為難道。人群中除龍馬的眾「弟子」之外，還包括一些仰慕他的年輕人。

龍馬年少時從未當過孩子王。

愛哭鬼。

尿床鬼。

本町筋一丁目的龍馬就是以這些綽號遠近馳名的，因此身邊並無長大後成為部下的狂熱「小鬼」。

長大成人後龍馬還是獨來獨往。

他從未想過把他人當成手下，也沒想過要當別人手下。他生來就是城下家境優渥的鄉士次子。

權力欲自然較為薄弱，可說幾乎不曾有過要站在別人頭上的念頭。

但集結在鍛冶橋土佐藩邸的年輕下級武士，卻開始崇拜起這位住在鄰近桶町千葉吃閒飯的脫藩浪人龍馬，甚至近乎狂熱的地步。

「真搞不懂。」

箇中理由龍馬完全搞不懂。不僅龍馬，就連筆者也不懂。其實若真要一一舉出理由，或許得仔細分析龍馬這個人。但若只是如此，恐怕仍無法解釋「人氣」這項人類社會中不可思議、甚至可謂奇怪的現象吧。

有個關鍵。

那就是下橫目「岡健」。他本是以藩之警吏身分去追捕龍馬的，竟因龍馬而被迫成了勝海舟的門人，而龍馬也成了岡健的塾頭。

岡健起初也因如此驟變的關係而不知所措，但後來就開始像條小狗般崇拜起龍馬。

他成了頭號龍馬迷，在主家也常為龍馬「宣傳」。

「他是土佐第一的人物。」

他如此四處宣傳，也對自己的警吏同伴及其他下屬熱烈地聊著龍馬的事情，創了個類似「龍馬會」的組織。

最近薩摩藩的下級藩士間也形成堪稱為西鄉會的組織。這並非西鄉吉之助自己想當老大而創的組織，是那些窮鄉士出身且衷心敬仰西鄉的老粗中村半次郎（桐野利秋）等人的無心插柳之舉。

岡健由衷欽佩龍馬，甚至連龍馬身上的東西也要模仿，此為後話……

「一把長刀，終究靠不住。」

岡健後來竟扔掉自己的長大刀，改學龍馬佩帶較短的佩刀。他把這事告訴龍馬希望獲得稱許，沒想到龍馬卻從懷中掏出一本書，道：

「我靠的是這個。」

那是當時日本罕見的法律書籍，名為《萬國公法》（即國際法之意）。

「我希望創造能夠仰仗法律和合理的常識而不是刀劍的日本。」

這應該是龍馬的真正心意吧。岡健後來也老是在懷中放一本從未翻閱的《萬國公法》。順帶一提，如此插曲並不止發生在岡健身上，檜垣清治和龍馬之間也曾發生類似情況。

因此土佐藩士陸續上千葉道場來。

他們都是為了來找龍馬。
「龍老弟，你這可不是喧賓奪主了嗎？」
重太郎開心地說。龍馬的人氣愈來愈旺，這位好脾氣的年輕主人似乎也開心得不得了。
正因有了如此背景，新年年初的拜會席上才會發生以下情形。
「長州人真是太過分了。」
土佐的年輕人向龍馬如此抱怨。
龍馬也深感意外。眼見世局已逐漸形成薩長土勤王三藩的陣勢，原本還以為三者之中應該只有薩長關係不睦，沒想到土佐似乎也開始對長州心存芥蒂。
「發生什麼事了嗎？」
龍馬正躺著接受拜年，實在一點規矩都沒有。
「正是啊。」
眾人七嘴八舌地說起那個事件。
所謂的事件其實已是舊聞，只因龍馬已脫藩而無從得知。

大約是一個半月前的事了，那天是文久二年十一月十二日。
住在江戶櫻田長州藩邸的激進份子之首高杉晉作如此鼓吹同志：
「薩摩藩在生麥殺了夷人而開天下攘夷之先，長州藩絕不能輸給他們！」
高杉言下之意是，要贏過薩摩藩就得搞出更大的事件來。這時正好聽說某國公使將於此週日到金澤（今橫濱）走走。
「殺了他！」
高杉道。高杉的理論是「要對付因循苟且的幕府，使其痛下決心攘夷，除發起這類傷人事件之外別無他法」。高杉一向抱持倒幕思想，想必他覺得這是個奇策吧。
「這計畫不錯。」
拍手叫好的是與高杉在吉田松陰門下並稱雙玉的久坂玄瑞及品川彌二郎、山尾庸三、寺島忠三郎、有吉熊次郎、大和彌八郎、白井小助、赤根武人、長嶺內藏太、井上聞多等。這群人中也有人一直倖存至維新之後且獲封爵位，但絕大多數的人都在幕末風雲中喪生。

話說當月的十二日，這群人便在神奈川的下田屋集合。明日拂曉就要出兵前往金澤。

土佐的半平太也聽到此密謀。武市與他們雖為同志，但一向光明磊落，不喜歡這種騙小孩似的攘夷之舉。

「如此反將貽誤真正的攘夷運動。」

他這麼認為，故向土佐老藩主容堂公密告。他希望容堂公告訴長州藩的藩主繼承人選，即世子毛利定廣，進而阻止高杉等人的貿然之舉。

長州的世子大為震驚，親赴大森的梅屋敷總算說服他們，讓他們打消念頭。不料……

此事件卻引發另一起意外。

「幸好尚未鑄下大禍。」

親自出馬成功阻止高杉等人莽撞之舉的長州藩少主定廣總算放下心來，還賜酒給高杉一干暴動份子。

「既然少主都親自出馬，只好作罷了。」

高杉等人心不甘情不願地喝著酒。

場所是在大森的梅屋敷。當時江戶近郊的梅林中有不少這種茶亭，尤以龜戶的梅屋敷及此蒲田鄉大森的梅屋敷最為有名。

梅林即為其庭院，可惜離花期尚早。

這時周布政之助又上場了。

前文提及他在薩摩藩士面前舞刀而引起騷動之事。他雖為藩之重臣，卻也是這回高杉等暴動份子的領頭，更是後援者。他腦筋好，膽識也過人，卻容易受人煽動，沉不住氣又冒失，這些紈褲子弟特有的缺點他一應俱全。

更糟的是他酒品極差。

周布從江戶屋敷策馬疾奔趕至梅屋敷，雖晚了但仍趕上酒宴。他顯然已喝過酒。

他又喝了些。

「高杉，搞砸啦。」

他呵呵大笑，然後轉向下任藩主定廣道：

「雖是當著少主的面，但小的還是要說，高杉等人的壯舉沒能付諸行動實在可惜。殺一、兩個洋夷嚇嚇幕府其實無妨。神奈川及橫濱的眾洋夷也將日本人視為螻蟻，正如他們在清國的所作所為。要是讓他們見識見識長州武士的刀鋒，好歹能讓他們稍微將眼睛睜大點吧。」

他暗中討好高杉等激進份子。以長州而言，因有周布般的重臣撐腰，高杉等人的氣焰才會愈來愈囂張。到了幕末時期，全藩自然愈加魯莽而終至完全失控。

周布老愛亂講話，少主也拿他沒辦法，便起身道：

「政之助，這些話改天再說吧。」

梅屋敷大門口有四名土佐藩士。

建議長州藩主阻止此貿然之舉的是土佐的老藩主容堂，故責任上必須保護長州的未來藩主，因而特派四名土佐藩士到梅屋敷來。

頭上戴著宗十郎頭巾禦寒的周布政之助已酩酊大醉，他騎著馬走出大門時就發現這幾個身著正式禮服的土佐藩士。

「哎呀，原來是土州的英雄啊。」

周布無禮地在馬上如此道。其實容堂壞事早已讓他忍無可忍。

「你們主子容堂公有天下賢侯之稱，自己也口口聲聲推崇尊王攘夷，但實際上的行動卻顯得可疑，反而是不把尊王攘夷當回事吧。」

不等他把話說完，土佐藩士山地忠七就唰地拔出大刀。

拔刀的是山地忠七。

「周布爺所言在下實在無法接受。下馬來吧！」

他如此大喊。這個年輕人少了一隻眼睛。

他是容堂公的近侍，此時才二十二歲。他生來膽識過人，唯一的眼睛更顯得炯炯有神。

他出生在祿高五十五石、拜領高知城下小高坂越前町之宅的上士之家。

十三歲時因與鄰居小孩玩耍誤以削尖的竹子刺中眼睛，眼球當場破裂，鮮血四濺染紅了半邊臉。他哭喊著跑回家時，母親竟斥責道：

「你身為武士之子，不過失去一隻眼睛，有什麼好大哭大鬧的？」

據說他就此止住哭泣。

他後來以土佐藩小隊司令的身分在鳥羽伏見奮戰。維新後改名元治，官拜陸軍少佐。

中日之戰時，他以東京第一師團長身分率領乃木希典等人，短短一天就攻下旅順，因而博得獨眼龍將軍的美稱。

「你敢再說我主公壞話……」

山地忠七道：

「我不殺你絕不離開！」

其餘三名土佐藩士也紛紛拔出刀來。此三人是小笠原唯八、林龜吉及諏訪助左衛門。

這下連長州藩行事最衝動的高杉晉作也嚇壞了。雙方若在這節骨眼上有了紛爭，長州、土州辛苦建立的友藩關係必將因此崩壞。

高杉腦筋轉得快，總能急中生智，且想出的通常是奇策。

他朝山地等土佐藩士道：

「你說的是。周布政之助雖為敝藩重臣，卻如此口出不遜，連我都看不過去。不必勞煩諸位英雄出手，就由在下一刀與他決勝負吧。」

說完立即拔出長刀砍向周布。

但這只是他的奇策。他無意真的下手，故將刀鋒瞄準馬臀，只是輕輕劃了一道口子。

那馬大吃一驚。

牠發出狂嘶，眼見正要人立而起時，卻載著周布一溜煙跑了。

「想逃嗎？」

忠七邊喊邊作勢要追上去。土佐藩士中較年長的小笠原唯八連忙抱住他。

「咱們今天是奉君命行事，以重要使者身分來此的。還是先回去覆命再殺周布吧。」

他如此安撫忠七後，一行人便策馬返回江戶鍛冶橋藩邸了。

容堂倚著肘靠。當時口碑再無賢明如他的大名。但這位侯爺的缺點就是對自己的聰明機智及膽識極為陶醉。

「笨蛋！」

他怒斥道：

「你們難道不知『君若受辱則臣該死』的道義嗎？為何沒當場殺了周布政之助！」

四名藩士隨即衝了出去，準備馳往櫻田的長州藩邸除掉周布。

山地忠七等四名土佐藩士提著大刀鞘尾衝出鍛冶橋藩邸大門時……

「我也去！」

又有五名年輕藩士加入此陣容，帶頭的是鏡心明智流的名手本山只一郎。

「哎呀，差點就沒跟上。」

稍晚於眾人，又有一名年輕武士如此大喊著衝出大門。

這是乾退助。

少年時在城下就有「打架王退助」之稱的年輕人。

他是拜領高知中島町之宅、祿高三百石的上士之子，坊間早有傳聞「上士之子中找不到像他那麼凶暴的傢伙」。前文提及遭暗殺的吉田東洋擔任參政時，他雖年紀尚輕卻也獲提拔為負責田租相關工作的「免奉行」。東洋被暗殺後即到江戶，擔任打點容堂身邊要務的「側用人」。

據說其祖先為甲斐武田信玄麾下名將板垣駿河守信形，他以此自豪而對軍事方面特感興趣。後來曾指揮東山道軍，成功攻陷會津若松城。

他本就驍勇善戰，進入明治時代後（改名板垣退助）卻棄官下野倡導民權思想，組織自由黨並成為該黨總理。明治十五年（一八八二）在岐阜進行遊說時，於金華山下遭刺客偷襲，據說他當場說出「即使板垣死了，自由也不死」的傳奇性名言。大正八年（一九一九）以八十三歲高齡過世。

退助為上士出身，故與鄉士出身的龍馬一直到最後都沒什麼緣分，不過他卻對龍馬尊崇有加。晚年退助生病住院，門口一直掛著謝絕會客的牌子。

這時高知坂本家的親戚因有事相求而上京來找他。退助一聽說是龍馬的親戚，立即整整病人服請對方進來，在床上正襟危坐道：

「板垣退助能有今天全是拜坂本老師之賜。」

他與龍馬明明沒什麼交集，這麼說究竟有何用意呢？

或許明治時代的人就喜歡如此客套吧？

總之，就連藩主的側用人退助也往外櫻田奔去。再這樣下去，要不了多久，江戶就要爆發長土之戰了吧。

容堂在藩邸等著。

是他命部下去殺他藩重臣的，所以這位藩主也不正常。

嗜酒如命而有鯨海醉侯之稱的他正喝著酒，同時尋思：

「他們現在不知到哪裡了。」

容堂很討厭長州那些過激派志士。雖是不屬己藩，但也希望藉此機會讓他們見識土佐仔的武勇。雖然最近才和長州藩談成一樁親事（長州藩主敬親之養女喜久姬將嫁給土佐的年輕藩主豐範），但個性執拗不服輸的容堂卻一點也不放在心上。

其實這不單是酒後衝動，容堂早就看長州藩重臣周布政之助不順眼了。

趁土佐藩士一行還在趕往外櫻田長州藩邸前的路上，暫且閒聊一下吧。

雖說是閒聊，但也不是無聊的故事。對這部長篇小說的未來發展而言佔有相當重要的地位。

土佐的老藩主容堂公。

他的確是位傑出人物，但在維新時期卻只知猛踩時勢的煞車。

他學識豐富又是位勤王思想家，同時卻又是個狂熱的佐幕份子。如此政治立場若以當時的流行語來說，就是所謂的「公武合體派」。「公」指的是朝廷，「武」指的是幕府，此一般性理論是希望二者維持良好的合作關係，聯手經營國政。

有一次長州毛利家與土佐山內家談成一樁親事，因此容堂應邀到長州藩邸以示慶祝。

酒菜十分豐盛。

長州藩的出席者除少主毛利定廣，還包括重臣周布政之助及該藩首屈一指的過激派份子久坂玄瑞及山縣半藏等人。

容堂一向對自己腦筋及膽識十分自信，故道：

「全國諸侯雖多達三百，但若要論人才，自然首推一橋慶喜（後來的將軍）、越前侯松平慶永（春嶽，後任幕府之政事總裁），接下來大概就屬我了。」

他已有醉意。

一副不把人放在眼裡的嘴臉。此外，容堂也對長州藩最近的風氣頗不以為然。高杉、久坂及桂等中級武士對家老頤指氣使，甚至操縱藩中大事。容堂認為這正是以下犯上的「下剋上」思想。

容堂曾畫了一幅葫蘆倒立的畫示人，並說：「長州就是這樣。」因為下層已爬到上層之上了。

容堂已有如此不悅之感，而周布對他也有「打著勤王的招牌而實為公武合體主義者才是最惡質的」之想法。

隨著酒宴的進行，容堂指著久坂玄瑞道：

「聽說你善於吟詩，請你吟一首來聽聽吧。」

其態度簡直目中無人。

久坂十分不悅，但自己少主也說：

「這是場可喜可賀的酒宴，你就恭敬不如從命吧。」

他不得已只得吟起周防國之勤王僧月性所作的憂國詩。

這首勤王詩句句激烈如火，由情緒激昂的久坂吟來更顯壯烈，幾乎讓人產生屋內恐將閃電打雷甚至刮風下雨的錯覺。後來……

「我雖為方外（世俗外）之人，卻猶為之切齒。廟堂諸老（政界有力者）為何遲疑？」

吟到這句時，久坂突然起身指著容堂道：

「公也是廟堂諸老之一！」

說完就離席了。兩人雖不同藩，但對大名如此無禮之舉，三百年來應該沒發生過吧。

容堂臉色大變。

但又怕顯得太孩子氣，而立即改變話題繼續談笑。不過他對周布久坂等長州過激派份子憎惡之程度也愈來愈深。

「殺了周布」——在這句話中其實也帶有如此情緒。

長州藩邸大起騷動。

「果真來了嗎？」

眾人皆如此表情。因為真的是長州的周布政之助不對，所以實在別無他法。

「鄭重請他們進來。」

長州勤王派中最年長的藩士之一來島又兵衛對傳令的武士如此指示。

來島此年四十七歲。

在人稱多數機靈的長州型人士中，他是個罕見的個性豪邁又有膽識的男子漢，體態宛若從戰國時代武士繪卷中走出來的人物。

插句題外話，他不顧家庭東奔西走，故其妻老是抱怨。他晚年曾率兵自長州發兵掀起蛤御門大騷動，據說他要出發之際曾抱著頭懇求妻子：

「就這麼一次，就這麼一次了，往後我一定乖乖待在家裡。」

他豪傑的外表下想必有著討人喜愛的個性吧。可惜就在這場蛤御門之變中，他因一馬當先衝入敵陣而陣亡。

「我是來島。」

如此豪傑來島卻朝山地忠七等年輕土佐藩士平身低頭告罪：

「周布酒後亂性，針對土佐老藩主有所失言，罪該萬死。但請不要跟那種人……」

「不。」

山地忠七打斷他的話：

「無論周布爺是何人品都與我們無關。況且我們來此目的也不是為了責怪他，而是針對他在我們面前侮辱主君一事。有道是『君若受辱則臣該死』，我們打算殺了周布爺之後就切腹。」

「您說得對。」

來島只有低頭的份。

「無論如何還是請周布爺出面。難道他人不在此？」

「他的確在藩邸。」

來島老實答道：

「只是這回的是非已不算私鬥而是攸關貴藩及敝藩的大事，故不能單憑在下一己之見。請待我請示世子(少主定廣)。」

如此，總算暫且將土佐一行人打發走。

少主定廣大為震驚，不但請求與容堂一向交好的越前福井藩主松平慶永居中調停，甚至親赴土佐藩邸拜會容堂。這位大長州藩的世子把頭壓得不能再低。

「事已至此，請容我親手處死周布政之助。」

他滿懷誠意道。

「哎呀，我容堂並未將這事放在心上。只因手下家臣自有武士當守之規矩，才會強行提出如此要求。」

事情姑且就此告一段落。

戰國餘風仍殘存在薩長土三藩，武士性情粗暴。不僅如此，即便是大名家老也都如領頭搗亂的孩子王般蠻不講理。以上即為一例。

「啊，你就是山地忠七嗎？」

龍馬發現雜在拜年人群中的獨眼青年。

「正是。」

山地恭敬地低頭致意。其實在藩裡，山地家的家格較高。且龍馬既已是浪人身分，山地大可對他擺擺架子。

「土州與長州吵架的事還真有意思。你們就盡量吵啊。」

「咦？」

「據說薩州和長州關係形同水火，一點芝麻小事都可以吵起來。」

「雖然您這麼說……」

山地忠七瞪大唯一的眼睛道：

「但這可不是芝麻小事啊，對方當著我們的面公然侮辱主君……」

「我了解了。」

「可、可是，坂本師傅……」

「好了，別再說了。我心裡正想著薩州、長州、土州都如煙霧般消逝無蹤的日本。」

「如煙般消逝？」

「連幕府也是。」

啊——眾人愣得說不出話來。倒幕意識在土佐藩士心中仍相當薄弱。

「三百諸侯也將消失。」

啪！龍馬做出煙霧消散的手勢。

「土、土佐藩竟會消失……」

這實在太不可置信了。也不該相信，因為對土佐藩士而言，二十四萬石的土佐藩不就是他們的全世界嗎？三百諸侯的藩士想必也是相同心情。

人的意識要輕易，不，應該說絕對跳脫所處的環境，根本不可能。

「我打算開創一個名為『日本』的國家。賴朝、秀吉和家康都曾收服天下英雄，創造了類似國家的組織。可惜雖類似國家，但仍不是真正的國家，只是開創了源家、豐臣家及德川家。日本以往並無國家。」

「師傅這是對歷史的誤解吧。」

山地忠七道。他不僅頑皮，學識也豐富。

「不，以龍馬的解讀方式來看，日本從未有過國家。不僅日本，義大利和普魯士也是直到最近才有了國家。諸君知道義大利這國家嗎？」

這是他從勝那邊現學現賣的。

「不知道吧。」

龍馬十分得意，於是開始說起義大利史。義大利也是有許多小城邦割據，彼此不斷互爭利益，因而遭奧地利及法國侵略。如今加里波底、馬志尼及加富爾等志士正登高一呼，發起義大利的統一運動。

「日本也是一樣。」

龍馬道：

「不過，加里波底，還有創建美國的華盛頓可都不是家康啊。他們壓根就沒把國家當成自己的私有物。我坂本龍馬也要當日本的華盛頓，你們也應如此。若大家無此想法，日本就要滅亡啦。」

前進大海

雙掌捧著滿滿的紅豆，啪地灑向房裡，紅豆將疏密不一地散落。

人的一生也是如此，事情有時就是會一波接著一波，龍馬所處這時期亦如此。

「好忙啊。」

龍馬出生以來首次有了如此感覺。

真是的，龍馬這時期的日常生活若要以日記風格逐一記載，這部小說恐怕十年都無法完成。

事態極為複雜。我希望多介紹一點土佐藩邸年輕武士所組成的龍馬會，也想更詳細介紹日漸緊迫的天下情勢，還有他與勝海舟之間的接觸也不得不深入描寫。

此外，佐那子的事也得交代。

佐那子究竟如何看待此時期的龍馬呢？以小說家的立場，我希望更深入描寫。

然而事態實在太複雜了。

「你的筆趕不上了嗎？」

龍馬恐怕要如此嘲笑我吧？

「我呀……」

龍馬肯定也想如此對筆者說：

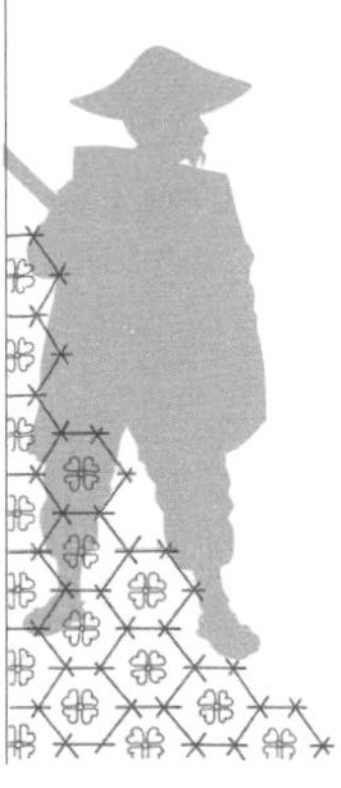

「已經不像從前那樣懵懂度日了，所以你也得加把勁啊！」

而筆者則要如此向龍馬辯解：

「你之前過於散漫，就像白天的行燈般派不上用場。如此情況，我的筆觸自然一路優哉游哉。但到了這時期，情況愈來愈複雜，一天之中就出現三、四件大事。再像以前那樣慢條斯理，當然就追不上你啦。」

話雖如此，倒也不是龍馬自己突然七手八腳地勤快起來。他依然我行我素。

是周圍環境讓龍馬活躍了起來。

「走運了吧！」

要是這樣對龍馬說，他想必會勃然大怒吧。

「人哪有什麼走不走運的！」

他會這麼說吧。

龍馬曾言：

「大家都說人生如戲，但人生和戲曲之間卻有著極大的不同。就戲曲的演員而言，舞台都是別人幫他設計的；而現實的人生卻是自己一點一滴量身打造適合自己的舞台後，再親自上台演出。別人是不會替自己打造舞台的。」

龍馬即將粉墨登場的舞台，似乎正一步步接近完成。

日後的傳記作者形容此時期的龍馬為：

「坂龍飛騰」

意思是坂本龍馬這條龍突然得勢而騰雲駕霧了。

而這部小說目前正好進行到他凌空飛騰的前夕。

某日他到勝宅去。

「喂，用軍艦帶你到大坂去吧。」

事出突然，明天就要上軍艦了。

「真是太好了！」

龍馬一臉興奮。

「你的個性是一點小事就能讓你開心喔。」

勝也服了他。

「連我都開心起來啦！」

在勝的眼裡，龍馬這人實在很特別。平素總是板著臉，但一高興起來，那興奮的模樣似乎足以感染對方。

「這種個性真不賴，就連我也跟著高興起來了。好，無論如何，軍艦的名字是順動丸，目前泊在品川的淺海處。聽說今晚就要開到築地的操練所，所以明早天亮之前，你得先到操練所的岸上等。」

「我會的。」

龍馬立即奔回千葉道場。

關於軍艦順動丸的情況龍馬瞭若指掌。因為這是九月，才幾個月前，幕府花了十五萬美元向英國買來的全新軍艦，勝還代表幕府到橫濱淺海處見證試開。

船身重達四百五十噸，故較咸臨丸大得多，馬力也強達三百五十馬力。更難能可貴的是，此艦是用鐵打造的。

此艦雖名為軍艦，嚴格說來並不是，其用途是做為運輸船。但以汽船而言，實已臻世界水準，這是無庸置疑的。

龍馬一回到千葉道場，發現寢待藤兵衛正好來找他。

「藤兵衛，你在那邊等我一下。」

說著匆匆忙忙衝往道場，拍拍正與門人練劍的少師傅重太郎肩膀，道：

「到我房間來一下。」

說著又衝出道場。

在門口正好碰見佐那子。

「什麼事這麼慌張呀？」

「有點事要在我房裡商量。」

「我也去吧，可以嗎？」

「當然可以。」

正巧近藤長次郎（上杉宋次郎）也從鍛冶橋的土佐

藩邸來玩。

長次郎之前偶爾也出過場，所以就不再詳細介紹。總之，龍馬從小就認識這個膚色白皙的年輕人。

他出身城下的商家，是個非常優秀的文才，也曾向前文提過的河田小龍學過蘭學。此後他便一直跟著龍馬。後來去見高杉晉作時，高杉曾寫道：「一見便知他是位難得的才子。」可見他的確是個非常聰明的才子。只可惜他「百才皆具而至誠不足」（龍馬對近藤的評語）。

「哎呀，是阿長呀。你來得正是時候。」

龍馬把這些人都集中到自己房間。

「明天我要帶你們去搭軍艦，快去準備吧！」

勝一定會大吃一驚吧，因為他只打算讓龍馬一個人搭便船的呀。

「龍老弟，你要帶我去搭船嗎？」

千葉重太郎有些猶豫。但英國製的鐵皮汽船實在太吸引人了。

「嗯，那我答應你吧。」

真是得了便宜還賣乖。

寢待藤兵衛只覺十分惶恐。區區盜賊竟要跟幕府的軍艦奉行並同船，這恐怕是破天荒之例吧。

近藤長次郎自然大為興奮。

只有佐那子急急起身，就要離開。其兄重太郎趕緊叫住她。

「妳要上哪兒去？」

「去把頭髮重新梳過，我要扮成男人。」

「喂喂！」

重太郎似乎嚇壞了。

「妳也想去啊？」

「龍馬大哥也邀我一起去啊，所以我也想搭搭看。」

「妳別去吧！」

做大哥的板起臉來。

「海上波濤洶湧，妳會暈得臉色發白呀。」

「那又怎樣？」

佐那子的眼睛閃閃發光。她雖為女人，但也已獲北辰一刀流的「免許皆傳」資格，根本不把軍艦放在眼裡。

「龍老弟，怎麼辦？」

「這個嘛……」

龍馬很狡猾，他不置可否，只是微笑。

最後佐那子不得不留下，因為貞吉大師傅出馬大喝一聲：

「笨蛋！女人家竟敢亂來！」

翌日，離天亮還有一個時辰，軍艦奉行並海舟勝太郎就自赤坂冰川町的勝宅出發。

他騎在馬上。

由馬夫及一名年輕侍從隨行。一行人逐步前進，領路的提燈上印著圓圈內有一菱形花之家紋。

這回的航海之行在幕末政治史上事關重大。

船上將搭載老中小笠原長行。

目的是讓幕府閣老親自視察京坂地方的海防（萬一外國艦隊入侵大坂灣，沿岸的防備狀態）。

其實這回算是視察團的先鋒。緊接著，負責輔佐將軍的一橋慶喜及堪稱幕府首相的政事總裁松平春嶽（越前福井侯）等人也將前往，最後將軍家茂也會親自上京。一切安排就緒。

因朝廷「督促攘夷」的壓力，江戶的權力中樞只得全部聚集到京都。當時京都朝廷抱持著極端的攘夷主義，但另一方面，外國公認之政府，亦即幕府也在各國的強行要求下締結了各項條約，逐步走向開國主義。

總之，老中小笠原長行與軍艦奉行並勝海舟的職責就是去調查攘夷究竟可不可行。

而龍馬這回也將搭上這艘順動丸。

岸——一片漆黑。

海潮聲中，龍馬與千葉重太郎、近藤長次郎、寢待藤兵衛等人一同靜候勝的到來。

「啊。」

藤兵衛聽見遠處的馬蹄聲了。不愧是幹那行的，耳朵還真靈。

「好像來了。」

「是嗎？」

龍馬抱著手臂。

不久，遠方暗處浮現提燈的亮光，正逐漸接近。龍馬近視，所以看不見。

「龍老弟，好像來了。」

「那就朝他們晃晃提燈吧。」

「好！」

重太郎迎著夜風，高高舉起印有千葉家知名月星家紋的騎馬專用長柄提燈。

「喔！」

勝下了馬又道：

「好多人哪！」

勝忍不住吃驚，看清眾人長相之後更為詫異。

「你是上次要來殺我的攘夷劍客。」

他先是看到重太郎，接著又看到寢待藤兵衛。

「怎麼，連小偷都要搭軍艦嗎？」

勝似乎有些不開心，但轉念一想，這樣應該也很有意思吧？於是望向近藤長次郎。

「只有你看起來比較正經，當龍馬的手下似乎有點委屈。」

「他可是學者哪。」

龍馬如此介紹，沒想到勝卻笑了出來。

「既然被龍馬稱為學者，肯定不是什麼了不起的學者。」

正當他發笑之際，來接他們的汽艇也來到，眾人就此上了順動丸。

不久老中小笠原長行也上船了。他是祿高六萬石的唐津（佐賀縣唐津市）城主之世子，以世子身分卻當上幕府老中。提起小笠原氏，乃是幕府譜代大名中首屈一指的名門之家，其祖先是自新羅三郎源義光分出的，與自稱同為源氏後代的德川家相較之下，此家系正統多了。

長行此時四十一歲。

以此年齡卻仍是——

「少主」。

世人取其雅號，稱之為明山公子，很早之前就有賢才之名。龍馬四歲那年，亦即天保九年（一八三八），長行即遷居江戶，與學者、論客、文人多方交往。

後獲提拔為老中。以世子身分卻當上幕府閣員，可謂空前絕後。

長行帶著家臣、幕府大目付、外國奉行及翻譯員等一同上船。這情形就像把幕府的一部分直接搬上船了。

此外，軍艦操練所及講武所的人也有一百五十人上了船。

幕臣以外就只有龍馬四人。當他怡然自得到甲板上散步時，遠處房總半島的山巒也染上一抹紫色，不久美麗的太陽就逐漸升起了。

「好先進的船啊。」

龍馬在甲板上走來走去，同時幾度大聲地自言自語。

仔細想想……

龍馬忍不住感傷起來。嘉永六年（一八五三），十九歲，第一次上江戶時，正值美國海軍培里提督率領東洋艦隊抵達浦賀，引起舉世震驚，天下志士乃群起高倡攘夷論。

幕府之風雲震盪就是嘉永六年六月培里的黑船來日事件掀起的。

插句題外話。德川幕府延續近三百年並非因德川家有什麼特別功績，而是基於世界史方面的理由。世界各先進國家發生工業革命，發明了蒸汽機又將之應用到船上，遠洋航海也因此變得可行。令人意外的是竟能越過數個大洋，航抵這個極東的小島國。假設培里是在德川中期來日，西方諸藩恐怕已起而推翻幕府，進一步擁立京都朝廷創建統一的國家了吧。繼培里之後來日的西方諸國艦隊將霍亂弧菌帶進日本，導致幕末日本出現眾多罹患此國際性傳染病之病患，而令日本同時意識到自己是身處世界之中。如此意識現已近乎瘋狂，而導致開國論與攘夷論分道揚鑣。這兩股激流即將形成幕末的血腥風雲史。

龍馬偶然，或許是注定吧，就在十九歲上江戶去的那年，他親眼見到此番黑船來航。

十九歲，在現代應該剛進大學吧。可以把他想像成一個來自鄉下的年輕人剛剛進入早稻田或東京大學（雖然龍馬不太可能想進入這種擁有無聊升學制度的學校）。

總之，正是開始對自己和周遭事物有所覺醒的年紀。

他對黑船的印象十分鮮明。

而龍馬如今正身在如此黑船上。他在甲板上散步。淚水湧了上來，順著雙頰不斷滑落，害他不知如何是好。

「這一直是我的願望。」

——搭乘黑船。

「可惜……」

龍馬暗想：

「這若是我的船該有多好啊。」

這是幕府的船。

他不喜歡。

擁有龍馬艦隊一直是龍馬未竟的夢想。這麼淡泊無欲之人，卻對這一點特別執著，但不是戀愛般的程度，而是龍馬相信，男子之志應直截了當。

船。

唯有這才是他一生的願望。擁有船，擁有軍艦，組織艦隊，然後以此有力背景推翻幕府，將日本改造成一個統一的國家。

這是他獨創的討幕方式。

薩摩的西鄉、長州的桂及土州的武市恐怕連想都沒想到吧。

人要循自己喜歡的道路去開拓世界。龍馬留下如此名言。

船。

龍馬寄託於船的夢想實在遠大。

勝把士官室空出來給龍馬，但此舉卻引起了小小波折。

「勝老師，那不成啊。」

提出異議的是大目付某。

難怪這人會這麼說。

船上有幕府的老中，還有多位幕府高官。即便不是高官，也多為夠格直謁將軍的幕臣。就武官來說，能直謁將軍就等於是高等官。士官室及上等艙的數目不多，還不夠這些人的半數住。情況明明如此窘迫……

「哪還能讓一個來歷不明的窮浪人住進士官室啊。」

這位大目付的不滿情緒已溢於言表。

「這樣嗎？」

勝略顯不悅，似乎有些瞧不起對方，幕閣之人最討厭勝的就是這點。即便是有賢君之稱的十五代將軍慶喜，雖一向欣賞勝的奇才，但仍徹頭徹尾地討厭勝。勝這人一輩子從未將私利私怨影響到公事，但就是會——

——對方怎麼看都是個白痴啊！

勝心中會這麼想：

「那些旗本大爺腦筋和芋頭沒兩樣，只是頭上梳著髮髻罷了。還不如把龍馬視為無官無祿卻蒙老天爺眷顧之人好好對待他，因為對他愈好，將來他必愈偉大。」

勝有個習慣，只要他認為對方是個人物就會偏愛這人。不過勝的眼光過於嚴格，因此在明治三十二年（一八九九）他以七十七之齡過世之前，只有幾個人是他眼中的「人才」。

其他人都是頂著芋頭腦袋的——

「笨蛋！」

「那就照你的意思吧。」

勝不悅道。

待在甲板的龍馬等人完全不知事情的來龍去脈，只知道自己的艙位被分配到船底的大房間了。這是理所當然的。大房間是給不得直謁將軍的幕臣及老中部下等階級較低者使用，大家各自拉起布幔分割成區。

「不用了，我們在甲板就行了。」

龍馬對負責大房間分配工作的官差拒絕道。龍馬看來率性自尊心卻很強，而他目前身分的確是窮浪人。

出身是土佐的鄉士，階級很低。

正因階級很低而無法忍受被分配到依階級決定的艙等。

「重兄，咱們就睡在甲板上的小艇吧。」

當然沒問題。重太郎回答。重太郎是刀術名門千葉家的公子，目前又受聘於鳥取藩而受到上士的待遇。但只要能待在龍馬身邊，睡哪都無所謂，他就是這麼好說話。

順動丸開始破浪前進。

龍馬每天都到船上各部門觀察。

「您在做什麼呀？」

打破沙鍋問到底。

「那東西可以借我一下嗎？」

他說著諸如此類的話，同時就在操舵室操控起船隻來了。

幕府士官都瞧不起龍馬這個來歷不明的流浪漢，

但實際在船上工作的水手及燒火的火夫卻對龍馬極為親切。

他們多半都是在咸臨丸待過的航海老手。

咸臨丸遠渡美國時，幕府主要是徵調瀨戶內海鹽飽群島（現屬香川縣）的漁夫當下級船員。

鹽飽群島位於香川縣（讚岐）丸龜市的近海處，即使只算大一點的島，數量也有十六、七個。主要的島嶼包括本島、廣島、與島、高見島及粟島等。

歷史悠久。

自平安時代起即因鹽飽海賊聲名遠播，源平時代又以海軍之名活躍一時。到足利時代卻成了倭寇，在朝鮮、中國沿岸甚至較遠的南方海域出沒，令人聞風喪膽。

島民個性勇武，又據說「操船之術以鹽飽人最精」。

幕府每回購入軍艦或汽船都選用鹽飽人當水手或火夫，因此這些海賊子孫對日本近代海運史而言也算是先驅船員吧。

其中尤以招募水兵中的名人、時任操舵手的「泊浦的大助」（明治後姓石川）對龍馬特別有好感。

「不管什麼都可以一一教你。」

他對龍馬如此道。實在親切。

這位泊浦的大助曾隨咸臨丸遠渡美國，因個性粗暴被同僚取了個綽號「惡大助」。不僅如此還酗酒。他的逸事相當多，據說他曾在三藩市碼頭與十名西班牙船員打架，將數人打到海裡去，還撂下一句：

「沒聽過日本的大助嗎！」

此外，咸臨丸返日時幕府曾賜他大額賞金。他把賞金全換成最小的一朱銀並裝進容量一升的方形木盆中，趁著節分（譯註：立春前一天，有灑豆子驅鬼祈福的儀式）晚上到吉原的花街，要妓女過來集合，然後高喊：

「鬼外！福內！」

同時模仿灑豆子的動作將那些一朱銀錢幣到處灑，只消一個晚上錢就沒了。後來他因吃喝嫖賭導致腰間長出惡性腫瘤，於是在搭乘幕船千秋丸前往小笠原列島時，拿燒紅的火箸刺穿那顆腫瘤，口中同時大喊：

「停船！停船！」

然後躍入海中以海水清洗傷口，沒想到最後竟然痊癒了。

他於明治十年（一八七七）病逝於東京品川，一直到死都十分引以為傲：

「我教過坂本龍馬。」

順動丸終於在大坂天保山的近海處拋下船錨，龍馬等人也上了陸。龍馬打算即刻趕往風雲激盪的京都。

龍馬和重太郎在大坂分道揚鑣。

「我真不懂自己來這裡做什麼。」

重太郎一臉茫然。自己竟然被龍馬拉來搭船而到了大坂，明明江戶道場還有事要忙啊。

還得上鳥取藩的江戶屋敷當班呢。

「龍老弟，你接下來要做什麼？」

「我要上京都去。京都好像正因天誅騷動而搞得腥風血雨的。」

「我可要回江戶了。」

幸好勝也準備搭順動丸返回江戶，因此重太郎決定就搭此空船回去。

「不過，你就在這一帶玩幾天吧。重兄是第一次來大坂吧？」

「是啊。」

「不過，我可是先把話說在前頭……」

龍馬一臉嚴肅：

「無論發生任何事，你都別離開勝老師身邊。如果勝老師要上廁所，你也要一起去，然後守在門口。」

「為什麼？」

「天下攘夷志士全集結在京都、大坂這一帶。勝這位開國論者既然來了，難保不會出現特來取他性命的白痴。不，一定會出現。長州、水戶，加上我土佐藩，都是這些人的巢穴。武市半平太好像就是那些天誅殺手的首領呢。」

「喂喂，龍老弟。」

「怎麼？」

「你是特地把我帶來大坂當勝的保鏢嗎？」

「你別多心嘛。」

「我就要多心。」

重太郎賭氣道。

不管怎麼說，有了北辰一刀流分家千葉貞吉的公子當保鏢，那可真是日本第一的戒備了。

「真不想幹。」

「為什麼？」

龍馬不解地盯著重太郎看，重太郎臉色更不高興了。

「想也知道吧。我當初還想去殺勝呢，現在轉而變成他的保鏢，這也太不像話了吧。」

「哎呀，拜託啦。」

「龍老弟，我可還沒放棄攘夷喔。勝的開國論我還是頗不以為然。」

「不管怎麼說，算我求你吧。」

「真拿你沒辦法。和龍老弟在一起久了，感覺自己好像也變得愈來愈莫名奇妙了。」

「一切拜託了。」

龍馬隨即啟程前往京都。

另一方面，不久勝就起錨離開天保山近海，開始返航回江戶。

途中因風浪轉強而駛入伊豆的下田港。

這時，反向西上的筑前黑田藩之汽船「大鵬丸」也駛入港內。

這艘大鵬丸是土佐藩臨時借來的，船上載著土佐二十四萬石的老藩主容堂公。

只要是勝海舟欣賞的人，他就會盡可能對他好。他決定非讓龍馬出人頭地不可。

海舟命順動丸的甲板士官放下小艇。

「我到那艘船上去一下。」

說完便下海了。

他是特地去見汽船大鵬丸上的山內容堂公。山內家的「三葉柏」船旗正高高飄揚在大鵬丸船桅上。此三葉柏紋樣又稱土佐柏，是山內家的家紋，後來成為舊制高知學校（今高知大學）的校徽。

喔，當初創辦三菱公司的岩崎彌太郎為將土佐藩的財產拿來當做公司的初期資產，而將此三葉柏進一步圖案化當成三菱公司之公司標誌。讀者家中的電氣製品上若印有如此標誌，其原型就是山內家的家紋，也就是土佐藩士口口聲聲「絕不死在柏章旗下」中的那個旗幟紋樣。

此船旗正飄揚在下田港內。

「去幫龍馬向容堂求情，請他赦免龍馬的脫藩之罪吧。」

勝心裡如此打算，同時乘著小艇前進。勝的小艇尾端插著印有德川家「三葉葵」家紋的旗幟。

「讓龍馬的世界更加開闊。」

勝如此暗想。以脫藩之身，必須畏懼世人目光，行動範圍也勢必縮小。像江戶、京都及大坂的藩邸他也都無法使用。

「只是不知個性難以捉摸的容堂願不願意接受。」

容堂即使不是生在土佐藩主之家，也必能出人頭地吧。

因為在千代田（江戶城）的殿上，他曾公然說出如此豪語：

「一橋（慶喜）英明，春嶽（松平慶永的號，五十餘萬石越前福井藩之藩主）誠實，而我果斷，當由此三者來裁決天下事。」

越前福井藩出身、人稱「可能是史上奇蹟式早熟天才」的橋本左內，拜謁過容堂後也在信中向同藩友人描述其印象。以下是現代文的意譯：

「容堂公個性豪爽不拘小節，但也有固執的一面。

我將他評為諸大名中的第一號人物。他顯然把世間其他人視為蠢物，覺得除自己之外他人皆一文不值。卻似乎唯獨對藤田東湖（已過世，水戶的學者詩人兼警世家）特別佩服。」

然而藤田東湖卻曾如此描述自己和容堂出次見面的印象：

「紈褲子弟，是個狂妄自大的木葉天狗（譯註：沒什麼威力的小天狗妖怪）。」

但容堂雖貴為藩主，卻也在居合（拔刀術）及馬術方面躋身名人之列，詩方面也應稱得上幕末大詩人。此外還是諸侯中酒量最好的。

土佐藩向筑前黑田藩包租的大鵬丸是艘木造帆船，體積不算太大。

勝讓小艇靠上大鵬丸的船舷，小艇上飄揚的德川家葵紋旗幟還是頗具威勢。

大鵬丸上放下爬梯。

「哎呀，有勞了。」

勝順當地爬上甲板。

「我是軍艦奉行並勝麟太郎，想求見容堂公。」

勝頭上戴著只有諸侯及旗本才准戴的特殊紋樣陣笠，身著黑色印有家紋的正式和服及仙台平織法的正裝褲，腰間插著外有黑漆拋光刀鞘的大小佩刀。

一身氣派十足的打扮，可惜與這位大爺那張淘氣小鬼般的容貌實在不協調。

「是。」

容堂公的側用人趕緊進去通報。這人就是乾退助。因為是容堂公，雖是貼身伺候的側用人，也不採用卑躬屈膝的人選，選的悉數都是戰國氣質的大老粗。這回在船上有乾退助、山地忠七、小笠原唯八及他們的上司「近習家老」深尾丹波，此外還有大監察寺村左膳及小南五郎右衛門等。

「什麼！勝老師？」

容堂公立即起身親至甲板迎接，如此不拘小節的個性也是大名之中前所未有的。

不僅如此。

「哎呀，您來得正是時候，我正愁沒酒伴呢。」

說著命手下立即準備，與勝一同坐上小艇往岸上開去。

兩人就在岸邊的料亭喝酒。

「對了。」

勝切入正題時容堂已酩酊大醉。

「您知道您手下當中有個名叫坂本龍馬的人嗎？」

「龍馬？」

有一點印象，不就是上回江戶鍛冶橋藩邸那場大賽獲勝的北辰一刀流刀客嗎？

容堂是個了不起的人，不，是個器量了不起的人。卻有個缺點，那就是喜歡炫耀自己有多了不起。

「不知道呀。」

他答道，同時兩眼惺忪望著勝。那表情彷彿是說，我堂堂祿高二十四萬石的太守哪知道一個微不足道的部下。

這點和勝有些相似。個性彆扭又瞧不起所有人，實則豪放不羈。

前文曾提到長州藩周布政之助無禮事件，其實距此不久之前還有另一事件，主角依然是長州的周布、久坂、高杉一派尊王攘夷的過激份子，他們為嘲弄容堂的佐幕勤王主義，而於某日送去名為「日本魂」的銘酒。

容堂板起臉道：

「退助，把這當成回禮送去！」

說著遞給退助一張紙，只見上面墨跡鮮明地寫著：

「亂來」

言下之意是，你們這些人明明既無智慧又無學問，那就別故作志士模樣。

「勝爺，不如這樣吧。」

容堂做出以手枕頭的姿勢。言下之意是自己已醉，不如躺著說話吧。

海舟不太喜歡喝酒。但就像天生腹中有酒似的，個性是即使沒喝也像醉了一般，言行舉止總是咄咄逼人，故立刻依言躺下。

「失禮了。」

主人容堂也胡亂躺下。

真是不倫不類的軍艦奉行並及祿高二十四萬石的土佐藩主。

「接下去吧。」

容堂道。

「嗯，龍馬恐怕是海南（譯註：指四國）第一的男子漢啊。」

「哦？」

「他將來必對天下有所貢獻，現在卻被疑為暗殺參政吉田東洋的凶手且身負脫藩之罪，實在可憐。請赦免他吧，海舟在此懇求。」

「嗯……」

容堂乾了一杯。

「我竟不知有這號人物。那麼他求學是拜在哪位老師門下呢？」

容堂生性好學，故不太喜歡無學問之人。

「這個嘛……」

勝微偏著頭道：

「他的老師呀，應該是天吧。」

「天？」

「因他幼時私塾老師說無法教導如此蠢物而拒收，他學問的程度可想而知。」

「如此毫無學問之人竟能受勝老師這等人物推薦，這還真不可思議啊。」

容堂終究還是看重學問。

「我之所以說他以天為師……」

勝語帶挖苦地說：

「是因龍馬雖非學者，但學問之高說不定能媲美戰國時代的織田信長。信長也不是學者，卻完成了天下布武（譯註：由武家政權支配天下）的大業。太閤秀吉出身卑賤也毫無所謂的學問，卻深知天理、時勢及人心所歸，終於將天下導向太平盛世之路。人海茫茫，其中就有些人生獨具接受上天指導的本能。」

「漢高祖！」

「沒錯！漢高祖也是如此人物。」

「那麼勝老師您言下之意是說，我家臣坂本龍馬是個英雄囉。」

容堂似乎頗為不滿。因這位大老爺內心認為自己才是天下英雄。

「這就說不準了。所謂英雄乃上天認為非他出場不可時就賜他運氣及時機，龍馬究竟有無如此機運，那得將來才知道。不過看來他至少擁有接受上天恩寵的資格啊。」

「嗯，海舟老師所言甚是。」

容堂坐起身來。

因為他要給勝一個答覆。

容堂似乎已想不起名字。

「那麼，那個……」

「叫什麼來著？坂本……」

「龍馬。」

勝答道。不愧是祿高二十四萬石的大老爺真是貴人多忘事，區區一個鄉士的名字，似乎不管聽了幾遍都記不住。

不過這也和容堂的個性有關。

「就看在海舟老師的面子上，赦免他脫藩之罪，特准他歸藩吧。」

「啊，歸藩？」

勝一發覺趕緊道：

「您大人大量特准他歸藩，但我不是求您讓他返回土佐藩，而是希望您能准許他自由行動。」

「啊，那也沒問題。」

語氣彷彿是說「隨他高興吧」，反正此人也不是能直謁自己的身分，管他想在何處閒晃。

「不過……」

勝凡事謹慎。

「您這是酒後之言，萬一事後反悔，那可不成哪。我想跟您要個東西當成證物。」

「咦。」

容堂露出不悅的表情，勝卻毫不退讓。

「只要簡單一筆即可。」

勝說著抱起雙臂。

容堂只得擊掌喚人拿來筆硯。他唰地打開一把白色摺扇。

「這樣行了吧？」

說著把扇子丟到勝的腿邊。

歲醉三百六十回
鯨海醉侯

扇面上如此寫著。

一年醉三百六十回，那表示全年每天都醉。而鯨海醉侯指的是他自己。

鯨海是指抓得到鯨魚的海，換句話說就是土佐海域。醉侯的意思是大醉之大名。

「好極了！」

勝等墨跡乾了便闔起扇面，收進懷中。

關於此事還有一則故事。

幕府的政事總裁松平春嶽不久也到了大坂。

這位藩主不像容堂那麼好勝，但也是幕末首屈一指的名君。不僅學識淵博，對政治的敏感度也極高。毫無藩主的臭架子，只要對方是個人才，便不惜親顧茅廬與之暢談。

他與容堂是好友，但春嶽與海舟也頗有交情。海舟為提拔龍馬特別寫了介紹信，要他去見春嶽。

龍馬去見春嶽，應該正好在海舟與容堂在下田港會面之後。

春嶽不僅是大名，更是除御三家、御三卿（譯註：尾張德川家、紀州德川家、水戶德川家為御三家，德安德川家、一橋德川家、清水德川家為御三卿。若本家德川家無子嗣，即從中選出將軍繼任人選）之外家格最高的大名，且又身兼幕府政事總裁之職。

他卻輕易接見一介窮浪人龍馬。

見面後便對龍馬疼愛有加，始終都是龍馬的贊助者。但此為後話。

春嶽正是所謂的「貴族老爺臉」，自年幼尚名為錦之丞君時起，即長得十分俊美。

此時他三十六歲。

額頭寬，細小的眼睛下方是偏長的臉型，下巴較尖。現代學者或專門技術人員通常都是這種臉型，政治家則無如此臉型。是適於思考遠勝行動的個性。

他被推選為幕府「首相」時正值幕末複雜的政治情勢。幕府已無法不正視朝廷的主張及志士所發之輿論，最後不得不起用這位出身德川一族名門又受朝廷青睞的越前福井藩藩主。作風強勢如井伊直弼型的人選已無法順應時勢。

世間早就有「天下四賢侯」之稱。

四位賢明的大名中，薩摩侯島津齊彬的人品及眼光都相當出眾，但不管怎麼說也已於安政五年（一八五八）壯志未酬即過世。

剩下的三賢侯，包括龍馬等人的土佐老藩主山內容堂、伊予宇和島藩主伊達宗城及現在提到的這位春嶽。

此三侯皆為至友。三條內大臣手下的諸大夫富田織部曾自京都赴江戶的土佐藩邸會見此三侯，事後留下對此三人的有趣短評。

「土佐侯因正值壯年而英氣勃發。」

「宇和島侯性好辯論略嫌多嘴。」

「越前侯則是……」

春嶽所獲之短評如此：

「沉默寡言。」

話少且沉著。

「其度量之大令人無限感佩。」

不妨把這想成春嶽的另一種風貌。

「龍馬，你看如何？」

春嶽接見龍馬時道：

「你家主君容堂公與我頗有交情，我去幫你美言幾句，讓你歸藩吧？」

龍馬猛地低下頭。那迅速低頭的模樣對春嶽這種老爺有說實在滑稽，因而大笑不止。

「不如由在下主動提出如此請求吧。」

「你還真有意思啊。」

春嶽笑了出來。真虧他想得出這句「不如由在下主動提出如此請求吧」。

「龍馬個性純樸，很討人喜歡。」

春嶽後來對容堂如此道，並請他除去龍馬的脫藩之罪。容堂因之前已與海舟有所約定，故立即交代侍臣，讓此事正式發落執行。

日期是二月二十五日，土佐藩廳的公文如下：

坂本龍馬

上述之人於去年二月擅自離開土佐（中略）。雖說是因忠情憂國之至情難耐使然，但出藩有其規矩（中略）。訓斥之外無須懲處。謹此周知。

此時龍馬宛如飛腳般快速往返於大坂與京都之間。

「龍馬的腳程堪稱箇中好手啊。」

人們曾如此稱讚。事實上龍馬本就認為腳程不快的人無法辦事。

有一位稍晚於龍馬的薩摩藩士，名叫大山彌助。據說這個年輕人在維新前曾往返江戶、京都之間多達三十餘次。彌助即後來日俄戰爭之總司令官大山巖。

某日龍馬經過京都河原町藩邸門口時，突然被人叫住。

「龍馬，你不是龍馬嗎？」

是昔日一同在城下日根野道場習刀的望月龜彌太。

龜彌太是新留守居組的下士，長於詩文，使起刀來也頗具水準。後於元治元年（一八六四）夏天，在三條小橋西端的旅館池田屋開會時遭新選組強行闖入，因而戰死。

「喂，龍馬正好經過這裡啊！」

望月朝藩邸內的同伴大喊。眾人快步衝到門口。

「你們想怎樣？」

龍馬脫下草鞋拽入懷中，正遲疑著要不要逃走。

「等等，龍馬，別打架。赦免令已經下來了，『脫藩之罪不令追究』，大家都在找你呢。」

「真的啊？下來了嗎？那我就不用逃跑囉。」

龍馬把草鞋扔在地上穿回腳上。

「那藩邸會給我飯吃嗎？」

正值中午時分，龍馬肚子餓極了。

「當然會啊。」

眾人簇擁著他進入藩邸。

雖屬同藩但仍有許多生面孔，不過對方卻都聽過龍馬的名字。

「這人就是坂本龍馬呀。」

以如此表情打量龍馬的人也不少。

因為最近常聽人說起龍馬。

「喏，不管怎麼說，總是先去跟御留守居役打聲招呼吧。」

望月把龍馬帶到一個挺拔的中年上士房間。

所謂的御留守居役是藩邸的長官。

「啊，你就是龍馬嗎？」

御留守居役高聲唸起前文提及的藩廳公文。唸完後把公文捲起，凶巴巴道：

「上面交代，罰你七天禁閉。」

龍馬立刻被送進一個房間，從這天起一直被關在裡面長達七天。

「嘖，要是繼續當浪人的話就不必這麼痛苦了。」

據說龍馬如此大聲抱怨。

七天過後，眾人一起為龍馬祝賀，但該來的人卻沒來。

那就是京都志士奉為領袖的武市半平太。

武市半平太已成為京都尊王攘夷志士的領袖。

他並不是單槍匹馬的志士。土佐藩下級武士比較像樣的全唯他是從，且自從暗殺藩之參政吉田東洋並發動政變以來，就連藩的機要職位都有「武市之徒」在。

不僅如此，他在激進公卿之中也頗孚人望，他指導他們如何進行攘夷及倒幕。

武市甚至擁有暗殺集團。此集團以其門人岡田以藏為頭領，組員在京都四處出沒，已成功暗殺了佐幕派幾個主要人士。

武市從未親自出馬，但京都主要的暗殺事件都是武市幕後主持的。

藩邸的錢也多由武市親手交給暗殺者。較大事件，包括長野主膳（在安政大獄事件時擔任幕後黑手逮捕志士）小妾所生之子多田帶刀也是土佐人暗殺的。九條家的諸大夫島田左近是薩摩藩人稱「殺手新兵衛」的田中新兵衛等人所殺，但很可能也是由武市間接策動的。同樣地，暗殺九條家謀臣宇鄉玄蕃的也是殺手以藏等土佐藩的人。這些大概八九不離十都是武市在背後操縱的。其他如土佐志士在京都大鬧殺戒暗殺下級捕吏文吉等事件，武市半平太幾乎都有插手。

這些龍馬全曉得。

「真為半平太感到惋惜。」

他如此感慨。暗殺當然也是一種政治行為，但自古以來卻無因暗殺而成就大事之人。

龍馬如此相信。

古今一流人物豈有訴諸暗殺手段者？這就是龍馬的想法。

龍馬面對京都藩邸這些熟面孔，默默喝著悶酒。

圍著龍馬表達祝賀之意的藩士全是武市的門人、私淑者或受他感化者。

「半平太也形成如此勢力了嗎？」

龍馬大驚。另一方面也對武市把他們當成刺客差遣的做法感到十分不解。

「他將在史上留名，但恐怕留下的不是一流之名了。」

武市有些謎樣之處。其品格之高應可媲美薩摩的西鄉，其謀略之精也與薩摩的大久保（利通）齊肩，其學識教養甚至較此二人豐富。且對人的感化力雖不及長州的吉田松陰，但也相去不遠。可惜武市卻在最關鍵處與他們不同。

「急於進行大業而成了殺人凶手。『天誅！天誅！』聽起來好聽，其實是陰險手段。陰險則不得人心。」

「武市情況如何？」

龍馬終於問了。

在座眾人卻鴉雀無聲。

因為大家都知道武市說龍馬是：

「麻煩蟲。」

眾人都不希望兩人見面。

——武市有個祕密藏身處。

這是龍馬偶然聽說的。

「如何？現在就去吧。」

說著抄起刀並站起身來。

「這、這、等等！你去的話會有點麻煩呀。」

武市門人中的某人如此道。

「為什麼會麻煩？」

「你其實已變節投入開國主義的陣營了吧。何況你本來雖抱持倒幕之志，卻與幕臣勝麟太郎親近。武市老師曾說，那人若不是龍馬就要殺了他呀！」

「殺？」

龍馬湊上前去盯著這人道，滿臉不可思議的神情。

「你們殺得了龍馬嗎？」

他天真地問道：

「第一，龍馬根本不知道什麼開國、鎖國的。我是傻瓜。傻瓜哪懂得如此深奧的議題呀。不過還是順便告訴你們吧。」

龍馬接著環視眾人道：

「就要驚天動地的攻來了呀。」

他大聲說。

眾人都驚呆了。

「外夷就要來攻佔日本了，到時候你們還要穿戴三百年前的刀槍甲冑迎戰嗎？日本輸定了呀！」

「不，藩裡也漸漸引進西洋槍了。」

「那不夠呀。到時我會率艦隊守護，所以在那之前，別再針對龍馬的行動說三道四了。人要把眼光放遠啊。」

「可是……」

「在那之前別管我龍馬！」

「這我們了解。這情況武市老師也了解。正因了解，所以龍馬爺您雖是變節者我們還這樣慶祝您歸藩呀。要不然我們就跟您一刀兩斷了。」

「這辦得到嗎？」

「當然辦得到。」

某人迅速把刀拉近。龍馬沒輒了。

「我可要逃了。」

說著泰然走出房間。那模樣實在滑稽，惹得眾人哄堂大笑。

「放過我了嗎？」

龍馬像隻黃鼠狼似地回頭張望，那位仁兄也搔搔頭笑了。

「那麼，我這就去找武市了。這位仁兄，就由你來帶路吧。」

那位仁兄只得為他帶路。

就在河原町藩邸附近，木屋町三條通往上走一點就到了。這町區是花街，只要一入夜就歌絃喧囂。

木屋町有家名為「丹虎」的料亭，店主名叫四國屋重兵衛。此店後來遭新選組攻擊。武市租的是裡院的離屋，現今房子仍妥善保存，名為「瑞山莊」，取自武市之雅號「瑞山」。

龍馬好整以暇地走進丹虎。

龍馬走到丹虎的內宅，接受店主重兵衛的招呼。正如此屋之屋號「四國屋」所示，其祖先正是土佐出身。想必因此店主才一直幫半平太打點身邊的瑣事吧。

「我是丹虎店主四國屋重兵衛。」

他向龍馬招呼道。

「半平太在嗎？」

龍馬如此問道，只見重兵衛支吾其詞：「請您先喝茶吧。」然後就退下了。

接著換了個姑娘進來。長得不是很漂亮，但的確具有京都特色，臉形較圓且下唇較上唇略微突出，是位天真的姑娘。

帶龍馬來此的那位仁兄已和重兵衛一同離開房間，房內只剩龍馬。

「不好意思，只有粗茶。」

姑娘神情戒備地看了龍馬一眼，隨即垂下眼簾為他奉茶。

「多謝。」

龍馬正好口渴，於是大口灌了下去。

「啊，很燙吧？」

「嗯！」

龍馬露出古怪的表情，似乎等著那股熱茶從喉嚨流進肚子裡。

姑娘噗嗤一笑，但隨即止住，她應該覺得龍馬不是壞人吧。不久又進來道：

「請。」

說著領路到離屋。

「武市老師目前不在，但馬上就回來了。」

「沒有酒嗎？」

「這個嘛，敝店這種性質的當然有酒，只是若送酒進這房裡會被老師罵的。」

依舊是個謹慎正直的人啊，龍馬心想。明明身為暗殺事件的幕後黑手，但半平太應該還是過著清僧般的生活吧。

「妳是重兵衛爺的女兒嗎？」

「是的，我叫阿於。這名字很怪吧？」

說完便自顧自低聲笑著離開房間。

這房間。

雖是個房間，但只有三蓆榻榻米大。不過卻是極講究的茶屋式建築，連龍馬都忍不住環視並心想「重兵衛肯定花了不少錢吧」。

最引人注目的是壁龕的南天木柱子；壁龕底板則是上等樟木，木紋十分漂亮。

拉開東側紙門，眼前就是鴨川。不難想像東山朝夕的山容一定很美。

半平太有時似乎會在這裡作畫，因為房裡有些畫具。武市少年時期真的學過畫，造詣可媲美專家。

就在這房裡，半平太有時拿著畫筆，有時潛心策劃暗殺計畫，有時與同志推敲對朝廷及諸藩該如何行動。

「哎呀！」

一名膚色白皙的大漢走進房裡。

是半平太。

「龍馬，我本來不想見你的。唉，但又不得不見呀。」

半平太命人準備酒菜。

「我一直告誡自己這房間是思考及討論天下大事專用的，一直警惕自己嚴禁酒氣。不過既然你來了，就只好破戒了。」

生性嚴謹的武市半平太居然自己打破戒律，這可真是太陽打西邊出來了。

「酒！」

丹虎之女阿於聽他如此下令甚至一臉驚訝地說：

「老師，這樣好嗎？」

龍馬直覺特別強，故立即猜出武市的心意。往好的方面想，武市是把自己當成老朋友，給自己特殊待遇。

但若往壞的方面想，表示武市已不當自己是同志。若還是同志，武市應該會在這房裡跟自己商議國事，也不會叫人送酒進來。

既已非同志，那就喝喝酒，聊聊故鄉事，他應該是這意思吧。說不定對武市而言，就這兩個理由吧。在如此兩種好惡情緒的激盪之下，最後只好以「酒」抒發。

「半平太，我不喝無所謂喔。」

龍馬故意唱反調。

「別這麼說，喝吧！咱倆一起喝個大醉，把國事全拋諸腦後吧。」

兩人若討論起來勢必大吵特吵，架一吵兩人必生嫌隙。以當時情況而言，最後恐怕得流血收場。

「武市，聽我的話吧。」

龍馬道。

「什麼事？」

武市心生警戒。武市關於尊王攘夷論的想法乃是傾其才幹及熱情建構起來的，要是龍馬膽敢提出不同意見，就算只一句他也準備重重反擊。

「你說說看啊。」

「這房子的屁股在哪？」

「屁股？」

「究竟是朝東還是朝西？」

「屁股是朝東。」

「再問一個問題。」

龍馬沒什麼方向感，從小就因此而常被朋友及鄰居嘲笑。

「龍馬，你這毛病還是沒好啊？」

武市忍不住大笑。

「好不了啦。所以才要問你，鴨川在哪個方向？」

「在那片紙門後方。」

「啊，這樣啊。那鴨川什麼流勢？」

「由北向南流啊。」

「半平太，你連這些都那麼清楚，那更應了解凡事不該強求而應聽憑自然，最後再抓準時機，毅然決然斬斷或塞住河堤引發大洪水，一次就使天下情勢完全轉變。絕不能提早斬斷河堤呀。」

「龍馬。」

武市欲言又止，但終於臉色一改：

「再說會吵起來。不說了。喝酒吧。」

說著拿起酒壺。

「這酒就是為這種情況準備的。龍馬，我不跟你辯，你也別再說了。」

「我要說。」

龍馬一飲而盡，又道：

「我偏要說。武市半平太，你應該正計劃要在幕臣勝麟太郎老師身上進行天誅行動吧。」

武市故意裝糊塗。但龍馬緊盯著武市的眼睛，又道：

「你正準備派岡田以藏暗殺勝。我之前走進藩邸大門時瞥見以藏。沒事的話，以藏一看到我就會像小狗般迎上來。但他卻一臉慚愧，只是鬼鬼祟祟躲在樹叢裡。我坂本龍馬雖是個大近視，但我想我還是可以從一個人的表情猜出他有何企圖。」

「以藏是以藏，我半平太可不知道他想做什麼啊。」

「但你會利用你的感化力。一定是你曾破口大罵勝的開國主義吧。殺手以藏不需要別的理由，武市師傅破口大罵的壞人必然死有餘辜。就只是因為這樣。這與受武市指使無異。」

「龍馬。」

武市表情嚴厲地說：

「你真已淪為勝的走狗嗎？」

「我是他門人。」

「那還不是一樣。你可別忘了從前曾跟我發誓說要倒幕救天下呀！」

攘夷即是勤王。

開國就是佐幕。

這就是當時的思考模式。

以日本的國力根本不可能擊退列強大軍。但天皇（孝明帝）卻對此深信不疑，公卿也如此相信。再加上武市等攘夷志士大力煽動朝廷，要朝廷強行要求日本真正政府，亦即幕府，採取如此行動。

最可悲的是幕府。

「辦不到。」

這話幕府自然說不出口。只得一方面和外國締結條約，一點一點進行「開國」，另一方面又向朝廷採取如此「對內外交」：

「遲早會照辦。」

「期限是什麼時候？」

朝廷如此近乎脅迫地逼問幕府。朝廷敢如此是因長州藩及土佐藩武市派人士在背後操弄。只要幕府承認無力攘夷，就將之推翻。他們的計謀就是要把這當成推翻幕府的藉口。

因此對武市等人而言，開國論等於是佐幕。

「我的立場沒變，我還是倒幕主義者啊。不過我要以我的方式去做。因此在我採取行動之前，不准你來搗亂。」

「我沒搗亂。」

「你要殺勝就是搗亂。半平太，我這可是叮囑過你了喔。」

京都之春

「總之。」
龍馬再次叮囑武市：
「別殺勝！」
說完後他就離開「丹虎」。
勝曾一度返回江戶，但沒多久又因將軍上京而循海路至京坂。
當然也進了京都。
京都是長州、土佐藩士等殺氣騰騰的攘夷志士巢穴。可以說他們之中不知有多少人正摩拳擦掌等著勝。

龍馬擔心極了。
一返回河原町的藩邸，他立刻大喊：
「岡田以藏在嗎？」
他進了大門仍繼續喊，同時穿過走廊走入自己房間。
拉開凸格窗，眼前就是高瀨川。外頭正下著雨。
龍馬點亮行燈。
「以藏來了。」
岡田以藏道，同時抓著朱鞘大刀走進房間。
「嘿，好久不見啊！」

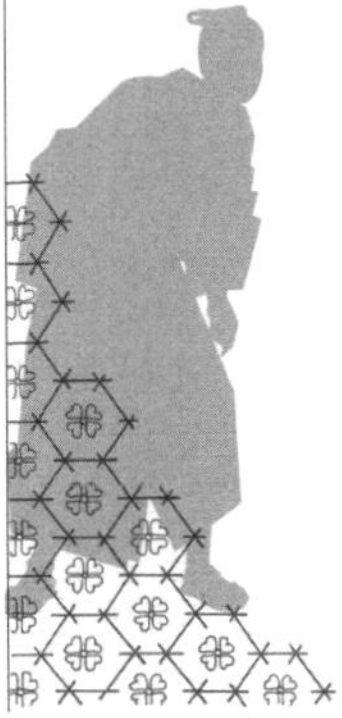

龍馬坐到凸格窗的窗台上並脫下短外褂。

「是。」

以藏本就不多話。不過他卻笑瞇瞇地仰望著龍馬，那模樣似乎是想說：

「我把你當成兄長般尊敬。」

不過他的眼神卻十分駭人。眼裡閃著警戒的光芒一如野獸，即使微笑也無法完全掩飾，實在詭異。那是殺戮者特有的眼神。

「你殺過幾個人？」

龍馬本想這麼問，但又把話吞了回去，只是微笑道：

「我聽到風聲，聽說以藏也冒出頭了。」

龍馬只是這麼說。提到殺手以藏，那可是與薩摩藩的田中新兵衛齊名，令整個京都為之顫慄的暗殺名手。

「盡忠報國罷了。」

「不錯。」

龍馬點點頭。以藏單純的腦袋似乎認為只有殺人才能將國家導向統一之路。

「對了，以藏。」

「是。」

「不久，日本最偉大的人物就要到京都來了，你去幫我保護他吧。」

「是哪位呢？」

「幕府的軍艦奉行並，勝麟太郎老師。」

「啊？那人不是奸賊嗎？」

「你本來計畫殺他嗎？」

「是啊。」

「去保護他！」

龍馬不厭其煩地解釋，希望以藏單純的腦袋也能了解。

「理由我就說到這裡。總之，既然你相信龍馬，那就好好保護龍馬相信的勝老師。以藏，拜託你了！」

龍馬默默凝望著高瀨川的夜雨。

「拜託你了！」

自從受龍馬如此託付，殺手以藏就坐立難安。也難怪他會煩惱。開國論者勝海舟在攘夷論者武市半平太眼裡可是個「大奸賊」呀。

「坂本爺卻要我保護他，這不等於叫我背叛尊敬的武市師傅嗎？」

他心裡這麼想。想歸想，事實上，對以藏這種毫無學問之人而言，師傅武市半平太是個難以親近的存在。

相較之下，以藏覺得師傅的友人龍馬還比較容易親近。不僅如此，從前在大坂高麗橋蒙受龍馬大恩的事更教他難以忘懷。

「然而他卻從未以恩人自居。」

真教人感激。

以藏要感激龍馬的還不止於此。

以藏的身分是足輕。足輕在土佐藩比他藩更遭到鄙視，藩裡甚至規定他們在正式場合不准報出姓來，歧視之深由此可見。

藩裡的同志，就連武市半平太望著以藏的眼神也有些輕蔑。

「足輕！」

對此特別敏感的以藏自然看得出來。

「就只有坂本爺不會這樣。他曾對我說——人本無上下之分，人世的位階只是太平盛世的裝飾品，只要天下大亂這些就會一一剝落。要想成事就必須培養智仁勇。」

以藏左思右想，實在想不通。於是去找師父半平太，一五一十對他說。

果然武市臉色十分難看。

「你身為攘夷者，竟然還要去保護勝？」

他瞪著以藏的眼睛彷彿這麼說。

「也罷。龍馬也有他的想法吧，你就照他的話去做。」

他不悅地說。

這年文久三年（一八六三）二月二十六日，勝依預定計畫乘順動丸再度來到大坂。

隨即上京。

龍馬到勝的宿舍去見他，並將以藏介紹給他。

「這人是我同藩的岡田以藏，您外出時請務必讓他跟在身邊。」

「給我當保鏢嗎？」

勝的直覺很強。但他也聽過岡田以藏的傳聞，這人不是一心以為殺人就是尊王攘夷的瘋狗嗎？

「龍馬怎麼偏偏帶這怪人來呀？」

勝心中也有如此疑問，但他既然相信一個人，就不會追問「為什麼」。

「那就讓你跟著吧。」

打從這天開始，他就隨身帶著以藏。

勝上京後，殺手以藏就像小狗般無時不刻跟在他身後。

勝在二條城開的會議較晚結束，退席時都已入夜。貼身侍衛是名叫新谷道太郎的年輕武士。這人應該直到昭和十三、四年才過世，享壽九十餘歲。

道太郎及以藏都安分地在城內的隨扈休息室中待命。

「哎呀，時候不早啦。」

勝在門口穿上草鞋，不經意地抬頭看看城的箭樓，發現方才高掛天空的月亮已消失不見。

「會下雨吧？」

勝自言自語。

「這個嘛，大概半夜才會下。」

以藏道。他似乎靠皮膚就能感知雨氣，對晴雨的直覺特別敏銳。

「不過，雨將下不下的晚上是最危險的。」

「你的意思是，刺客專挑這種晚上下手嗎？」

「是，這是屬下的……」

「哦，你的意思是根據你的經驗嗎？既然是專家說的，那絕對錯不了。」

因為如此夜晚壯士特別容易熱血沸騰，這情形岡田以藏再清楚不過了。

「那，咱們出發吧。」

三人從城的小門走出城外。

走過正門的橋，就是沿著護城河的大路堀川通。勝的宿舍是在六角通新町的紀州屋敷，離二條城不算近。

提燈有兩盞。

一盞是由年輕的道太郎提在前面領路，另一盞則由以藏提著，緊貼在勝的左側亦步亦趨。三人順著堀川往南走。

勝是個無法不說話的人，嘴巴總是停不下來。

以藏一路保持沉默。

「你真木訥。」

「……」

以藏只是默默低頭。因為開口就注意不到四周的情況了。

「還是別再殺人了吧。即便殺死百人，甚至千人，也無法扭轉時勢的變化呀。」

「……」

走過越前屋敷的圍牆，來到當地人通稱「押堀川町」附近時，堀川河畔的柳樹微微有了動靜。

發現那邊有所動靜的是以藏的直覺。

果然，突有數人腳步聲蜂擁而至，幽暗的夜色中隱約可見刀刃的白光。

「奸賊——」

應聲躍出的身影有兩條。以藏撲上前去，幾乎撞上黑影，然後趁錯身之際拔刀砍下。

隨即反手再一刀，朝左手邊那人攔腰削去，同時大喊：

「明知是土佐的岡田以藏還敢來找碴嗎？」

這話大概頗具嚇阻效果吧，五、六條人影竟哀號著逃走了。

以藏收起佩刀。

依然無言。

對方的血濺到勝的裙褲上。

但勝只是面不改色地把手放在懷中，氣定神閒邁開步子。

以藏不住喘息但仍沉默不語，靜靜走在勝的左側。

勝晚年曾簡短記下這天晚上的情形：

三名壯士（勝記得對方人數有三）突然出現眼前，不發一語就揮刀砍了過來。我大驚之下趕緊往後退。我身旁的土州武士岡田以藏立即拔出大刀將其中一名壯士攔腰砍成兩截。

「窩囊廢，想幹什麼！」

他如此大喝，其他兩人懾於其氣勢而倉皇竄逃，我也僥倖自虎口脫險。不管怎麼說，真佩服岡田迅雷不及掩耳的刀技。

以上是勝的敘述。不過根據其他記錄所載，敵方都有好幾人，岡田殺了兩人。不論何者，岡田顯然都是殺了與自己相同立場的「攘夷主義者」。

此事件發生後，岡田便蒙上此罪名。

其實以藏本來就不管什麼主義或思想，就像多數二流甚至更低水準的「志士」一般，促使他縱身躍入風雲之中的無他，就是他的衝動血氣。要花腦筋的事全交給師傅武市半平太，他只管行動。只要武市叫他做他就做。即使武市沒出聲，只要自己認為「殺了這奸人就能贏得師傅的讚賞」，便下手殺人。

就只是這樣。這回以藏則是把花腦筋的部分交給龍馬。

「……」

勝無言地邁著步子。勝是幕末奇人且自認膽識過人，但畢竟這還是第一次看到有人慘死在自己眼前，故多少有些心神不寧。

勝終於喚道：

「岡田君。」

語氣顯得十分不悅。

「你看來頗精於殺人之道，但這並非大丈夫所應為。所謂的大丈夫是，即使被殺也不殺人。」

「……？」

「今後最好改掉方才那種舉動。」

「勝老師。」

以藏不服氣地反駁：

「這對我來說完全無法理解。要說方才情況的話，當時若不是我在，老師早就身首異處了吧。」

「說得也是喔。」

愛說教的勝一時忘了自己的立場，竟對以藏說起教來了。

勝晚年每次提起此事總是苦笑說：

「這麼一來我就無話可說了。」

其實勝想說的是，一個人的生命與一個國家的生命是一樣重要的。但以藏終究沒來得及弄懂，就結束其短暫的生命了。

龍馬到京都後，一直到三月初才去拜訪田鶴小姐。寺町通往北，走進清和院御門，就是公卿宅邸區。櫛比鱗次的宅邸都種著參天大樹，堪稱「公卿之森」。

龍馬走進三條屋敷，遞上名牌求見田鶴小姐。

「原來是土佐藩士坂本龍馬爺呀。」

負責傳達的小廝進去通報，並未特別覺得奇怪。因為土佐侯山內家與公卿三條家是姻親關係。自然經常有土佐藩士因公或因私來訪。

田鶴小姐這時正在邸內信受院夫人的房間，與夫人玩著雙六（譯註：類似升官圖的遊戲）。信受院夫人是前任當主三條實萬的未亡人。

實萬。

是三條家前任當主，因受井伊直弼掀起的安政大獄連累而奉命退位並出家，後隱居於京都北區一乘寺的堀之內。

隔壁住著名為渡邊喜左衛門的鄉士，他經常和喜左衛門喝茶聊天。某次有人送他茶點。

特別喜歡甜點的實萬道：

「喜左衛門，我們來吃吧。」

兩人便吃了起來。喜左衛門當場中毒身亡。

喜左衛門臨終時道：

「大人，這點心有毒。一定是幕府的詭計，您千萬別吃啊！」

實萬一臉悲痛地回答：

「我已經吃了呀！」

連忙找來醫師催吐，但胃中大概仍有毒藥殘留，終於在十天後的安政六年（一八五九）十月六日亡故，享年五十八歲。

下毒的元凶井伊大老在翌年萬延元年三月三日大雪之日，遭十八名水戶及薩摩浪人狙殺於櫻田門外，如此總算報了實萬之仇。但父親實萬遭毒害的怒氣使得實萬長子實美（維新後陸續擔任太政大臣、內大臣。明治二十四年〔一八九一〕過世）成了公卿中最激進的討幕派份子。

信受院即為其未亡人。

田鶴小姐就是其生家山內家派來陪她的。信受院就在她的陪伴下消磨晚年。

田鶴小姐十分忙碌。三條家為討幕立場之家，故田鶴小姐經常得照顧土佐藩出身的志士。

比方說龍馬的同志池田內藏太（脫藩者），他從江戶返鄉途中因無旅費而陸續變賣大小佩刀及衣服後，以乞丐之姿站在三條家門前。這時她就提供他刀及旅費。

同為龍馬同志的河野萬壽彌（維新後改名敏鎌，歷任諸大臣，後獲封子爵。明治二十八年〔一八九五〕過世）從江戶返回老家途中病倒在京都藩邸，田鶴小姐看他可憐，不僅給他寢具還派了一名自己的貼身丫環照顧他。

「龍馬大爺嗎？」

田鶴小姐正玩著雙六的手突然靜止。

「請他進來。」

田鶴小姐道。負責通報的小廝退下後，她就低下頭重新盯著雙六的盤面。

「真不想讓信受院夫人看見我的表情。」她如此暗想。偏偏信受院夫人卻興味盎然地盯著田鶴小姐。

信受院夫人是個笑容可掬的老太太。田鶴小姐覺得她最近似乎變得較蒼老，但畢竟是土佐二十四萬石的千金出身，隨著年齡漸長更顯氣質出眾，反而較年輕時更美。

「田鶴，我看得出來喔。」

信受院夫人微笑道：

「龍馬就是坂本龍馬吧。聽說他雖然身分卑微，卻是個風趣的武士。」

「是。」

田鶴小姐依舊把臉伏在盤面上方咬著嘴唇。因為她正拚命忍住不讓自己臉紅。

「田鶴。」

「是。」

「妳喜歡他吧？」

田鶴小姐驚訝地抬起頭來，只見信受院夫人嘴邊一抹毫無惡意的微笑。

「我早就發現啦。妳告訴我藩士們的傳聞時，只要講到坂本龍馬，眼睛就發亮。難道是我自己想歪了嗎？」

「什麼想歪了？」

「呵呵，抱歉，用了怪詞。應該說是『推測』吧。不過我也因龍馬一直沒現身而為妳感到不平呢。」

「不，那是……」

「妳不必找藉口啦。女人對男人產生思慕之情是天生自然的。何況田鶴品行也端正，所以我才敢安心調侃妳的。這雙六就別玩了吧。」

「這……」

田鶴小姐連忙拿起搖骰子的竹筒。

「田鶴，妳緊張什麼？接下來是該我呀！不過，別玩了吧，我給妳自由時間，一直到明天為止。你們好好聊吧。」

信受院夫人喜歡《源氏物語》，又生在大名之家，因此對這類事情特別通情達理。

「只有一件事……」

她促狹地望著田鶴小姐道：

「我想既是田鶴應該不會出差錯啦，不過還是要提醒妳，可千萬別做出會生小孩的糊塗事喔。」

「哎呀！」

「田鶴，妳雖是我下屬，但我可是把妳當成寶貝呢。所以唯獨這件事，希望妳能理解。」

信受院夫人似乎十分通情達理，但畢竟是貴族，所以也很霸道。

……

田鶴小姐在自己房間照過鏡子後，就到大門邊的小房間去了。

「好像快下雪了呀。」

她從中庭的走廊仰望天空，無意義地自言自語。

這是為了讓自己穩住情緒。

龍馬就在小房間裡。

「喲，好久不見。」

「是啊。」

田鶴小姐靜靜落坐，舉措動作之端正，真不愧生在土佐藩譜代家老之家。

「龍馬大爺身體可好？」

「挺不錯的。」

「這樣嗎？」

田鶴小姐的話語都很簡短。因為在鎮定下來之前若不注意少說點話，真不知道自己會說出什麼話來。她自己都不敢相信自己了。

「田鶴小姐也是別來無恙啊。」

龍馬並未這麼說，他本就不像一般人那樣客套。

只是傻傻地摸著下巴。

仔細一瞧，他身上的黑棉短褂已沾滿旅塵，連紋路都變成灰色了。

「還是一樣髒兮兮的。」田鶴小姐心想。

「龍馬大爺。」

「是。」

龍馬聲音怪怪的，很沙啞。來見田鶴小姐似乎差點要了他的命。

「果然龍馬大爺也想著我。」

田鶴小姐心想。這麼一想就鎮定下來了。雖然自己是女人，但我也覺得女人真是奇妙。想著想著嘴邊竟浮上一抹微笑。

「什麼事？」

「沒什麼，只是，那件短褂……我做一件新的給您吧。」

「很髒嗎？」

「有點啦。」

「吹風淋雨都只穿這件，難怪啊。」

龍馬說著舔舔袖口。

「都變鹹了。」

「鹹？」

「江戶、大坂之間我是走海路。京都、大坂之間通常是走陸路。所以除了鹽味，還沾有路上的塵土味。」

「您的味覺很靈啊。」

「不過卻一直沒能好好吃頓飯。」

「我請您吃飯吧。」

「拜託妳了。」

龍馬以單手拜謝。

「不過我才不跟全身髒成那樣的人一起去吃飯呢。至少那件短褂……我叫人拿件沒印家紋的黑縐綢短褂給您換上。身上那件短褂就丟了吧。」

「丟掉會被罵的。」

「哎唷，哪位會罵您呀？」
「這件是千葉道場的千金，是位名叫佐那子的姑娘做給我的。」
「龍馬大爺……」
田鶴小姐突然芳心大亂。
但隨即擠出微笑。
「那位佐那子小姐是您的未婚妻嗎？」
田鶴小姐問道。
「不是，不過很熟。」
「究竟有多熟？」
終於露出質疑的語氣。
「她是北辰一刀流的同門。不，應該說是師傅家人吧。她是貞吉老師傅的女兒，我獲頒的『免許』證書上面也列有佐那子小姐的名字。」
龍馬從懷中掏出一卷證書，說是因想把這證書寄給老家的乙女姊才帶在身上的。
「因為路上麻煩。」
「能不能借我打開看看？」
「可以啊。」
打開紙卷一看，最後果然列著許多人名。以祖師爺千葉周作成政為首，接著是龍馬的直屬師傅亦即周作之弟貞吉政道，然後是「重兄」千葉重太郎一胤，旁邊還列了重太郎的三個妹妹，名字分別是佐那子、里幾子、幾久子。
里幾子和幾久子兩人嫁得早，因此現已不住在千葉家。只剩下長女佐那子。
「裡面有個佐那子對吧，就是她，這件短褂就是她縫給我的。她已獲『免許皆傳』資格，是個勁敵啊。」
「長得一定很漂亮吧。」
「大家都這麼說啦。」
「龍馬大爺也這麼認為吧？」
「那當然。」
田鶴小姐悵然捲起證書。

「我幫您寄去給乙女小姐。然後我還要請您吃飯。所以請移駕到前面一點的清水明保野亭。」

「穿這件短褂去就成了吧？」

「雖然這衣服很髒，田鶴不喜歡，但既是龍馬大爺心中重要人物親手縫製的，那就穿著吧。」

她冷冷說道。

龍馬走出大門。

「哇！」

已經開始下起雪來了。

「今晚會積雪吧。」

攔了街頭載客的轎子。

途中在柳馬場三條下一帶遇到火災，龍馬也下去看熱鬧。

起火點是家理髮店，已延燒至隔壁商家，只見第三間房子的木板牆熊熊竄出火舌。

房子不算大，但門面看似頗有來頭。

「那是誰的房子？」

龍馬問道。轎夫回答：

「屋主已經過世了，是位名叫楢崎將作的名醫。」

「楢崎？」

龍馬立刻衝進火場。

他聽過這名字，是當年安政大獄時慘遭逮捕、死在獄中的勤王份子。

龍馬常聽說楢崎將作的遺族生活十分窘困。

聽同志說，其未亡人把房子分租給幾家人，就靠租金糊口，收入想必相當微薄吧。這下偏又遇上火災。

「丈夫枉死獄中家裡又遭逢火災，這教人如何承受啊。」

龍馬就是因這想法而不顧一切衝入火場的。

說好聽點是俠義之情，但龍馬對如此美談卻不感興趣。他平時凡事都慢吞吞的，但一見如此事態就奮不顧身衝上前去。

「怪人。」

龍馬自己並不這麼認為。

但這回的衝動模樣委實太過異常。這起「火災」日後將為龍馬的命運加入新的元素，此時，應該就是受那看不見的事物牽引而一頭衝進去的吧。

「讓開！讓開！」

龍馬推開密密麻麻的人牆，兩耳同時聽著街上群眾的交談。他抓住了幾項重點。

遺族中似乎有個名叫次郎的男孩，事後才知道這孩子當時九歲。

據說這孩子脫口大喊：

「佩刀！佩刀！」

然後又衝進好不容易才逃出來的火場。

事後才知這佩刀是他們賣盡家產後僅剩的亡父遺物。

「你會被燒死呀！」

「濃煙會把你嗆死啊！」

眾人只是七嘴八舌大喊，卻沒人要去救他。

不，其實有個武家小姐打扮的姑娘曾企圖衝上前去。應該是他姊姊吧。

附近的人拚命抱住她。看這火勢，這應該是旁人能做到的極限了。

「放開我！放開我！」

姑娘拚命掙扎。

「好！我去吧！」

龍馬向消防員借來一套浸濕的草席和一支救火鉤。

「在我身上澆水！」

龍馬命令道。

立刻有水兜頭澆下。

「刀就拜託一下了！」

他解下大小佩刀，丟在地上。龍馬記得是這樣，但事後冷靜一想，才發現自己其實是交給那個姑娘了。

他奮不顧身衝進火場。

以救火鉤及濡濕的草席揮開燒落的大小火花一步步前進。走到內院時，裡面早已濃煙密佈。

「小爺！」

龍馬終於看到倒在地上的男孩。

少年似乎已窒息。

龍馬迅速撈起少年並把濡濕的草席蓋在他身上，就此姿勢「砰」地以左肩用力撞擊木板牆。三枚木板的釘子被撞開。龍馬抬起腿使勁將木板踹倒，然後跳進狹窄的胡同裡。

緊鄰的是隔壁人家的後門。濃煙使龍馬睜不開雙眼，他擦擦眼淚，好不容易張開眼睛，這才發現這裡尚未遭火舌侵襲。

他從後門跳進隔壁人家。屋裡的人已帶著家財避火災去了，但空房子裡擠了約十名消防員，正忙著在柱子上綁粗繩，準備拉倒房屋。

「辛苦了。」

「咦！」

消防員反而被嚇了一跳。一個頭髮燒捲、滿臉煤灰、一身浪人打扮的彪形大漢突然自火場出現，任誰見了都會大吃一驚。

「大爺，您褲子著火啦。」

「哇！」

他蹭蹭雙腿把火弄熄，然後道：

「先別拉倒，先別拉倒啊。」

說著邊走出屋外。

圍觀人牆一片譁然。

龍馬將孩子放到地上，朝他嘴裡吹氣。

「小爺，佩刀沒找到嗎？」

「嗯。」

少年天真地點點頭。

「別再做傻事了。佩刀到處都有賣，要幾把有幾把。把那種東西當成父親重要遺物或稱之為武士之魂，是對自己缺乏信心的傻瓜。父親最重要的遺物就是你呀。」

少年五官十分可愛。龍馬只聽過已故楢崎將作的一些逸事，說不定這人是個料想不到的美男子。龍馬如此推測，突然想起：

「對了！田鶴小姐……」

他連忙衝了出去，轎夫還在等他。

「喂，你沒逃走啊？」

「大爺，您還沒付轎子錢哪。」

「啊，對喔。立刻帶我到明保野亭。」

轎夫抬起轎子拔足飛奔。

「好奇怪啊，大爺，我是幹這一行的所以感覺得出來，您好像變輕了呀。」

「你這麼一說我才想到，我竟將大小佩刀忘在火災現場了。」

龍馬這才注意到。他茫然地回想，究竟交給誰了呢？

「您這麼一說小的也想起來了，大爺的佩刀是有個年輕姑娘抱在手上啊。不過大爺走出火場時她就不見了。」

「被偷了吧。」

「這可不是開玩笑的，回去找找吧。」

「我不喜歡走回頭路。你把那邊那個路人叫住，請他到火災現場幫我傳個話，就說我是土州藩士坂本龍馬，叫他們把刀拿到清水的明保野亭來。」

「您還真看得開呀。」

轎夫扛著轎子爬上產寧坂，在明保野亭門口順溜地放下轎子。

龍馬走出轎子。

腰間沒佩刀，全身溼答答的，裙褲緊貼在大腿上。不僅如此，頭髮多處燒焦，臉上還沾滿煤灰。這樣還想和田鶴小姐「幽會」？那真是門都沒有。

「大爺。」

就連轎夫也看不下去了。

「小的似乎不該這麼說，但您這一身也實在太不像樣了。」

衣袖燒焦了，手臂上垂著破布。

「真像個乞丐呀！」

龍馬自己也覺得滑稽，竟忍不住哈哈大笑。

轎夫對這武士實在太有好感了，因此又多管閒事說：

「大爺，說到明保野亭，在京都也是名店，您應該是常客吧？」

「不是常客的話又如何？」

「喔，以您這身打扮他們是不會讓您進去的。小的不會做對您不利之事，請您在這裡稍待，這附近有家與我們頗有交情的舊衣舖，我去幫您租套衣服。」

「謝謝，不過我這樣應該還行吧。」

「不成呀。」

轎夫很是堅持。

兩人這番爭論，明保野亭的僕人不知躲在哪裡，全看在眼裡了，還向老闆娘緊急報告。

「淡島的乞丐來敲詐了。」

因此全店上下都起了騷動。在三條橋下一帶搭小屋而居的乞丐經常以賣淡島的護身符為由，以如此打扮站在風月場所的店門口推銷，並故意搗蛋以得到一點小錢。

「是個坐轎子的乞丐。」

「什麼長相？」

「是個彪形大漢。」

據說龍馬身高達五尺八寸，因此在當時是個引人側目的彪形大漢。

正當如此騷動之際，一直在離屋獨坐的田鶴小姐從走廊上的騷亂情形也猜出大致的情況了。

「恐怕是……」

她拍了拍手道：

「門口的乞丐身上家紋是何模樣？」

「是桔梗紋。」

「喔，那人不是什麼淡島乞丐啦。他是以前來過的客人，快請他進來！」
「只是，才短短數刻，龍馬大爺怎麼就變成那副模樣了呢？」
龍馬進來了。
田鶴小姐不禁瞪大眼睛。
「怎麼回事？您這一身……」
田鶴小姐皺起眉來。
「真是個不能讓他離開視線的小孩子呀。」
她心想。數刻前他才到梨木町的三條宅來找我，怎麼一下子就變成這副渾身泥灰的狼狽樣呢？
「您的衣袖都破爛不堪了。被火燒過、被水淋濕又沾滿泥灰，這樣豈不是糟蹋了心愛女人為您縫製的衣服嗎？」
「都是田鶴小姐害的啦！妳一再挑我短褂的毛病，這下真的變成這德性了。」
「我害的？你胡說些什麼呀！明明是您自己不知在哪裡惡作劇搞壞的。」
「我又不是小孩子。」
「既然是龍馬大爺，情形多半就是這樣。究竟發生什麼事啦？」
「柳馬場發生火災了。」
「火災，然後呢？」
「嗐唷。」
龍馬簡短說完後，故意打著哆嗦道：
「好冷！沒想到火災會讓人這麼冷。」
「不僅冷，還很髒喔。」
田鶴小姐調侃道，同時命明保野亭的人立即準備洗澡水。
幸好水早已燒開。
「不，不用洗澡了！」
龍馬從小就不愛洗澡，這壞習慣至今未改。
「不行！龍馬大爺。您這身狼狽樣會害店家事後得非換榻榻米不可。來，讓田鶴幫您洗吧。」

「不，不用了。」

「關於你的傳聞，我早就聽說啦。」

田鶴小姐笑道。她所謂的傳聞是，龍馬小時候都是被乙女姊再三斥罵後才肯讓她幫他洗澡的。乙女姊要是有事走不開，要他：

——今天自己洗。

龍馬就乖乖回答「好」，但只把毛巾沾濕就回來了，臉和手腳都還烏漆嘛黑的。

——龍馬，你洗好了嗎？

乙女問他，他就回答「洗好了」，說著還把毛巾拿給乙女姊看。髒兮兮的臉就是說謊的證據，但龍馬都沒注意到。所以乙女總是得陪他去洗。

田鶴小姐「早就聽說」的，就是指這事。

「來，走吧。」

田鶴小姐帶龍馬到浴室，站在更衣間盯著龍馬脫衣服。

「真尷尬呀。」

龍馬什麼都不在乎，卻有個怪癖，那就是不輕易讓人見他裸身。前文曾提及他生來背上就長著濃密的漩渦狀毛髮。這雖不至於難看，但他自己卻像個女人般為此感到害羞。這事田鶴小姐也早聽說，這才故意捉弄他的。

龍馬拿小木盆舀起水「唰」地淋在肩上，因煤灰及泥砂而髒兮兮的身體彷彿流出黑色汗水。

「好痛！」

仔細查看才發現肩膀和腿上到處是燒傷及擦傷的痕跡，這慘狀簡直就像剛從戰場回來似的。

不一會兒，打扮成昔日乙女姊模樣的田鶴小姐走進浴室。她以紅色束衣帶交叉固定住衣袖，並將衣襬利落地捲至膝蓋，一點也不像個千金大小姐。

「龍馬大爺，我來幫您刷背。」

「不要！」

龍馬連忙跳進澡盆。因為他不喜歡被人看見他的背，又不敢把正面裸露在田鶴小姐眼前，以致如此進退兩難。

他讓水浸至脖子，道：

「田鶴小姐怎麼也像乙女姊一樣啊。」

「是龍馬大爺讓我變得像她的吧。看到您這模樣，就覺得非這樣照顧您不可，否則您似乎沒辦法好好過活。說來都要怪龍馬大爺自己呢。」

「我很可靠啊。」

「那只是嘴巴說說而已——」

「也許是喔。」

「您真叫人操心呀。江戶那位叫佐那子的小姐想必也是這麼認為吧。」

「妳說的對。」

龍馬垂下頭仔細想想，佐那子雖然凶巴巴的，卻有一種近乎嘮叨的體貼。

「龍馬大爺不打算娶太太嗎？」

「大概不娶了。」

「為什麼呢？像您這樣更需要太太照顧呀。」

「如果生在太平盛世，我大概就會順著亡父的希望，拜託大哥權平助我在高知城下開家道場，以刀客身分終此一生，討個平凡的老婆、生孩子，即使鄰居嫌我怪也能安穩過活吧。不過……」

「您卻生在亂世，對吧？」

「是啊。自古亂世出英雄。我連家都不想要。」

龍馬的臉愈來愈紅。熱水實在太燙了。

「哎唷，受不了啦！」

他終於跳出浴盆。

田鶴小姐就等著這一刻，她讓龍馬把背轉向自己。龍馬的背部果然十分雄壯。而就在背脊中央，長著茂密的怪毛「龍之鬃毛」。

「哇，我曾聽過這事，原來這就是龍馬呀！」

田鶴小姐感嘆道。或許是上天為重整這亂世，特將這龍之化身降至人間的！她半當真地如此尋思。

田鶴小姐在龍馬背上沖水，接著以米糠袋使勁刷了起來。

「好怪的毛喔。」

田鶴小姐心裡一定這麼想吧？龍馬一思及此就忍不住想縮起身體。這些毛髮是龍馬煩惱的根源，幾乎都要恨起母親為何將自己生成這副可笑的德性了。

正為龍馬刷背的田鶴小姐也感受到他如此心情，更想捉弄他了。

田鶴小姐覺得可笑的是，這個凡事不在乎、散漫、完全不體貼女人的年輕人，竟只因背上的毛髮就羞得像個少女似的。

不過龍馬心情大好或喝醉酒時，也曾在藝妓面前裸露上半身道：

「怎麼樣？現在知道龍馬的意思了吧？」

也曾有這種時候（話雖如此，據說一生也不過就兩次）。

但他平常即便是酷暑也不在人前打赤膊。每個人多少都對自己身體懷有自卑感，但這份自卑感似乎從小跟隨著他，一生都沒能擺脫。

然而在旁人眼中，自己覺得丟臉的地方卻反而是可愛之處。就連田鶴小姐也認為：

「龍馬就是這樣才可愛。」

「龍馬大爺……」

田鶴小姐另闢話題：

「聽說您成了開國主義者喔。」

這詞在當時具有「賣國賊」、「佐幕份子」甚至「賣國奴」的強烈意味。

「我是攘夷主義者啊。」

龍馬反駁：

「我坂本龍馬願為尊王攘夷志業犧牲性命，但我主張的攘夷並不是公卿及一般攘夷志士所謂的的攘夷。打個比方吧，田鶴小姐現在手裡拿的是米糠袋吧？」

「是呀。」

「有種更便利的東西叫『肥皂』。一般攘夷志士認為使用肥皂皮膚就會發出夷臭，但我龍馬不但要使用肥皂，也要用軍艦及西式火砲，要穿皮靴、使用與列國相同的工具，重新打造一個全新的日本。」

「您這種論調會害您被充斥在京都的攘夷志士殺死的。」

「不，以目前時勢說這些只會引起誤解，因此時機成熟之前我是絕不會說的。但田鶴小姐應該也是頑固的攘夷主義者吧。」

「主家三條家目前被天下攘夷志士奉為神明般，田鶴既然是此神明之侍女，當然也是愛用米糠袋的攘夷主義者囉。」

「田鶴小姐，這樣就行了。」

龍馬已經受不了了。

「不行，我還要幫您洗頭。您這頭沾滿煤灰，充滿焦臭味又滿是頭垢。我真沒見過這麼髒的頭啊。」

「喔……」

「要是把全日本最臭的味道集中起來塑成頭的形狀，那一定會變成龍馬大爺的頭吧。」

「說得好過分啊。」

奇怪的是，小時候乙女姊幫自己洗頭時也說過類似的話。

「原來女人說的話都一樣啊。」

其實只要接觸到龍馬，不管哪個女人最後都會說出同樣的話，甚至做出同樣的舉止吧。

「把耳朵摀住。」

田鶴小姐毫不容情地解開龍馬的髮髻，拿熱水從頭頂澆下。

「哇！好黑的汗水喔！」

無論如何先把頭髮梳開，除去污垢，重複幾次後再沖熱水。就這樣，澡盆裡的熱水就少了近乎一半。

總之這頭實在髒得離譜。

「您要是一直頂著這頭，女人是不會睬您的啦。來，接著坐到外廊去吧，我幫您梳髮髻。」

大概是田鶴小姐事先交代過老闆娘了吧。更衣間已放著全新的薩摩飛白花紋衣服、正裝裙褲、衣帶、內衣，甚至連兜襠布都備齊了。獨缺最外面的短褂，大概是打算稍後再補上印有家紋的短褂吧。

穿上這些衣服後，龍馬走到房間的外廊上。

田鶴小姐已備齊工具等著他。

「來，請坐在那邊。」

一般說來，武士的頭都是由男性梳髮師或年輕武士代梳的，不能讓女人碰。這並無嚴格規定，卻是戰國時期以來的舊習。武士的頭是為了梳去見敵方大將的，所以平時不讓女人摸——據說有此冠冕堂皇的俗說。

不過龍馬在十四歲行成人禮之前，即便成人禮之後，也一直是由姊姊乙女為他梳頭。

這田鶴小姐也知道。總之她覺得龍馬從頭到尾就是個必須靠女人打點，否則就活不下去的年輕人。

因為這樣，田鶴小姐竟對龍馬身側的其他女性感到嫉妒，真不像平常的她。但她仍口是心非道：

「龍馬大爺，早點娶老婆吧。」

說著利落地梳起髮髻。

不一會兒就梳成一個雙鬢服貼的油亮髮髻。

「好難受啊。」

龍馬以雙掌把兩鬢搓鬆。這就是志士間有名的「龍馬髻」，兩側膨鬆地隆起。

酒菜來了。

「龍馬大爺，不是因為請您吃飯才藉機向您說教，不過您是不是有些過度散漫呢？」

「是喔。」

龍馬知道田鶴小姐想說什麼。

「猖獗」

有這麼個漢語。兩個字都是犬字偏旁。根據字典的解釋是：「如猛獸瘋狂亂闖似地橫衝直撞。」

眼前的京都，二、三流的「勤王志士」猖獗，每天都腥風血雨的。這些二、三流的志士以「天誅」之名四處殺人；四流志士則以抽「攘夷稅」為名，闖入富商家及本願寺等處，如同強盜般強行勒索。

「這樣也算勤王活動嗎？」

龍馬懷疑。他堅信這些猖獗份子的所作所為既無法推翻幕府更無法攘夷。

堪稱一流志士者如薩摩的西鄉、長州的桂小五郎等皆非此類。但同屬一流的長州藩志士卻帶有「猖獗的氣質」。

高杉晉作、久坂玄瑞等松下村塾系的年輕人行動火爆，有如吃了火藥。不僅如此，此藩遊說公卿的工作進行得十分順利，京都朝廷已完全被長州藩籠絡，簡直就像長州藩的分店似的。

長州藩抱持的是堅持無論如何都要攘夷的暴走主義，因此公卿大力支持。

「只要以日本的武力，必能一舉打倒區區洋夷。」

他們對此深信不疑。

這回長州藩的久坂玄瑞及寺島忠三郎（兩人皆於蛤御門之變中自盡）也煽動公卿，要他們以天皇之名催促幕府：

「確實進行攘夷！」

幕府狼狽已極，江戶幕府根本無力和整個世界對戰。

「所有人都十分活躍呢。」

田鶴小姐指的是龍馬的盟友久坂等人。

朝廷也逐漸形成清一色的長州思想。佐幕派的前關白九條尚忠、致力推動和宮降嫁的岩倉具視（後轉為討幕派）及千種有文等人都奉命暫時閉門反省。反之，田鶴小姐主家之少主三條實美等激進派攘夷思想家卻開始得勢，長州藩就在其背後策劃。依此情況繼續發展下去，勢必形成朝廷、長州聯合的「京都政府」。

此期間，原本一直是勤王先鋒的薩摩藩便暗中整兵，靜觀時勢。他們懷疑長州藩其實是想擁天皇而自行取代幕府。

接著，將軍上京。

幕府首腦部自然也隨之移往京都。

京都情勢呈現一片渾沌，新選組也誕生於此時。

「龍馬大爺，到三條邸來的諸藩志士也經常提到您呢。」

公卿三條家之故主為實萬，現任當主為權中納言實美，父子二代皆持尊王攘夷立場，故一直是京都志士的希望之星。

三條邸自然成為志士的聚會場所，更成為激烈輿論之中心。

其中也常傳出「土佐的龍馬」或「海南的坂本龍馬」的消息。這些攘夷志士對龍馬的期待相當高。

而如今龍馬卻悄悄變成開國論者。

不僅如此，甚至還緊跟在幕臣勝海舟身邊，簡直是陣前投敵了。一般說來是會遭同伴誅殺的。

但龍馬十分狡猾。

「這只是攘夷討幕的權宜之計。」

他如此宣稱。目前京都正值激進攘夷派猖獗之時，在這節骨眼上即便唱反調也無濟於事。

「時機終將到來。在到來之前只能靜靜準備行動。」

龍馬正狡猾地進行。他這人本就外表看似遲鈍，腹中卻暗藏玄機。

此腹中玄機他決不輕易示人。

開國論者在京都一定會被砍死，就像砍蘿蔔一樣隨便。殺手中最活躍的有「三大殺手」之稱的三人：土佐的岡田以藏、薩摩的田中新兵衛及肥後的河上彥齋。其他不三不四的殺手也虎視眈眈搜尋「施以天誅的對象」。

他們都是狂熱的信徒，相信這就是攘夷興國的唯一方法（他們使京都陷入幾乎無警察狀態，因此幕府才會組成見敵必殺的武裝警察，諸如新選組及見迴組等）。

偏偏這些人卻特別敬慕龍馬，總是「坂本師傅」長「坂本師傅」短地要來親近龍馬，所以龍馬實在太狡猾了。

或許不該說是狡猾，因為龍馬是打從心底關愛他們。龍馬望著以藏等人時的眼神總是溫柔得幾乎要令人融化。如此有關人的問題似乎較討論天下國家大事更為重要。

他們也了解。

「龍馬愛我們。」

他們的共同點是思想單純、個性強烈，正因如此，憑直覺就能感受得到，且愈感受得到就愈近乎可悲地敬慕龍馬。

「總之……」

田鶴小姐道：

「龍馬大爺就要走上邪門歪道了，真教人擔心呀。」

「田鶴小姐。」

龍馬已有醉意，於是誇下海口道：

「與時下潮流同調並非正道。五年之後，天下將完全歸順於我龍馬。」

「對了，龍馬大爺。」

田鶴小姐方才就注意到卻故意不問，現在終於提出來了。

「您腰間佩刀哪裡去了？」

「忘在火災現場了。」

龍馬多少有些掛念。

萬一真在那場忙亂中丟失，陸奧守吉行那把刀就可惜了。因為將那把刀借給脫藩者我龍馬，二姐阿榮還被夫家責怪，甚至因此自盡。

「那把刀蘊藏著姊姊的恨意。」

因龍馬脫藩，二姊阿榮自盡，三姊乙女離婚而返回娘家。坂本家的姊姊都對么弟龍馬的「國事奔走」之舉寄予極大的期望，同時也付出過大的犧牲。

這把陸奧守吉行的刀，就象徵她們的悲願。

「武士之魂竟會忘記帶，龍馬大爺您真是到哪都教人無法放心哪。」

龍馬立即板起臉，難得他也會如此。

「生氣了嗎？」

「……」

龍馬用筷子夾起醋拌青花魚放進嘴裡，默默地專心咀嚼。

「人家都已經很擔心了還故意刺激他，這種人我最討厭！」

從那不悅的表情看來，他要是開口就會這樣大罵。

「刀並不是武士之魂。」

龍馬凝視前方道：

「那不過是武器。灌輸我們把武器當成武士之魂的是三百年來的德川教育。戰國武士認為刀是一種消耗品，上戰場時，依個人情況通常會多帶幾把，斷了就丟，若因沾上脂肪而不夠鋒利，就以磨刀石磨一磨再用。」

「這和您把刀忘在火場有什麼關係呢？」

「因為妳說刀是武士之魂呀。把刀忘在火場是我不夠小心，但我的魂還在這裡啊。」

說著摸摸自己胸口到腹部的部分。

「武士之魂不在刀裡。」

龍馬道，但卻一臉黯然。

他想起姊姊阿榮白盡的慘事了。

「龍馬大爺。」

「什麼事？」

「剛才我自作聰明對您說教，請您別見怪。」

田鶴小姐並不是真心道歉，而是被龍馬黯然的神情嚇到了。

「我大概是說了什麼不該說的話吧。」

不料，奇妙的偶然卻發生了。

就在這些有關刀的問答之間，陸奧守吉行竟出現在明保野亭的大門。

那姑娘把它帶來了。
是前文提到楢崎將作遺子時出現的那個姑娘。
「請問是否有位姓坂本的土佐武士大爺在此？」
明保野亭的男僕及後來出面接待的老闆娘，都因這姑娘的美貌而驚得瞪大雙眼。
為龍馬一生添加色彩的楢崎阿龍終於登場。
「龍馬大爺，要不要叫那姑娘進來這裡？」
田鶴小姐問道。
「對喔，也好。」
反正隨便怎樣都好。所以龍馬的態度不置可否，只管繼續吃菜。
那姑娘來了。
她坐在門口，以三指觸地鄭重其事地低頭行禮。頭上梳的是髮髻位置較低且充滿女人味的「潰島田」髮型，身上穿著簡潔的窄袖和服。
她抬起臉。

她有雙清亮的眼睛。
嘴角看來十分伶俐，下巴收尖。
美極了。美得連田鶴小姐也為之屏息。
此為後話，但還是先介紹實際見到她的人對她的評語吧。
當時的土佐藩士佐佐木高行（後陸續擔任參議、樞密顧問官及侯爵）同時也是龍馬的盟友（雖然龍馬似乎有些瞧不起他）曾如此評道：
「有名的美女，善惡難辨。」（《佐佐木老侯昔日談》）
說這話的高行個性沉穩，怎麼看都沒有天才的成分，對事物的看法也多半淪於固陋。像這姑娘在他眼裡只是有著某種引人注意的才氣，或說是種妖氣。可能有著不著邊際的想法，可能待人不太親切，或完全無法接受陳舊規矩的古怪個性。然而她卻不是「女傑」，因不具女傑的實際生產性（雖然這說法有些怪）。佐佐木高行想必直覺到這些特點，才會說出「善惡難辨」的話吧。因為她太有才華了。

龍馬自己寄給姊姊乙女的信中寫著：

「十分有趣的女人，還會彈月琴。」

當時形容才女的詞除了「十分有趣」，恐怕再無其他說法吧。而也只有「會彈月琴」方足以表示其才能。

龍馬又在信中評道：

「年二十三歲。出身大戶人家，花道、香道、茶道都會，但煮飯做菜之類的事情卻一竅不通。」

田鶴小姐望了龍馬一眼，內心有點不高興，因為龍馬正愣愣地望著這位美麗的姑娘。

此外還有一件事也讓她不高興。這位姑娘只是保持沉默並未報上姓名。田鶴小姐以責備的口吻問道：

「您叫什麼名字啊？」

「是，我叫龍。」

這話讓龍馬大為震驚：

「那跟我同名啊！」

他大聲地脫口而出。

他實在太驚訝了。

阿龍。

這是正確寫法，但很容易跟龍馬的名字搞混。龍馬自己寫給乙女的信上也無奈地說：

「跟我好像。」

因此這部小說還是將她的名字寫成假名吧（譯註：中文譯本仍作「阿龍」）。

順帶一提，「龍」這個字正確讀音是「ryo」，「ryu」則是俗音。

江戶時代，在江戶讀成「ryu」，自京都以西諸國則讀成「ryo」。

龍馬始終都是「ryoma」。

西鄉隆盛等人起初似乎不知「ryoma」的漢字，信上還誤寫成「良馬」。

言歸正傳，回到阿龍的身上吧。

「真是無妄之災呀。」

田鶴小姐同情地說。

「是。」

阿龍卻只是簡短地回答。這姑娘似乎不懂得客套。

「您現居哪裡？」

這問題她倒是很快地反問：

「嗯，您是問我住的地方嗎？」

「是的。」

「靠著亡父的交情，目前住在寺町的知定院。」

「家人呢？」

田鶴小姐好像在盤查似的。

依照阿龍的說法，除老母之外，還有十六歲的弟弟太郎、十二歲的妹妹君江、九歲的次郎，以及阿龍自己。

共五個人。

「喔？」

「那你們靠什麼維生？」

「您是問我收入嗎？」

阿龍朝龍馬一瞥。

「沒有。」

「真可憐啊。」

龍馬認真地道。不斷搔抓大腿表示對她的同情，十足鄉下人的熱情模樣。

「龍馬，俠氣干雲。」

正如朋友們經常說的，龍馬一想到甫遭遇火災的阿龍一家的苦境就坐立難安。

「有欠人家錢嗎？」

他竟問得如此深入。

「龍馬大爺！」

田鶴小姐以責備的口吻道，但幾乎就在同時，阿龍已流利地回答：

「有。」

「多少？」

「五十兩。」

且似乎還是不太正當的借款。

那一夜龍馬莫名奇妙地和田鶴小姐道別。

他立刻返回藩邸。

這陣子龍馬很忙。

因為他老是抓著藩邸的下級武士問道：

「你要不要加入海軍？」

他四處如此推薦。

眾人聞言都是一驚。

「哪支海軍？」

要他說「我的海軍」，他實在開不了口。

其實他已和勝海舟約定，正準備在兵庫一帶（今神戶）成立所謂的私立海軍學校。

龍馬的構想是把目前聚集在京都的躁動勤王浪人，亦即只會在「東山三十六峰敲響劍戟」的那群人全部集結起來，組成海軍。

當然，不止浪人，諸藩血氣方剛的藩士也要全數集結起來。

「只會討論國事哪能成事！」

龍馬生性喜歡具體的事物。天下充斥著勤王、攘夷、開國、倒幕、公武合體等各色理論，志士四處奔走，以當時的流行語來說就是討論「時務」。

「天下渾沌如斯，光是用嘴巴討論豈能抵禦外夷入侵？」

龍馬如此道。

就連相當於攘夷大本山的武市半平太也贊同此意見，還把自己作的一首歌頌龍馬的詩公開給眾人欣賞。

肝膽本雄大，
奇機自湧出。
飛潛有誰識，
偏不恥龍名。

武市甚至建議殺手以藏：
「你也加入龍馬的海軍吧。」
可見他對龍馬佩服之程度。
但要創立海軍學校必須有練習艦，還要有器材，校舍更不可少。總之遠較一般學校需要更龐大的資金。
「錢的話我來籌。」
龍馬對此次的募款抱著必死的決心和勇氣。正如武市半平太賭上性命扭轉藩論並暗殺佐幕派名士，龍馬一決生死的對手則是——
「錢」。
再無任何較此更實際的東西了。
練習艦應該可以透過勝的力量向幕府借。
勝自己也為籌辦此校而大力說服幕府。
勝這段期間的日記中有如下的記載。
「土州幾個人拜入我門下。我與龍馬密議大局情勢，並助他一臂之力。」

海軍學校將由勝擔任校長，這是龍馬的構想。而為了準備工作，也不斷鼓吹土佐藩士拜入勝的門下。設法在創校之前先找來學生，讓一切成為既成事實。
龍馬忙得暈頭轉向，就為了籌辦這所不知是何面目的海軍學校。
為了連絡工作，他還每天去見目前滯留京都的勝海舟。
「差不多已取得政事總裁的同意了。」
勝如此道。這時已是文久三年（一八六三）的三月中旬。
「麻煩的是，幕府也有正式的海軍。何況我這麼做，幕府官員都會討厭我。不過我已有直接向將軍大人討價還價的打算。」
幸運的是，勝最近將以軍艦奉行並之身分隨行陪同將軍家茂進行內海視察，為他詳細說明海上防衛情形。

「到時候將軍和我都身在海上，而無多餘的頑固幕臣在旁，意見也比較方便表達。」

「那就請您多擔待了。」

「就算你沒求我，我也該做呀。」

龍馬也不斷與藩裡的重臣溝通。

他雖為藩士，但卻是鄉士之格，如此身分很難直接跟藩裡的重臣交涉。

土佐藩首屈一指的學者、遠近馳名的間崎哲馬（號滄浪）正好住在京都藩邸，因此龍馬先試著說服他。間崎與武市半平太為同志，從這時算起幾個月後的文久三年六月，他便因行動過激而招罪，最後奉命切腹。

「間崎兄，你身為重臣，又是人人口中的老師。與其從我嘴巴說出來，不如由你提出更顯得有道理。」

龍馬努力說服他。要創辦海軍學校絕少不了此人。

「請你幫忙，讓土佐藩以藩之立場下令，讓藩士加入海軍學校。」

「這海軍學校不是屬於幕府嗎？」

「你怎會這麼說呢！無論是誰打算以何處資金創辦，這學校都是屬於日本的呀。我打算在朝鮮及清國（中國）設立此校之分校，組成日本、朝鮮、清國三國的聯合艦隊，做為抵禦洋夷入侵的防波堤。再進一步組成三國的聯合政府，開創不遜於歐美的文明。在我心中，幕府也好，土佐藩也好，我都一樣視為小孩。」

如此大牛皮使得間崎也無法反駁。但龍馬終生之理想不僅止於討幕及統一國家，還希望組織亞洲聯邦政府。當然這也是因為受到勝海舟的影響。

總之，藩方面終於採納龍馬的意見，決定在藩士中徵求志願者加入海軍，並讓他們依藩命暫居於勝之手下，此外還由藩每月支付二兩薪資。

就在如此繁忙期間，有一天龍馬突然想起：

「楢崎家的阿龍不知情況如何？」

於是造訪了位在寺町的知定院。

慘遭祝融之災後，他們一家應該住在那裡。

「離屋實在太破舊了。」

楢崎的老未亡人特地借用寺裡的方丈接待龍馬。

她似乎並不通曉人情世故，面對如此慘境已是一副茫然自失的模樣。她長得酷似阿龍，是個膚色白皙的老婦。但就個性上來說，母親圓融多了。

「阿龍小姐呢？」

「上大坂去了。」

對話就此中斷。

「在京都有親戚可依靠嗎？」

「沒有。」

就只是如此簡短的回答。

龍馬仔細追問下，才知道他們大約在一年前因五十兩的借款屢遭逼債，因此流氓經常進出楢崎家。

「房子燒燬後，那些人就找上這裡，說要幫我們想辦法，讓我們能有辦法度日。」

「哦……」

龍馬點點頭，同時把手指伸進鼻孔。

邊挖鼻孔邊聽，簡直就像在聽故事似的。

這段故事就透過龍馬寫給遠在家鄉的乙女姊的信來講述吧。

「十三歲的女兒長得格外漂亮，惡棍假裝說要將她賣到島原的花街當舞妓（島原的花街並無舞妓，大概是打算讓她去當妓女的見習丫環吧），又哄騙十六歲的女兒，要她說服母親，然後把她賣到大坂當妓女。」

龍馬較粗心，因此這家人的年齡似乎都與實際年齡有些差異。

「男孩子也送到粟田口的寺院去了。」

總之一家人從此離散。

但二十三歲的長女阿龍於火災發生後即四處籌錢，事後才知道妹妹被賣掉了。

「她賣掉自己的衣服，帶著那些錢到大坂去，抱著必死的覺悟在懷裡藏了把刀去找那兩個惡棍。」

這是龍馬寫的內容。龍馬過了幾天才知道事情的來龍去脈。不過下面還是藉由龍馬的親筆文章來講述吧。

「雙方起了爭執。」

——一個姑娘家竟敢如此。

「後來(阿龍)愈說愈激動。惡棍露出手臂上的刺青，凶惡地出言威脅。」

不料……

「這位姑娘(阿龍)本就抱著必死之覺悟，於是猛撲上前抓住那人的衣襟，痛毆他的臉。」

龍馬描述得極粗魯，但阿龍也真是個剛強的女子。

「惡棍說，殺了妳唷，妳這賤女人！姑娘卻回答，你殺呀！你殺呀！我大老遠來大坂就是準備被殺的。『來啊！你殺呀！你殺呀！』她一再如此喊道，惡棍卻反而下不了手。最後這位姑娘終於接回妹妹，把妹妹帶回京都了。這種事還真少見。」

事情告一段落後，阿龍便到土佐藩邸來找龍馬。

位於河原町的土佐藩邸門口有家名為菊屋的書店。

當時河原町的馬路不像現在的市電通這樣寬，只有三個人手牽手的寬度。

河原町一帶的東側是成排的藩邸，自北依序是長州、加賀、對馬之藩邸，從三條往下走則是彥根及土佐藩邸。

對面(西側)那排自北往下數，依序是日蓮宗的名剎妙滿寺及本能寺、淨土宗的巨剎誓願寺，以下就是密密麻麻的寺院專區寺町了。商家多位於諸藩邸所在的東側。以這町區的性質來看，自然到處有書店及道具屋。

位在河原町四條的菊屋就是其中一家。龍馬很喜歡這家店。龍馬喜歡在這買書，但最重要的是他十分疼愛菊屋的小老闆。他是個聰明伶俐的少年，名叫峰吉。

峰吉當年十三歲，維新後改名鹿野安兵衛，直到大正中期都還健在。

於是菊屋裡面的包廂就成了當時龍馬的會客室。龍馬不可能在藩邸與女性會面，因此就把阿龍帶到菊屋的包廂中。

「來，請。」

龍馬說著鋪上坐墊，並叫峰吉去買茶點。

「好漂亮的姑娘呀。」

據說孩子心裡也大吃一驚。

龍馬也完全喜歡上阿龍了。

阿龍的心似乎也打從一開始就被這個名為龍馬的男人給奪走了。即使在菊屋她也不主動開口，只是垂著頭，不斷搓弄腿上的和服袖口。

「……」

龍馬心裡也怪怪的，一會兒望望中庭，一會兒望望壁龕的掛軸。

後來突然靈機一動。

「阿龍小姐，妳身上有帶懷鏡嗎？」

龍馬問道。

「有。」

阿龍把當時祇園流行的小鏡子遞給龍馬。

這時峰吉正好回來。此光景在這孩子心裡烙下了格外深刻的印象。

雙方默默無語。

龍馬正以懷鏡仔細端詳自己的臉。

後來峰吉問道：

——老師，您為什麼一直看自己的臉？

龍馬連忙壓低聲音，一臉正經說：

「我只是納悶，愛上女人的臉究竟是何模樣。」

總之龍馬對阿龍說：

「明天下午請您再度到菊屋來。我龍馬雖不才，也將竭盡所能協助您全家維持生計。」

然後便請阿龍回去了。

送走阿龍後，龍馬立即從藩邸借來一匹馬往伏見疾馳而去。

騎到伏見的船宿寺田屋門口時，龍馬未下馬直接朝土間喊道：

「喂！我是坂本，登勢夫人在嗎？」

一名男僕跑出來抓住馬的口銜。

「啊，坂本大爺，老闆娘正叨唸著說好久沒見到您了呀。您可好嗎？」

「最近在京都有些忙。」

往返京都、大坂時總是順道來寺田屋，不僅龍馬如此，旅人中有好幾成都如此。

但最近薩摩藩士往返京都、大坂的頻率愈來愈高，因此薩摩藩除伏見的藩邸外，還特別指定寺田屋為固定旅館。

龍馬這陣子寫信給在家鄉坂本宅養老的乳母小矢部婆婆時也曾提到：

「在伏見的土佐藩邸旁有座寶來橋，那邊有家船宿叫寺田屋伊助。」

龍馬不但說明寺田屋的地理位置，同時也偶爾提到伏見京橋的旅館日野屋孫兵衛。

「這兩家給我的感覺就像家鄉安田順藏（高松順藏，安藝郡鄉士，同時也是醫生。龍馬大姊千鶴之夫家。龍馬少年時經常去玩）的那般舒適。這裡的人待我更好（下略）。」

他如此寫著。向幼時的乳母誇耀自己與這兩家旅館的關係就像親戚般親密。

順帶一提，這封信的要旨是：

「偶爾給我寫寫信吧。不過我老是到處跑，所以信就寄到這家伏見的寺田屋或日野屋吧。我跟這兩家交情都不錯。」

龍馬小時候比別人更會撒嬌，如今雖四處奔波，似乎仍無法忘記家鄉的小矢部婆婆。

龍

矢部夫人

這就是該信的結尾。

閒話太多了，但反正是順便，就再說一、兩件吧。

勝海舟的筆記中也曾提及龍馬與寺田屋的關係。

「龍馬經常投宿在寺田屋。老闆娘是個奇女子，很了解龍馬。」

龍馬的家書中也曾如此寫道：

「她讀過書，是位了不起的人物。」

現在這位登勢夫人也出到門口歡迎龍馬。

「喲，是龍馬呀！有什麼事呀？」

她是以京都話問的。

「不好意思，有個年紀二十三歲的姑娘，長得很漂亮，可是不會作針線活，也不會燒菜做飯。她叫阿龍，我想請妳收她當養女。」

「什麼？怎麼沒頭沒腦地……」

「哎呀，詳細情形日後再告訴妳。我叫這姑娘明天就過來，所以收她當養女的事請妳現在答覆。」

「您都這麼說了，我還能怎樣？就收她當養女吧。」

她話沒說完，龍馬已策馬揚起沙塵朝竹田街道疾馳而去。

策馬衝過勸進橋時，就連夕陽餘暉都已消失，太陽完全下山了。

他在橋頭的茶屋下馬，買了一盞提燈，順便點了一碗冷酒。

「我好像迷上她了。」

龍馬愣愣地望著茶屋老闆的臉。

老闆以為他有什麼要求，哈著腰問道：

「您有什麼……」

「喔，我迷上她了。」

他灌下一大口酒。

「啊？」

「啊，是我自己的事啦。請你順便給我一點那邊那個蘿蔔干雜煮。」

「是。」

老闆以丹波一般百姓常用的厚重鐵釉陶碗裝了一大份過來。

真是奇妙的食物。

土佐、薩摩這些地方喜歡簡單的動物性食物，但京都不愧是千年王城，總是做些複雜的奇妙食物。

這就是其中較特殊的菜餚。把醃漬過的蘿蔔重新泡水使之膨脹，加入魚干熬成湯底，再加入紅辣椒熬煮而成。

這道菜意外地獨具風味，口感也相當不錯。可惜毫無營養。

「迷上她了呀。」

真佩服自己！我龍馬截至目前為止何曾為女性流這麼多汗，對她如此親切呢？

「迷上她了啦。」

龍馬喝著酒。

他喜歡的女性一定都很像姊姊乙女，都是屬於「具有不遜於男人的才氣」那型的。

千葉家的佐那子。

家老福岡家的田鶴小姐。

都是這型的。

但她們都擁有各自獨立的人生。佐那子是北辰一刀流的「皆傳」資格，喜歡刀術遠勝於吃飯。田鶴小姐乃大藩家老之女，目前在三條家擔任侍女長，她也以自己的方式關心著國事。二者都不需要龍馬解救。

哪需要龍馬為她們做什麼事呢？反而是她們一直對龍馬付出。

——我得幫他做點什麼。

男女角色相反。

但這回阿龍雖仍屬同一型，可卻身陷慘境。

若非龍馬俠義相挺，她和家人都無法得救。

解救一個國家也好，解救一個家庭也罷，都是出自一樣的個性。這與個性有極大的關係。
龍馬的個性給這次的「戀愛」帶來極大的快感，這是因為以往從未遇見能滿足此「個性」的女性吧。
哎呀，那還能稱之為「戀愛」嗎？

就這樣直接騎馬進入京都，在寺町的知定院山門才下馬，立刻拉著馬銜朝門內大喊：
「楢崎家的人！楢崎家的人！請到門口來一下！」
阿龍快步跑了出來。
「哎呀，坂本大爺，請進！請進！」
「不了，在這裡說就行了。本來是叫妳明天到菊屋一見的，不過現在要請妳到伏見去，沒想到事情這麼快就解決了。」
「……」
「阿龍小姐將成為寺田屋的養女。」
提到寺田屋可是名震天下的船宿呀。阿龍嚇了一大跳。

「老闆娘登勢夫人就像我的姊姊一樣。明天我會派菊屋的峰吉陪妳，請妳直接到伏見去。令堂和令弟令妹的事再從長計議吧。」
龍馬說著，從懷中掏出一個以懷紙隨便包起的紙包遞給阿龍。
裡面有十兩錢。
這是乙女從老家寄來給他的。
「這是什麼？」
「是我姊姊給我的錢。」
他迅速翻身坐回馬背上。
「這……這我不能收呀。」
「妳這是什麼話！」
龍馬大聲咆哮。除了咆哮，他再也找不出掩飾自己害臊的方法。
「需要的東西就是需要，那些推託的客套話，等眼前的危機解除之後再慢慢說吧！」
他扯緊轠繩掉轉馬頭。

「啊，等一下！」

真是個倔強的女人。她緊抓著馬的口銜不放。惹得馬踢了踢後腳。對馬不熟悉的人應該都很怕馬才對，但阿龍似乎來不及考慮那麼多。

「請等一下！」

「什麼事？」

龍馬在馬背上問道。

但阿龍也已經慌了手腳，根本不知道自己該說什麼。

「為、為什麼？」

她問了個白痴問題：

「您為什麼對我們一家這麼好呢！」

「笨、笨蛋！」

龍馬大聲斥罵。突然被如此反問當然生氣，那就像被人反問：

——你為何甘冒生命危險為國事奔走呢？

突然被如此反問，感覺就像被對方當成傻子似的。不管武市、桂、久坂或高杉，若是遇到如此情形，恐怕也會有相同反應吧。

——那才是男子漢。

若是岡田以藏那種單純而衝動的男人應該會如此讚道，同時擊響刀鍔吧。可惜阿龍大概不知道什麼是男子漢吧。

「笨、笨蛋！」

龍馬揚起馬鞭，揮向阿龍緊抓著馬銜的手。她人叫一聲放開手。

龍馬的坐騎趁這空檔迅速竄了出去。

到伏見有三里路。

今日的京都市伏見區，現在看來似乎不覺得遠，但當時京都很多婦女終其一生都沒去過伏見。

翌日，果然一如龍馬昨日的約定，少年峰吉特地到寺町的知定院來催她。

「快準備準備。」

出大門一看，已有一頂轎子等著。

「坐轎子太奢侈了吧。」

「不，龍馬老師說阿龍小姐腿力較弱，特別要小的準備轎子來接您的。所以您若不坐小的就為難了。」

峰吉一口高尚的京都話，不愧是中京區出身的。

「我腿力較弱？」

阿龍依言鑽進轎中，也同時一頭霧水。

轎子開始飛奔。

「坂本大爺恐怕搞錯了。他一定以為我是個楚楚可憐的標準京都姑娘吧。」

她身為女人的直覺告訴自己，龍馬對自己懷有不尋常的好感。

「但他卻誤解我了。」

龍馬搞錯了。阿龍發現似乎就是這美麗的誤解使得龍馬愛上自己。

阿龍的外貌的確是個楚楚可憐的標準京都姑娘，也難怪會招來如此誤解。

……

抵達伏見寺田屋了。

老闆娘登勢夫人露出福泰的微笑。

「啊，妳就是阿龍吧。」

說著拉住阿龍的手要她進屋，並帶她到屋裡的一個房間。

「這就是妳的房間。」

登勢要阿龍坐下。

「那個座墊，那個杯子，還有那邊的鏡子和衣架，都是特別為妳準備的喔。」

「哇！」

阿龍納悶地環視房內。

「不過呀，坂本大爺就是那樣啦，所以他只是一直要我收你當養女，並未告訴我事情的來龍去脈。」

「對呀，他也沒告訴我。」

真有點麻煩。

龍馬自以為是地迅速幫阿龍的處境做了重大改變，但主角阿龍卻不明就裡而不知如何是好。

「就像突遭暴風吹襲般……」

茫然不知所措。

最重要的是，以如此方式見到今後將成為自己養母的登勢夫人，也無法立即產生真實感不是嗎？

既然登勢問起，阿龍便描述了自己的身世。

「哎呀，真可憐……」

登勢有俠女之稱，特別善感愛哭。她一會兒拿衣袖擦眼睛，一會兒抽抽搭搭地哭著聽阿龍敘述。

這麼一來，說著身世的阿龍反倒覺得登勢比自己還可憐。

「阿龍。」

登勢天生的俠義之情似乎全湧了上來。

「把妳家人全接過來吧！一起住在這裡吧！」

「不過……」

阿龍並不想接受旁人過度的同情。

「還是不用了吧。」

「什麼不用？我既然要收妳為養女，那麼楢崎家的人就等於是我的親人。最重要的是這船宿的生意很忙，尤其船進船出時簡直就像打仗一樣，不管多少人手都不夠。大家一起在寺田屋工作吧。」

「大家？」

「是啊。伏見的寺田屋是屬於全天下的，可不是我登勢私有之物。所以大家一起工作吧。」

登勢實在高明。

她不落痕跡地說。完全看不出硬將同情心加諸於人的態度。

這下阿龍就依登勢的建議留宿於此。

果真十分忙碌。

太陽一下山，就有大約二十名來自京都的薩摩藩士來到寺田屋。

他們是打算搭凌晨船班去大坂的客人。

這船宿的構造十分奇妙。客人多時，就把二樓的隔間牆及紙門全拆下來。牆是以木板綁上布做成的，拆卸十分方便。

「真的好忙喔。」

阿龍瞪大眼睛對登勢道。

「沒騙妳吧。」

「我不知道工作流程，不過我希望也能幫點忙。」

「別太累了喔。」

後來阿龍在廚房與二樓之間不知來回跑了幾十次，數都數不清了。

送餐。

整理浴室。

然後鋪上成排的床位。

阿龍夾雜在十多個女僕中奮力工作。

峰吉也加入幫忙。

老闆娘登勢坐在帳房指揮。

她突然有感而發：

「這姑娘可以喔。」

她指的是指揮工作。

阿龍動作快，不僅如此一舉一動都很有智慧且毫無疏失。

「腦筋很好。」

大概很快就能把帳房的工作交給她了。登勢心想。

客人用完餐後，登勢帶著阿龍上二樓。

「這是我女兒阿龍。」

她如此向薩摩藩士介紹。

大家對阿龍都頗有好感。

「好漂亮啊。」

一個大臉且臉上有些坑疤的年輕人道。這位就是日後在日俄戰爭擔任滿洲軍總司令官的大山彌助（巖），此時二十二歲。

阿龍此後便被稱為：

「寺田屋的阿龍」

在伏見住了一夜。翌日，阿龍就與菊屋的峰吉返回京都。

「峰吉爺，我想立刻向坂本大爺道謝。他人在藩邸嗎？」

「您要見他嗎？」

峰吉邊走邊抬頭看看阿龍。

「是呀。」

阿龍有些臉紅。

「那我去瞧瞧。阿龍小姐就先在我家等一下吧。」

峰吉衝進河原町的藩邸，問人龍馬在不在。峰吉在藩邸認識很多人，但不管問誰，大家都說：

「這幾天都沒看到他。」

「上哪裡去了呢？」

「他這人就是這樣，誰都猜不到他上哪裡去呀。」

峰吉到邸內每間屋子詢問，結果碰到前文提及的那位學者間崎哲馬。

「嘿，是峰吉呀。」

「坂本老師上哪裡去了呀？」

「他說要去越前（福井縣），昨天早上就出發了。」

⋯⋯⋯⋯

事實上龍馬正馬不停蹄地趕路。

昨天在近江的草津之宿住了一晚，然後便沿著琵琶湖東岸中山道的成排松林，加快腳步北上。

隨行的，是數日前來藩邸找他的寢待藤兵衛。

「這一路天氣都很晴朗喔。」

蔚藍天空下，北方的伊吹連峰和西邊的比良連山雲霧繚繞，腳邊是水。

右手邊是開滿紫雲英的近江原野。

「大爺，走慢一點吧。」

藤兵衛近來已明顯發福，似乎受不了龍馬快速的腳程。

「快點呀。」

龍馬打算在日落之前趕十一里路，投宿在岔往北國街道路口的鳥井本驛站，因此幾乎是用跑的。

「咱們到底要上哪去？」

「越前福井。」

「這我知道。我是說上福井的哪裡呀？」

「福井城。」

「咦？要做什麼？」

「去見福井藩主。」

藤兵衛啞口無言。龍馬連在土佐藩都是個與蟲獸無異的下級藩士，即便在自己藩內都不夠格拜謁主君，怎可能見得到家格僅次於御三家的大名呢？

「見他要做什麼呢？」

「借錢。」

愈來愈教人吃驚了。

「小的可能問太多了，不過，大爺您想借多少呢？」

「五千兩。」

這舉止似乎不太正常。

龍馬卻一副泰然自若的模樣。

「大爺您真異想天開呀！」

走到彥根城下區的燈火出現在左手邊的時候，藤兵衛才突然想起似地說。

「為什麼？」

龍馬問道，同時就著提燈的亮光一步步移動腳步。已經走到地藏廟的路口了，距離鳥井本的驛站大概還剩一里吧。

「跟大名討五千兩？這種事連恐嚇過大名的河內山宗俊也要大吃一驚吧。您要這錢究竟想做什麼？」

「辦軍艦塾。」

而且是私立的。

勝已取得幕府同意，決定以兵庫的生田做為學校建地。

就差在資金不足了。

因此才想去向越前福井藩主討的。

「懂了嗎？」

「這……」

好像懂又好像不懂。

「對方可是堂堂大名哪，大爺。」

藤兵衛心想。

但其實龍馬也不認為這錢能順利要到。

「不知能不能順利達成呀。」

「只能試試看了。」

「大爺愈來愈像偷錢高手了喔。」

「是喔。」

龍馬與平常完全兩樣，表情竟顯得有些擔心，因為這回旅行的目的實在過於沉重。

「但還是要試試！」

龍馬表面上給人凡事不在乎的印象，但他絕非只是這種人。

次夜投宿在北近江木之本的便宜旅館。龍馬要求立刻送上晚餐。

有兩壺裝在鄉下酒壺的酒。

「藤兵衛，你知道人為什麼活著嗎？」

龍馬隔著飯菜問道：

「是為了成事呀。不過，要成事，就不能淨學別人。」

要打破世俗既有的觀念，這才是真正的事業。龍馬如此道。故如有必要，即使去向大名討錢也無妨。

龍馬自己私下記錄保留的語錄中有這麼一句：「勿羡慕他人事蹟，也別模仿他人。釋迦牟尼、孔子及中國歷朝開國帝王皆開創了前所未有的獨創之道。」

「人的一生頂多就是五十年。只要抱定志向就朝著此志向，採取能促進發展此事的手段，絕不怯懦。即使無法達成目標，也應死在前往目的地的道路上。生死乃是自然現象，絕不能把這列入考量。」

這就是龍馬的理論。他經常如此對朋友說，而他在木之本的旅館也如此對藤兵衛說了。

藤兵衛打了個哆嗦。龍馬的眼裡出現難得一見的恐怖氣息。

龍馬和藤兵衛進入越前福井，投宿在城下大和町一家名為「菸草屋」的旅館。

才剛到，龍馬就問道：
「藤兵衛，你累了嗎？」
「喔，不累。」
急行軍過久，就連藤兵衛的足腰似乎也疲得走不太動了。
「那請你把這封信……」
龍馬在紙卷上飛快寫著，又道：
「送去給一個名叫三岡八郎的藩士。他家在城下毛矢町的南端。聽說他是現任奉行官，所以應該不難找吧。」
說著把信遞給藤兵衛。
毛矢町是武家集中的町區之一，位在城南足羽川對面，很遠。
足羽川現在架了座幸橋。但當時算是福井城的外層護城河，故得以小船渡河。
大半夜的，龍馬擔心藤兵衛不好行動，但轉念一想：
「哪會啊！這傢伙可是個夜盜呢！」

藤兵衛出發後，龍馬一口氣把一壺酒全喝光了，然後便躺下。
隨即發出震耳的鼾聲，竟然睡著了。
另一方面，藤兵衛摸黑急速趕往城下。從佐佳枝町的渡口搭船，在毛矢町上岸。他一家家打量岸上舟場町一帶成排的武家宅，最後在一家門口站定。
真不愧是幹這行的，直覺實在了得。
「請問是三岡大爺府上嗎？」
他朝警衛室的窗戶問道。耳邊隨即聽到對方回答「正是」的聲音。
「我是土佐藩士坂本龍馬派來的。我身上有封信。」
「等等。」
門衛打開便門。
「哇，真雄偉啊！」
藤兵衛竟忍不住以「專業」眼光審視起這房子。
門衛讓他在門口的小房間靜候。
不一會兒裡面走出一名長臉巨漢。

「你是坂本君的手下嗎？」

那人以斷斷續續的越前口音問道。

「是。」

「坂本君人在菸草屋吧？」

「是。」

「現在就過去吧。」

三岡要隨從拿提燈，由藤兵衛帶路。

他的雙眼亮如天星，是個異相之人。他日前擔任的是藩產業方面的奉行官，但四肢十分強壯，看來就像個刀客。

他和龍馬在大坂見過面。

兩人雖僅一面之緣，卻感覺心意相通，彷彿已是百年知己。

這位就是越前藩士三岡八郎。

後改名由利公正（獲封子爵）。提到五條誓文的起草者，應該會有不少讀者立即點頭如搗蒜並發出「哦——」的聲音吧。他後來在龍馬的推薦下加入維新前夕的風雲行動，為明治政府奠定了財政基礎。

藤兵衛與三岡八郎一同搭上足羽川的渡船。

三岡坐在船尾雙臂環抱。

背後是滿天繁星。

從藤兵衛眼睛的位置仰望，這位越前武士的巨大身影簡直就像《水滸傳》中身陷風雲的豪傑。

接著介紹一下三岡八郎吧。

他起初名為石五郎。這名字與他本人風采十分貼近，卻頗似流氓老大，所以他自己並不喜歡，因而改為八郎。明治後再次改名由利公正一事則已於前文提及。

他年長龍馬六歲，此時三十五歲。

三岡家本就享有一百石之俸祿，但這只是形式上而已，實際上只有三十二石二斗，故家境頗為貧窮。蔬菜全都自己在宅裡栽種，因此家裡老是瀰漫著糞肥的臭氣。

住在足羽川南岸毛矢町的藩士皆如此，故其他藩士都瞧不起他們，稱之為：

「毛矢武士」

八郎自小就不愛讀書寫字，老是忙些農務。這沒什麼值得誇耀的，應該只是因為他喜歡勞動身體吧。總之當時武士普遍好學，他算是特例。朗讀四書五經之類的基礎漢學據說他也到十八歲才完成，足足較旁人晚上十年。

但他對武術卻異常感興趣。槍術的水準已與「免許」資格相當，不僅如此，這位經過農事鍛鍊的天生理性主義者還根據自己所編的理論，發明了獨特的長槍。

刀術學的是真影流。十八歲時因人挑釁而一次同時與五人比試，還把他們一一撂倒，可見刀術之高強。

但過了二十歲，他卻對奇怪的事情有了興趣。

「咱們藩為何如此貧窮呢？」

其實越前福井的松平家雖為大藩，卻極為貧窮，就連藩主都穿棉布衣服，吃得像苦行僧，節儉已極。然而卻毫無實效。農民幾乎都吃不起米飯，只能拿麥子、芋頭或蘿蔔當主食。

「真搞不懂。」

他百思不解。沒人拜託他，他卻自二十歲起花了四年工夫造訪領國內各村的農家，調查他們的收穫量，並調查藩的歲入及歲出，終於獲得驚人的結論。即使不吃不喝節約，藩每年還是會出現二萬兩的赤字。這就是他的結論。

更讓人驚嘆的是，此事實就連藩之家老及負責會計工作的勘定方都不知道，且就算知道也完全不知該採取何種措施。

「節約！節約！」

這就是唯一的經濟政策。

這位武術家把自己用在武術方面的理性思考應用到經濟上，不僅自己想辦法，還跟隨肥後出身的儒者同時也是幕末最傑出政治學者橫井小楠學習實用的學問，即當時所謂的「實學」。

「全得靠船……」

藤兵衛搖晃著道。

他指的是這條足羽川。此川流貫整個市區，卻自古便無橋梁。

「實在不便呀。」

「嗯……」

三岡八郎抱著手臂道。夜風流連在他鬢邊。

「不久後就會架橋的。」

他低聲簡短地說。

故事暫且回到三岡之前的經歷。他之所以能開始得到藩主松平春嶽的青睞，就是基於他挑戰不合理事物的精神及追求合理化的才能。

活在這時代必須有勇氣。

好比這足羽川的功能是充當福井城的外層護城河，故基於戰爭考量是不允許架橋的。

但三岡這人的腦袋裡卻完全裝不下以往的舊習及古代權威所造成的不合理事物。

「不便。」

這對三岡而言反而是絕對的東西。他強烈地提出申訴。

直到最近才決定架橋。

說到三岡這五、六年來在藩裡所擔任的職位，起初是從負責步槍及彈藥製造的官員幹起，接著是兵器製造所的總管、管理造船工作之官員，之後在長崎負責倉庫的設置及物產總會所的成立工作。負責的全是越前福井藩的近代化工作。

目前擔任的則是執行政務的奉行官。

龍馬曾在大坂與三岡八郎見面，最讓他感動的是：

「終於有個了解金錢價值的武士。」

不僅如此。

「尊王攘夷不是像念佛號那樣就成了，最重要的是振興產業及製造船舶。」

這就是他的想法。

「你的想法跟我一樣呀。」

龍馬興奮地拉住他的手。以當時社會角度看來，他們兩人都是極怪的「尊王攘夷志士」。

兩人所持的都是少數意見。他們之間已產生較親人更親密的感情。

終於行至對岸，兩人上陸後急速趕往市區。

一走進旅館「菸草屋」的土間，三岡不等人帶路便逕自走上二樓。他大踏步走在走廊上，同時大喊：

「坂本君，你在哪裡？」

「在這裡！」

龍馬翻身坐起。

「怎麼？你剛在睡覺呀？」

「從京都趕路來此一路上都沒好好睡。明天能去見藩主嗎？」

「我看了你的信。你是想借五千兩嗎？」

「沒錯，一根手指都不能少。」

龍馬將右手的五根手指張開。

「這可難啦。」

三岡說難是因這位深暗理財之術的人很清楚藩庫裡有多少錢。

但龍馬卻道：

「這種大藩不可能拿不出五千兩！」

口氣聽來簡直就像破門而入的強盜。

不僅如此，他還振振有詞地說，有了這五千兩就能讓日本脫胎換骨。

龍馬的辯才在當時有兩點出名。

其一是他會舉很多例子。通常都很低俗且極幽默。後來他與中岡慎太郎一同造訪被禁閉在筑前大宰府的三條實美時，據說生性拘謹的三條卿竟被他逗得笑翻在榻榻米上。

另一點是他專心論述時就會不知不覺解開短褂的

繫繩。

解開後再放進嘴裡咬著，津津有味嚼著繫繩的穗子邊進行。

嚼一嚼拉出來後，繼續談論天下大事，最後繫繩都濕答答的。要是讓他興奮起來，還會將溼答答的繫繩拿起來轉。

口水順著穗子四處飛濺。

對方就像被雨淋到似的。

「別這樣啊！」

對方如此討饒，他才「啊」地驚覺自己的行為，但不知不覺又慢慢轉了起來。最後對方也拿他沒輒，都被濺濕了。

「我臉都被你濺濕了。」

據說連西鄉等人都受不了。

龍馬在三岡面前也是如此。

「『要創辦海軍學校，為什麼越前福井藩得出錢？你這種說法是小孩子的藉口。』要是你這麼說，那麼我坂本龍馬為什麼得不顧性命為國事奔走？又為什麼非得遠道來越前來借錢呢？」

「等等。」

三岡揩著臉道：

「我不是說要我們藩出錢不合理呀。越前福井藩自明主春嶽公以下絕不搬出小孩子的藉口。為了天下，哪怕整個藩都毀了也在所不惜。」

他不得不這麼說。三岡八郎雖是德川親藩的家臣，卻暗中支持沒有幕府的新統一國家。即便藩為此滅絕亦無所謂。

「可藩裡真的沒五千兩啊。」

「茶器有吧？刀劍也有吧？把那些東西賣掉就有了。」

「我真服了你。」

三岡擦擦臉，然後躲在擦過臉的衣袖後方朝龍馬笑笑。

「好，我來籌錢。明天就去見藩主。不過，在藩主面前可別再甩你那條短褂的繫繩呀。」
「要是他不聽我的話，我就用力甩。」
「你這傢伙真討厭啊。」
三岡拿起酒器。
龍馬接了過來。兩人一旦沉默，越前的天地就彷彿突然變得安靜了起來。

越前福井侯松平春嶽這個人前文也曾提及，是諸侯中首屈一指的秀才。
他不僅是個秀才。
從他溫和的外表實在看不出來，但他個性豪爽從不將舊習放在眼裡，且只要是好意見，即使多少有些弊害也樂於逐步採納。他天生就具備如此膽識。
「你就是龍馬？」
這位越前藩主才剛坐下就發笑。
不知為何，這位藩主一見到龍馬就感到愉快，忍不住想笑。

龍馬鄭重其事平伏在地道：
「上回……」
接著絮絮叨叨地致謝。當時除勝海舟之外，就是這位藩主居中斡旋為自己解除脫藩之罪的。
「抬起臉來，聽說你昨晚向我藩的三岡吹了個大牛皮呀。」
「不，不是吹牛呀。」
「三岡是這麼說的：『姑且不論龍馬的理論如何，光是從他那條短褂繫繩飛濺出來的口水就讓人吃不消了。所以我就答應他拿出五千兩了。』對呀，你短褂的繫繩真的都被你咬爛，穗子都不見了呀。」
「……」
越前藩主忍俊不住又笑了出來。
「短褂的繫繩竟值五千兩，好離譜啊！」
這句話等於是答應了。
龍馬立刻平伏在地道：
「多謝藩主。」

但最後又面帶笑容加上一句：

「獲得的利益會第一個回報給藩主。」

勝海舟和龍馬的計畫是把集結在京都的勤王浪人及諸藩下級武士全送進海軍學校，讓他們熟悉軍艦及商船的駕駛方法，最後靠這些船成立西洋式貿易商行。如此不僅能進行國內諸藩之間的貿易，甚至還能進行海外貿易。

「利益」

指的就是如此浪人公司所得的利潤。

簡單說來，以龍馬的角度看，自己並不是白白跟他要這五千兩。這算是投資。

這種貿易公司的組成方式應該不是平白從土佐佬龍馬的腦袋蹦出來的。

熟知海外情勢的勝海舟早就知道有所謂的「股份公司」。

「歐美人之所以有辦法經營大事業，就是因為有這種組織。讓有錢的人出錢，有力的出力。」

因為他曾如此告訴龍馬。

而龍馬當時還高興地拍著大腿說：

「就這麼辦！把成天只知在京都動刀動槍的那些傢伙集中起來，要他們生金蛋！」

與其說是海軍學校，這應該更像商船學校。更可稱之為商船公司。

明治後，龍馬這項事業的利益活動面全被岩崎彌太郎繼承，而成為今日三菱公司的濫觴。

龍馬一返回京都，先在藩邸過了一夜，翌日便趕往兵庫。

他帶著手下藤兵衛，飛快地沿東山山麓的主幹道南下。

脖子已因接二連三的旅程曬得黝黑。

「大爺，您身體真壯啊。」

寢待藤兵衛終於忍不住挖苦道。

「藤兵衛，你累了嗎？」

「哪裡，這算什麼呀。」
兩人往兵庫前進。
此處已有勝海舟物色中的校地。雖簡陋，但校舍也應該快完成了。
來此是為了拜會眾管理人員及下榻於兵庫大財主生島家的勝海舟。
「藤兵衛，你也會搭我的船嗎？」
「只要是跟著大爺，無論哪裡我都去。這不知是什麼樣的緣分，實在無可奈何呀。」
藤兵衛嘆了一口氣。
「我打算推翻幕府，在日本建立一個像樣的國家，然後把貿易推展至唐（中國）、天竺（印度），甚至美國。日本國土狹小，除了靠船及貿易生財，別無其他立國之法。」
「大爺的想法和那些勤王份子性質上實在不怎麼相同呀。」
藤兵衛聽龍馬說得氣勢如虹，也覺得為了這男人，犧牲性命在所不惜。
走過妙法院的長圍牆，再穿過今熊野神社的森林，眼前突然出現遼闊的天空。
中午之前就抵達伏見了。
「在寺田屋吃午餐吧。」
其實龍馬是想見阿龍。
「這姑娘真怪。」
他現在真的是以欣賞某種珍奇動物般的態度看待阿龍的。
這時阿龍正因登勢外出參加親戚的喪禮，暫時替她管理帳房。
真正進入初夏了。
她坐在帳房茫然地眺望窗外，可看見前方船塢的水光一閃一閃映在藏青色短門簾上。
就像在看外國的幻燈片似的。
「坂本大爺可好嗎？」
她覺得藏青色短門簾上面似乎映著龍馬的面容。

「真是個怪人呀。」

她忍不住輕聲笑了。

不僅龍馬怪，這位登勢夫人也挺怪的，還有住在土佐藩邸的龍馬朋友也個個都怪里怪氣的。這幫男女都是阿龍至今未曾接觸過的典型。

他們不執著於小我的利益。

「一群怪人。」

阿龍起初有些不知所措，感覺自己像條突然從水池放進大海的魚，不過慢慢也就習慣了。

「只是，坂本大爺究竟會做出什麼大事業呢？」

陽光突然轉暗。

「嘿，妳好啊！」

進屋來的是龍馬高大的身影。

阿龍嚇得忘了呼吸。

難道心裡正想著的對象，突然自這份思念中浮現，站在自己眼前了嗎？

但龍馬接下來的話立刻讓這幻想破滅了。

「我餓了。」

快餓死了。他這麼說，同時脫下草鞋。

「我立刻去準備。」

阿龍起身就要離開帳房。

龍馬大模大樣地走進屋裡。

「妳坐鎮帳房挺有模有樣的嘛。」

「哎唷，哪有這回事啊。」

阿龍垂下眼簾。說也奇怪，只要在龍馬面前，阿龍的舉止就不知不覺變得端莊起來。

「到底怎麼回事啊？」

幾乎連自己都生氣了。

龍馬也暗覺不可思議。她明明是京都的大家閨秀，怎麼會到大坂去揍無賴漢的臉頰呢？真教人不敢想像。

「我在越前夢見妳了。」

「咦？」

還在土間的藤兵衛詫異地轉頭。
「大爺一定很喜歡這姑娘吧。」
「哎呀，大概是……」
龍馬對阿龍道：
「弄錯人了吧。夢裡那人粗聲粗氣扯著嗓門說話，由此看來夢中那怪女人應該是老闆娘登勢夫人吧。」
「哇，他這分明是在耍我！」
但阿龍卻沒生氣。
「不管怎麼說，麻煩幫我弄些吃的吧。」
「是，我立刻去。」
阿龍站起身來，正要掀開自帳房通往屋內的短門簾。
她的頸項白皙已極。
「請等一下。」
「有什麼事嗎？」
「嗯，妳過來一下。」
龍馬一臉疑惑。

「到底什麼事呀？」
阿龍走上前去。龍馬朝藤兵衛道：
「我好像喜歡上這位阿龍小姐了。我一定要娶她為妻。」
「咦！是……」
藤兵衛只得如此回答。
「對方不知意下如何，不如你也來幫我說說好話吧。」
他一臉正經，故藤兵衛十分為難。
「真拿您沒辦法呀。」
藤兵衛不禁苦笑。不料龍馬突然將手放在阿龍腰際，一把將她抱了起來。
「啊！」
阿龍連驚叫都來不及，被抱在空中的她害羞得連眼睛都不敢張開。
大白天的，一旁還有人。
武士竟敢在光天化日之下擁抱，三百年的儒教傳統似乎未對龍馬產生任何影響。

真是輕得出奇，龍馬心想，同時將她放下。阿龍連忙以衣袖掩著臉逃進屋內。

吃午飯了。

「藤兵衛，到這邊來吃吧。」

龍馬拍拍自己身旁的榻榻米道。龍馬不太喜歡主從分在兩處吃飯。

「在美國，馬夫都能投選將軍或大名哪。」

這當然是從勝那裡現學現賣的。但龍馬似乎十分欣賞如此情況，最近老是掛在嘴上。

藤兵衛也頗認同，便說：

「那麼我就以美國將軍的方式坐過去囉。」

說著坐到龍馬旁邊。

「美國將軍到底是什麼呀？」

阿龍一頭霧水。

龍馬道：

「美國這個姊姊呀……」

他開始說起人人平等的思想。因龍馬發音腔調的關係，他口中的「姊姊」，其實就是指日語發音有些相近的「國家」，換句話說就是「國民的集合體」。

「是大家選出來的。」

「姊姊是選出來的嗎？」

「沒錯。」

阿龍聽得一愣一愣的。

龍馬語出驚人地說：

「據說華盛頓是維吉尼亞州一名寡婦之子。」

「他曾是個測量技師，但聽說很懂得調兵遣將，因而當了武士，後來漸漸升為大將。以往美國一直是英國的屬國，曾與英軍交戰多次落敗，最後終於贏得勝利，美國因而得以獨立，他也就成為首任總統。以日本來說，就相當於德川家康。但其子孫並未繼任為總統，這點與德川家宗全不同。」

「哇！」

阿龍一臉詫異。

「日本的情形是，戰國時代取得領地的將軍、大名及武士，在接下來的二百多年間，只知無為徒食、四處逞威風。政治也只是為特定家族之利益而為。美國卻是為了改善最底層人民之生活而為，因為即便是最底層的人民也能選總統。我就是要將日本打造成這種國家。」

龍馬那些「勤王志士」夥伴完全不具如此思想，因此龍馬被稱為維新史上的輝煌奇蹟。

吃過飯後，龍馬便拿起大刀走出房間。

「您要上哪兒去？」

阿龍因這突如其來的舉動愣了一下。

「上兵庫去。」

龍馬坐在門框上，穿上新草鞋。

「您不歇一晚嗎？」

「我會再來。」

龍馬輕晃右肩，頂著正午的大太陽緩步走了出去。

路上塵土輕揚。當阿龍衝出屋簷下時，龍馬的身影早已走遠。

（第三卷完）

日本館・潮　J0252

龍馬行 三

作者……司馬遼太郎
譯者……李美惠
主編……吳倩怡
特約編輯……陳錦輝、陳巧宜
行政編輯……高竹馨
美術編輯……吉松薛爾
封面繪圖……林繪

發行人……王榮文
出版發行……遠流出版事業股份有限公司
104005 台北市中山北路一段十一號十三樓
電話……(02) 2571-0297
傳真……(02) 2571-0197
郵政劃撥……0189456-1
著作權顧問……蕭雄淋律師
初版一刷……二〇一二年四月一日
初版四刷……二〇二四年一月十六日

售價三〇〇元

ISBN 978-957-32-6945-8

國家圖書館出版品預行編目（CIP）資料

龍馬行 / 司馬遼太郎作 ； 李美惠譯. — 初版.
— 臺北市 ： 遠流, 2012.04-
冊 ；　公分. —（日本館.歷史潮）
ISBN 978-957-32-6888-8（第1冊 ： 平裝）
ISBN 978-957-32-6914-4（第2冊 ： 平裝）
ISBN 978-957-32-6945-8（第3冊 ： 平裝）

861.57　　　100021093